Über dieses Buch Mit der neuen, der Frankfurter Ausgabe der Werke von Thomas Mann wurde ein innerhalb der seit 1922 vielfältigen Editionen seiner Romane, Reden und Aufsätze neuer Typus geschaffen durch die Nachbemerkungen des Herausgebers Peter de Mendelssohn. Mit der gleichen Akribie und Eloquenz der Werkberichte in seiner Biographie »Der Zauberer. Das Leben des deutschen Schriftstellers Thomas Mann«, deren erster Teil 1975 erschienen ist, stellte er in diesen alle verfügbaren Materialien präzise zitierenden Notationen das Werden, das Sich-Entwickeln eines jeden Textes dar. Den Freunden dieses Autors, den Studierenden, den wissenschaftlich Lehrenden und Forschenden ist diese die ausführlichen, Leben und Schaffen koordinierenden Essays Peter de Mendelssohns sammelnde Ausgabe ein unentbehrliches Kompendium.

Der Autor Peter de Mendelssohn, 1908 in München als Sohn eines Kunsthandwerkers geboren, hat als Achtzehnjähriger in Berlin seine journalistische, als Zweiundzwanzigjähriger seine literarische Laufbahn begonnen. 1933 emigrierte er über Wien nach London. Während des Krieges war er im britischen Staatsdienst, nach dem Krieg beteiligte er sich maßgeblich am Wiederaufbau der deutschen Presse. 1970 siedelte er von London nach München über; am 10. August 1982 ist er dort gestorben.
Peter de Mendelssohn hat, in deutscher und englischer Sprache, fast vierzig Bücher veröffentlicht: Romane, Erzählungen, Essaybände, die Biographie ›The Age of Churchill‹ und die monographischen Standardwerke ›Zeitungsstadt Berlin‹, ›S. Fischer und sein Verlag‹ und ›Der Zauberer. Das Leben des Schriftstellers Thomas Mann. Erster Teil 1875–1918‹, dazu über hundert Übersetzungen aus dem Englischen und Französischen. Er konnte noch neben den ersten acht Bänden der Frankfurter Ausgabe der Werke auch fünf Bände der Tagebücher Thomas Manns herausgeben.

PETER DE MENDELSSOHN

Nachbemerkungen zu Thomas Mann

2

›FRÜHE ERZÄHLUNGEN‹

›SPÄTE ERZÄHLUNGEN‹

›LEIDEN UND GRÖSSE DER MEISTER‹

FISCHER TASCHENBUCH VERLAG

Fischer Taschenbuch 5771
Dezember 1982
Fischer Taschenbuch Verlag GmbH, Frankfurt am Main
Lizenzausgabe mit freundlicher Genehmigung der
S. Fischer Verlags GmbH, Frankfurt am Main

Gesamtherstellung: Hanseatische Druckanstalt GmbH, Hamburg
Umschlagentwurf: Jan Buchholz / Reni Hinsch
Printed in Germany
880-ISBN-3-596-25771-9

INHALT

›FRÜHE ERZÄHLUNGEN‹

Den frühesten uns erhaltenen Brief, im Oktober 1889 geschrieben und an eine vormalige Kinderfrau oder Mamsell der Familie gerichtet, unterschrieb der Vierzehnjährige scherzend, selbstironisch und doch nicht ohne schwungvolle Sicherheit: »Th. Mann. Lyrisch-dramatischer Dichter.« Das war zutreffend; als ein solcher wußte er sich damals nicht wenig. Die Gedichte und Dramen jener Zeit, auf die der Schüler sich berief, sind samt und sonders verloren; aber kein Zweifel, es gab sie, er selbst hat sie uns verschiedenen Ortes in seinen autobiographischen Skizzen geschildert und immerhin uns einige ihrer Titel überliefert. Und es dauerte eine ganze Weile, bis der Jüngling erkannte, daß dies nicht sein Weg sei: »Die lyrische Sphäre sollte mir so wenig zur künstlerischen Heimat werden wie die dramatische.« Erst gegen sein zwanzigstes Jahr, so erinnerte er sich, habe die Vermutung, zum Erzähler bestimmt zu sein, sich in seinem Bewußtsein zu befestigen begonnen.
Freilich war der »Genius der Erzählung in Prosa« ihm schon früh begegnet, in Gestalt von Grimms und Andersens Märchen und Fritz Reuters ›Stromtid‹, welche die Mutter ihm vorlas, und auch »an prosaistischen Vorübungen hatte es schon in meinen Knaben- und späteren Schülerjahren nicht gefehlt. Sie spielten sich in Gestalt von Tagebuch-Aufzeichnungen und Versuchen in lyrischen Prosaformen und philosophisch-kritischer Essayistik ab«; aus ihnen wurden im letzten Lübecker Schuljahr die Beiträge für eine »wirklich gedruckte Schüler-Zeitschrift«, die er zusammen mit seinem Freund Otto Grautoff herausgab. Das war im Frühjahr und Sommer 1893, als er achtzehn Jahre alt war; die Zeitschrift hieß ›Der Frühlingssturm‹, und seine Beiträge erschienen unter dem Pseudonym Paul Thomas. Es waren nur zwei

Nummern. Die erste ist völlig verloren. In der zweiten, dem Doppelheft Juni–Juli 1893, von dem sich ein Exemplar erhalten hat, findet sich die Prosaskizze *Vision.* Sie ist das früheste Stück erzählender oder beschreibender Prosa, das wir von Thomas Mann besitzen, und eröffnet diesen Band seiner gesammelten ›Frühen Erzählungen‹, die in der chronologischen Reihenfolge ihrer Entstehung angeordnet und im Nachstehenden in dieser Reihenfolge kurz erläutert sind.
Es fällt nicht schwer, aus *Vision* die literarischen Einflüsse herauszuspüren, die auf die Versuche des Achtzehnjährigen einwirkten. Der erotische Ästhetizismus vom »Jung-Wien« der neunziger Jahre, der »Ephebenreiz des jungen Hofmannsthal« – der nur ein Jahr älter war als er – Hermann Bahrs »symbolische Prosa« färbten, wie er später freimütig gestand, seinen Stil, und »Hermann Bahr, dem genialen Künstler« ist *Vision* denn auch gewidmet; die Wiener Schule scheint überall durch. Das war nicht schlecht; es war sogar gut. Er müsse, schrieb Thomas Mann in seiner Selbstschilderung *On Myself,* in der er von dieser ersten Veröffentlichung spricht, doch ein Wort zum Lob der »Nachahmung« einschalten, die seiner Erfahrung und Überzeugung nach in einem gewissen Alter durchaus kein Zeichen literarischer Schwäche und Unbegabtheit, sondern im Gegenteil ein Symptom für literarische Lebendigkeit und Fähigkeit zum Stil sei. »Mir persönlich sagt man heute und schon lange Zeit einen persönlichen Stil nach, an dem man mich erkennt; aber es gab Zeiten, wo das schöpferische Bedürfnis sich ausschließlich als Nachahmung ausprägte, und ich weiß noch, wie ich auf der Schule den wunderlichen Prosastil der von Hermann Bahr geführten Wiener Symbolistenschule, mit der ich damals zuerst in Berührung kam, in meinen Tagebüchern und erzählerischen Versuchen sklavisch-freudig genau kopierte und *eben darin* eine künstlerische Genugtuung fand ... Noch einmal: Nachahmung ist in gewissen Grenzen eher ein Zeichen von Talent als von hoffnungslosem Persönlichkeitsmangel.«
Von einem zweiten, in ebendieser Zeit »meiner Schwärmerei

für jene Wiener Kunstprosa« entstandenen »Schülerprodukt« kennen wir nur den Titel und die Demütigung, die es dem jungen Dichter eintrug. Es war ein »Stück übertrieben-sensitiver und koloristischer Prosa«, betitelt *Farbenskizze*, das er unter einem angenommenen Namen der Feuilletonredaktion der Lübecker ›Eisenbahn-Zeitung‹ einsandte, in der sein Bruder Heinrich, gleichfalls unter Pseudonym, bereits einige Arbeiten veröffentlicht hatte. »Das Produkt war für die Zeitung zu schlecht und zu gut, es ging auf eine stümperhafte Weise über ihren Horizont hinaus«, und ein »schnoddriger Redakteur aus Berlin« – er hieß übrigens Telesfor von Szafranski und war wohl ein Ungar – schrieb unter den höflich gedruckten Ablehnungszettel die Worte: »Wenn Sie öfters solche Einfälle haben, sollten Sie wirklich etwas dagegen tun.« Der Gymnasiast war »nicht so niedergeschlagen, wie man denken sollte, denn einen richtigen Redaktionsbrief in Händen zu haben, war immerhin ein Ergebnis. Dergleichen Anfänger-Erlebnisse gehören nun einmal zum Schriftstellerleben und besagen gegen zukünftige bessere Erfolge gar nichts.«

Zukünftige bessere Erfolge stellten sich binnen Jahresfrist, nach der Übersiedlung des Neunzehnjährigen nach München ein, und die hier einsetzende erste wirkliche Schaffensphase ist es wohl, die Thomas Mann meinte, als er schrieb, um sein zwanzigstes Jahr sei ihm bewußt geworden, daß er zum Erzähler bestimmt sei. In seinem ersten, noch aus Lübeck mitgebrachten Notizbuch findet sich auf Seite 22, also gleich zu Beginn seiner Münchner Zeit, als er noch als Volontär in einer Versicherungs-Anstalt arbeitete, eine Liste von sechs Novellentiteln oder Novellenstoffen, deren Bearbeitung er sich vorgenommen hatte, und zwar numeriert, vermutlich in der Reihenfolge, in der er sie auszuführen gedachte: 1. Gefallen; 2. Mitleid; 3. Sternschnuppe; 4. Vergeudet; 5. Der Bureaudichter; 6. Um die Kunst. Zwei Seiten weiter ist noch ein siebenter Titel vorgemerkt: »Novelle: Die letzte Cigarette.« Das war das erste Arbeitsprogramm des jungen Schriftstellers, der, wie er später schrieb, die »psychologische short story« endgültig für »mein Genre« hielt. Der erste Titel auf der Liste, *Gefallen*, ist durchgestrichen, was bei Thomas Mann stets bedeutet, daß der Stoff bearbeitet, also »erledigt« ist. Und *Gefallen* ist denn auch der Titel jener ersten vollgültigen und »öffentlichkeitsfähigen« Novelle, einer »etwas zynischen und etwas sentimentalen Liebesgeschichte«, die er »verstohlenerweise« in den Bürostunden an seinem Kontorpult schrieb. Die anderen Titel sind nicht durchgestrichen, was bedeuten würde, daß diese Novellen nie geschrieben wurden. Die Novelle *Mitleid* muß es indessen gegeben haben, denn Thomas Mann erwähnt sie in einem Brief an Grautoff am 22. September 1894 zusammen mit *Gefallen* als fertiggestellt; aber sie ist verloren.

Gefallen hingegen wurde von der Zeitschrift ›Die Gesellschaft‹, die bereits während Thomas Manns Schülerzeit ein Gedicht von ihm gedruckt hatte und die auch Heinrich Manns erste Arbeiten veröffentlichte, angenommen und erschien im Novemberheft 1894. Sie ging über vierundzwanzig Druckseiten, was »immerhin ein hübscher Erfolg« war, brachte aber ihrem Verfasser statt des erwarteten Honorars nur drei Freiexemplare ein; mehr konnte sich das finanziell sehr wacklige Blatt nicht leisten. Aber der Neunzehnjährige war glücklich, er hatte mit der Novelle einen »Bombenerfolg«, wie er Grautoff schrieb: »Alle Welt ist so entzückt, daß es mich ordentlich rührt.« Sie brachte ihm auch einen »warmherzigen und ermutigenden« Brief des bewunderten Dichters Richard Dehmel ein, »dessen enthusiastische Menschlichkeit in meinem schreiend unreifen, aber vielleicht nicht unmelodiösen Produkt Spuren von Begabung erfühlt hatte«. Zwischen der Skizze *Vision* und der Novelle *Gefallen* liegt ein knappes Jahr. Da wir nichts von den Versuchen dieser Zwischenzeit wissen und den Übergang nicht kennen, erscheint uns die Novelle als ein großer Sprung in der Entwicklung, der sie in Wahrheit vielleicht auch war. Sie zeigt in ihrer Komposition und Handlungsführung, in der Kunstfertigkeit des kompliziert verschachtelten Rahmens wie auch in der sehr absichtsvoll berechneten leitmotivischen Akzentsetzung ein formales Können, von dem *Vision* noch nichts vermuten läßt und das der junge Dichter geradezu im Handumdrehen erworben zu haben scheint. Die Stilmittel sind noch ebenso konventionell wie die Fabel selbst angelesen und unerlebt ist; die Sprache ist sogar fast herkömmlicher und unorigineller als in der früheren Arbeit; aber die im ersten Anlauf erreichte Beherrschung der erzählerischen Mittel ist beträchtlich. Daß sie indessen, wie der Dichter ohne weiteres erkannte, im Ganzen »schreiend unreif« war, mag der Grund gewesen sein, daß er sie nicht in seinen ersten Novellenband und auch später nicht unter seine gesammelten Novellen aufnahm. *Gefallen* kam erst nach seinem Tod wieder ans Licht.

Es dauerte nach diesem verheißungsvollen Beginn nahezu zwei Jahre, bis von Thomas Mann wieder eine Novelle in einer Zeitschrift erschien. Dazwischen lagen allerlei Fehlschläge. Im November 1894 vollendete er eine neue Novelle *Der kleine Professor*, die er an Dehmel schickte, der dem Herausgeber-Kollegium der neuen Vierteljahresschrift ›Pan‹ angehörte, in der Hoffnung, daß sie dort erscheinen könne. Die Novelle war möglicherweise eine frühe Fassung des *Kleinen Herrn Friedemann*, aber das ist nicht mehr als eine Vermutung. Dehmel schickte den *Kleinen Professor* jedoch als ungeeignet zurück; auch ›Die Gesellschaft‹ lehnte ihn offenbar ab, und ein dritter Versuch bei der Berliner Zeitschrift ›Moderne Kunst‹ mißlang ebenfalls. Mehr wissen wir hierüber nicht. Im Frühjahr 1895 wurde eine neue Novelle fertig, von deren Existenz wir mit Bestimmtheit wissen, obwohl wir sie in ihrer damaligen Gestalt nicht kennen. Sie hieß *Walter Weiler*. Thomas Mann schickte sie am 15. Mai 1895 an Dehmel für den ›Pan‹. Dehmel war begeistert, teilte mit, die Novelle sei angenommen, und sagte Thomas Mann rundheraus: »Sie könnten der Nachfolger Fontanes werden!« Aber *Walter Weiler* erschien nicht in ›Pan‹, wir wissen nicht, warum. Thomas Mann scheint das Manuskript irgendwann zurückerhalten und in seine Mappe gelegt zu haben. Er bot es keiner anderen Zeitschrift an und holte es erst zwei Jahre später wieder hervor, um die Novelle neu zu gestalten. Nun wurde aus ihr *Der Bajazzo*. Über die erste Fassung, *Walter Weiler*, besitzen wir nur einige Andeutungen, denn sie ist nicht erhalten. In seinen Briefen an Grautoff bezeichnet Thomas Mann den Titelhelden als einen »unglücklichen Dilettanten und Eichendorffschen Taugenichts ins Moderne übertragen« oder als einen »nichtsnutzigen Decadent, der viel Ähnlichkeit mit Dir hat«. Das ist alles. Außer von *Walter Weiler* ist in Thomas Manns Briefen aus dem Mai 1895 noch von einer Novelle betitelt *Mama* die Rede, die verloren ist.

Der Wille zum Glück, im Dezember 1895, bald nach Thomas Manns Rückkehr von seiner ersten Italienreise entstanden, war der erste seiner »präludierenden Versuche«, den er selbst anerkannte; er erschien im August und September 1896 wegen seiner für eine Zeitschrift ungewöhnlichen Länge in drei aufeinander folgenden Heften der neuen, von Albert Langen gegründeten Zeitschrift ›Simplicissimus‹, an der Thomas Mann späterhin als Lektor und Redakteur wirkte und die in der Folge eine ganze Anzahl seiner Novellen und kurzen Erzählungen brachte. Diese Novelle war ihrem ganzen Wesen nach eine völlig andere Arbeit als *Gefallen*. Wieder kennen wir die Zwischenstadien der Entwicklung nicht und sehen nur einen großen, entscheidenden Schritt vorwärts. Die unerlebte Künstlichkeit von *Gefallen* ist abgestreift: die Novelle trägt zahlreiche autobiographische Züge, im direkten wie im übertragenen Sinn. Anders als in *Gefallen* hält Thomas Mann sich hier selber an seinen, dem Freund Grautoff erteilten Ratschlag, nur über Dinge zu schreiben, die er wirklich erlebt hat. Paolo Hofmann, der Held der Geschichte, ist, gleich Heinrich und Thomas Mann, der Sohn eines deutschen Vaters und einer südamerikanischen Mutter, und seine Geschichte spielt an drei Orten, die Thomas Mann vertraut waren: in seiner norddeutschen Vaterstadt, in München und in Rom. Insbesondere Rom ist sehr eindringlich geschildert: kein Zweifel, daß Thomas Mann sich dort bei seinem ersten Aufenthalt im Oktober 1895 gut umgesehen hatte. Seine kurze und nicht eben rühmliche Tätigkeit als Mitarbeiter der von Heinrich Mann damals redigierten deutschnational-antisemitischen Zeitschrift ›Das Zwanzigste Jahrhundert‹ scheint durch in der Figur des jüdischen Freiherrn von Stein und seiner häßlichen, kleinen, mit Brillanten behängten Frau. Aber wichtiger als dies alles ist ein Grundmotiv, das der zwanzigjährige Thomas Mann hier bereits durchspielt: der junge Paolo Hofmann ist herzkrank, er hat nicht mehr lange zu leben, und nur der verbissene Wille, sich das Mädchen, das er liebt und das ihn wiederliebt – die Tochter des Herrn von Stein, eine Schönheit »von wenigstens zum Teil semitischer Abstammung« – zu erringen, hält ihn am Leben. »Der egoistische Instinkt des Kranken hatte die Begier nach Vereinigung mit blühender Gesundheit in ihm entfacht –«. »Mich hält etwas«, sagt Paolo. Als er das Mädchen schließlich gewonnen hat, hält »es« ihn nicht mehr: er stirbt am Morgen nach der Hochzeitsnacht. »Er hatte keinen Vorwand mehr, zu leben.« Dieser Grundkonflikt zwischen dem Kranken, in jedem Sinn kranken schöpferischen Künstler und der blühenden Gesundheit des »Lebens« und seiner »Gewöhnlichkeit«, der in vielen frühen Erzählungen Thomas Manns abgewandelt auftritt und auch späterhin sein ganzes Werk durchzieht, ist hier zum ersten Mal festgestellt.

Im Herbst 1896 reiste Thomas Mann zum zweiten Mal nach Italien. Die kleine »Tagebuch-Novelle« *Der Tod* war das letzte, was er, im September 1896, vor seiner Abreise noch in München schrieb. Sie war für ein Preisausschreiben des ›Simplicissimus‹ bestimmt – dreihundert Mark für die beste Erzählung, »in der die sexuelle Liebe keine Rolle spielt« –, und Thomas Mann »hoffte dreist auf den goldenen Lorbeer«. Aber statt seiner erhielt den Preis Jakob Wassermann. *Der Tod* wurde im Januarheft 1897 der Zeitschrift auch ohne Preis gedruckt. Um dieselbe Zeit, kurz vor der Italienreise, vollendete er, wie er an Grautoff schrieb, eine längere Novelle *Der kleine Herr Friedemann*. Er wußte vorerst nicht recht, wohin er sie schicken solle, und nahm das Manuskript mit nach Italien.

Der kleine Herr Friedemann ist ein Meilenstein im erzählerischen Schaffen Thomas Manns. Er schickte die Novelle von Rom aus, wohl im Oktober 1896, auf gut Glück an S. Fischers ›Neue Deutsche Rundschau‹ (die spätere ›Neue Rundschau‹) in Berlin, ohne dorthin eine persönliche Beziehung zu haben, und zu seinem »freudigen Stolz« gefiel die Novelle im Hause Fischer. Er erhielt vom ›Rundschau‹-Redakteur Oscar Bie, wie er später selbst erzählte, »zu meiner größten Freude« einen Brief, »worin er nicht nur die Geschichte sehr lobte und sie für die Rundschau annahm, sondern mich auch aufforderte, ihm alles zu schicken, was ich geschrieben hätte. Das war natürlich ein großes Glück für einen Beginner.« Man könne sich denken, schrieb er noch vierzig Jahre später in seinem autobiographischen Essay *On Myself*, welche Epoche dieser »Berliner Brief des führenden Verlegers der literarischen Moderne ... bei dem obskuren Jungen machte, der in Rom seinen versuchenden Schreibereien oblag«. Die Aufforderung, »alles zu schicken«, ließ vermuten, daß man in Berlin an einen Novellenband dachte, und so verhielt es sich in der Tat. Thomas Mann hatte seinen »lebenslänglichen« deutschen Verleger gefunden.
Er war erfreut, aber vielleicht nicht einmal übermäßig erstaunt. Er müsse wohl sagen, schrieb er in *On Myself*, daß sein eigentlicher »Durchbruch in der Literatur« mit dieser Erzählung geschah. Er war sich durchaus bewußt, was er mit dem *Kleinen Herrn Friedemann* »gemacht« hatte und daß diese Arbeit eine entscheidende Wende in seinen »präludierenden Versuchen« bedeutete. »Diese melancholische Geschichte des kleinen Buckligen stellt auch insofern einen Markstein in meiner persönlichen Geschichte dar, als sie zum erstenmal ein Grundmotiv anschlägt, das im Gesamtwerk die gleiche Rolle spielt, wie die Leitmotive im Einzelwerk. Die Hauptgestalt ist ein von der Natur stiefmütterlich behandelter Mensch, der sich auf eine klug-sanfte, friedlich-philosophische Art mit seinem Schicksal abzufinden weiß und sein Leben ganz auf Ruhe, Kontemplation und Frieden abgestimmt hat. Die Erscheinung einer merkwürdig schönen und dabei kalten und

grausamen Frau bedeutet den Einbruch der Leidenschaft in dieses behütete Leben, die den ganzen Bau umstürzt und den stillen Helden selbst vernichtet.« In einem Brief aus dem Jahr 1909 erläuterte er dies einer Leserin noch genauer: »Frau von Rinnlingen ist keine Kokette ... Sie ist eine Leidende, eine problematische Natur, die in dem körperlich Mißgebildeten einen Leidensgenossen erkennt, im letzten Augenblick aber zu stolz ist, diese Zusammengehörigkeit wahrhaben zu wollen. Dies ist, sehr kurz gefaßt, ihr Verhältnis zum kleinen Herrn Friedemann.«

Die Novelle trägt rein äußerlich, in ihren Personen und Requisiten, zahlreiche autobiographische Züge und spielt in vieler Hinsicht in einer vorweggenommenen *Buddenbrooks*-Welt. Nicht zu verkennen ist Lübeck, ohne daß der Name der Heimatstadt genannt ist: da ist das »graue Giebelhaus«, in dem Friedemann aufwächst, mit seinem Landschaftszimmer, wie im großmütterlichen Haus in der Mengstraße, mit dem Walnußbaum, wie in Thomas Manns Vaterhaus in der Bekkergrube; da sind die Stadtwälle, auf denen man spazieren geht, das Stadttheater in der nach dem Hafen steil abfallenden Straße und Thomas Manns unvergessener Jugendeindruck, die ›Lohengrin‹-Aufführung; da ist das »alte Schulhaus mit den gotischen Gewölben«, in dem unschwer das Lübecker Katharineum zu erkennen ist, und die rote Villa in der Kastanienallee vor der Stadt ist das Mannsche Haus in der Roeckstraße, in dem die Mutter nach dem Tod des Vaters eine Zeitlang wohnte. Auch für die Personen ist eine Transposition gefunden, die den privaten Erlebnisinhalt auf subtile Weise »öffentlichkeitsfähig« macht. Friedemanns Vater ist, gleich Thomas Manns eigenem Vater, »niederländischer Konsul« und wird »von einer ebenso plötzlichen wie heftigen Krankheit dahingerafft«. Friedemann selbst ist zumindest äußerlich einem Lübecker Vetter Thomas Manns nachgebildet, der einen Buckel hatte. Die drei Schwestern Friederike, Henriette und Pfiffi sind die unverheirateten (und unverheiratbaren) Töchter Emmi, Auguste und Luise des Onkels Johann Siegmund Mann und treten binnen kurzem in *Bud-*

denbrooks wieder auf. Der berückenden Gerda von Rinnlingen schließlich sind gewisse Züge der Mutter mitgegeben, aus denen die starke erotische Anziehungskraft der jungen Witwe zu spüren ist. Der Vorname Gerda kehrt in *Buddenbrooks* wieder und bleibt auf seltsam beharrliche Weise mit dem Bildnis der musizierenden Mutter assoziiert: der Zusammenklang von Klavier und Violine, von Mutter und Sohn, tönt aus Thomas Manns früher Jugend herüber. Die private Problematik der »spät und heftig durchbrechenden Sexualität« des Zwanzigjährigen, von der Thomas Mann im *Lebensabriß* spricht, ist hier mit einer erstaunlichen Beherrschung der Mittel in ein Kunstwerk übersetzt, das den Weg zu breiterem und selbstbewußterem Fortschreiten öffnet.
Das hatte Thomas Mann selbst sehr genau gespürt. Im Juli 1897 schrieb er an Grautoff: »Seit einiger Zeit ist es mir, als hätte ich die Ellenbogen frei bekommen, als hätte ich Mittel und Wege gefunden, mich auszusprechen, auszudrücken, mich künstlerisch auszuleben, und während ich früher eines Tagebuchs bedurfte, um, nur fürs Kämmerlein, mich zu erleichtern, finde ich jetzt novellistische, öffentlichkeitsfähige Formen und Masken, um meine Liebe, meinen Haß, mein Mitleid, meine Verachtung, meinen Stolz, meinen Hohn und meine Anklagen – von mir zu geben. Das begann glaube ich, mit dem ›Kleinen Herrn Friedemann‹.«
Thomas Manns zweiter Italienaufenthalt begann im Oktober 1896 mit drei Wochen in Venedig, und von hier stammen die Eindrücke und Stimmungen, die alsbald in der kleinen Venedig-Novelle *Enttäuschung* ihren Niederschlag fanden. Er reiste von Venedig über Ancona nach Neapel, wo er den ganzen November 1896 blieb, ehe er für den Winter nach Rom ging, und da er in der Novelle selbst sagt, das merkwürdige Gespräch mit dem Unbekannten im Café Florian liege, zur Zeit, da er es niederschreibe, etwa zwei Monate zurück, ist es durchaus möglich, daß die Novelle in Neapel geschrieben wurde; sie kann aber auch bald nach seiner Rückkehr nach Rom entstanden sein. Er schickte sie, wie es scheint, keiner Zeitschrift, sondern behielt sie einstweilen für sich. Sie

wurde erst in seinem ersten Novellenband gedruckt. *Enttäuschung* ist nicht eigentlich eine Erzählung, sondern ein Monolog. Der sonderbare Unbekannte, der seinen Namen nicht nennt, von dem man nur erfährt, daß er ein Deutscher ist, ist einer von jenen »wunderlichen Leuten«, die Thomas Mann schon im heimatlichen Lübeck faszinierten und die alle seine frühen Novellen bevölkern. Er redet mit »befremdlicher Offenheit« auf den Erzähler ein, der selber zum Gespräch nichts beiträgt, aber es ist dennoch alsbald klar, daß er nichts anderes ist als eine »innere Stimme«, die aus dem Erzähler selbst spricht. Von hier führen, noch ungeahnt, verschlungene Todespfade zur großen Venedig-Novelle von 1912.
Thomas Mann verbrachte den ganzen Winter 1896–1897 und das folgende Frühjahr zusammen mit seinem Bruder Heinrich in Rom, und in dieser Zeit, wohl Anfang 1897, entstand die Novelle *Der Bajazzo.* Schon im Winter hatte er dem Freund Grautoff scherzend mitgeteilt: »Sensationell! Wie wir aus bester Quelle vernehmen, wird die Novelle ›Walter Weiler‹ unter einem anderen Titel und in gänzlich verändertem Arrangement (wahrscheinlich in Tagebuchform) einer gründlichen *Umarbeitung* unterzogen, und dürfte das Publicum diesem litterarischen Ereignis mit großer Spannung entgegensehen.« Am 6. April 1897 berichtete er dem Freund, er habe »vor einiger Zeit« die Umarbeitung des ehemaligen *Walter Weiler* unter dem Titel *Der Bajazzo* beendet, könne aber nicht sagen, daß er besonders zufrieden sei. »Ich habe dieses Mal mehr Stil, Überlegenheit und Geschmack dabei entfaltet, aber es scheint mir, daß die ganze Anlage und Composition ehemals künstlerischer war.« In seinen autobiographischen Skizzen hat er nachdrücklich auf den authentischen autobiographischen Wahrheitsgehalt der im *Bajazzo* erzählten frühen Erlebnisse hingewiesen. Der seelische Erlebnisinhalt der Novelle wird darüber hinaus in seiner Authentizität durch seine Jugendbriefe an Grautoff bestätigt, in denen viele der Stimmungen und Überlegungen des Helden zum Teil nahezu wörtlich bereits vorformuliert sind. *Walter Weiler*, die erste Fassung von 1895, war, wie sich schließen läßt, in der

dritten Person erzählt, und ihr Held hatte einen Namen. Die Neufassung ist in der Ich-Form erzählt, und der Held bleibt namenlos. Sie ist, nach einer Art Vorspruch, eine Konfession, ein direktes Bekenntnis.

Wieder befinden wir uns in der autobiographischen *Buddenbrooks*-Welt. Da ist das »altersgraue Patrizierhaus« der nordischen Kleinstadt; drei Generationen angesehener Kaufleute werden als Vorfahren erwähnt; die Mutter ist musikalisch, spielt Chopinsche Notturnos auf dem Flügel und erzählt dem Knaben Märchen. Des Knaben großes Vergnügen ist sein Puppentheater; er erlernt das Klavierspiel (bei Thomas Mann war es die Violine) und bringt es zu »einer gewissen Fertigkeit«. Er ist, wie der Knabe Thomas Mann es allen Zeugnissen zufolge war, »ein ungeheuer muntrer Junge«, der sich »durch eine Art überlegener Redensarten« in der Schule Respekt und Beliebtheit zu verschaffen weiß, aber ein fauler Schüler, der mit achtzehn knapp die Schwelle zur Oberstufe erreicht, und der Vater findet, seine Begabung sei »eine Art von Bajazzo-Begabung«, es sei »alles Clownerie und Blague«, ein Künstler werde schwerlich aus ihm werden. Also kommt er als Lehrling ins Holzgeschäft des Herrn Schlievogt, welcher derselbe ist, merkwürdigerweise, bei dem auch der kleine Herr Friedemann seine kaufmännische Laufbahn beginnt. Und so fort. Es ist alles wahrheitsgetreue Autobiographie, auch wenn die äußeren Lebensumstände verändert sind. Dasselbe gilt für das Nachfolgende, in dem Thomas Manns Münchener Anfänge in die Lübecker Jünglingszeit herübergenommen sind: das väterliche Erbteil, das ihm finanzielle Unabhängigkeit gewährt, die Militäruntüchtigkeit, die Italienreise – alles »stimmt«, wenn auch in der Folge authentisches Erlebnis, Wunschvorstellungen und Vorahnung späterer Lebensumstände sich auf seltsame Weise vermischen.

In dieser Novelle des Zweiundzwanzigjährigen sind viele, in die verschiedensten Richtungen, kreuz und quer laufende autobiographische und selbstanalytische Elemente verschlüsselt. Der junge Dichter wußte sehr wohl, daß die

»Moquerie«, von der er zuweilen in seinen Jugendbriefen spricht, in der Tat bajazzohafte Züge trug; aber er wußte auch, daß er bei aller »Clownerie und Blague« nicht wirklich ein »Bajazzo« war und, anders als sein Held, den »Bajazzo« in sich zu überwinden vermochte. Er brauchte sich nicht zu fragen: »Wie, wenn ich in der Tat ein Künstler wäre?« Er wußte, er war es; er war befähigt, »etwas daraus zu machen«. In diesem Punkt war der Schöpfer seinem Geschöpf voraus.

Bald nach dem *Bajazzo*, im Juli 1897 und ebenfalls noch in Rom, entstanden die beiden kurzen Novellen *Tobias Mindernickel* und *Luischen*, und sie waren die letzten kurzen Erzählungen, ehe Thomas Mann im Sommer 1897 in Palestrina seinen ersten Roman *Buddenbrooks* in Angriff nahm, der seinem ganzen Schaffen eine neue Richtung gab. Bis dahin, so schrieb er in *On Myself*, war er »im Grunde überzeugt, daß die Kurzgeschichte, wie ich sie in der Schule Maupassants, Tschechows und Turgenjews erlernt hatte, mein Genre sei; nie, so glaubte ich, würde ich es mit der großen Form des Romans aufnehmen können.« Diese beiden letzten kleinen, noch aus Rom stammenden Kurzgeschichten bezeichnen das Ende dieser Phase, und von beiden scheint der Dichter wenig gehalten zu haben. Über *Tobias Mindernickel* ist kein einziges Selbstzeugnis von ihm erhalten. Diese brutale und gräßlich-makabre Geschichte ist häufig als ein Mißton, ein Fehlgriff auf der Klaviatur Thomas Manns verstanden worden. Sie ist jedoch der makabren Groteskwelt des *Bilderbuchs für artige Kinder*, das der Einundzwanzigjährige zusammen mit dem Bruder im Winter 1896 in Rom für die Schwester Carla verfertigte, und dem von beiden Brüdern sehr geschätzten ›Simplicissimus‹ durchaus wesensverwandt. Hier trat das »Abgründige« im »Leben«, aus dem der »Bajazzo« sich ausgeschlossen fühlte, fratzenhaft hervor, und dieses »Abgründige« besaß für Thomas Mann von jeher eine schaudervolle Anziehungskraft. *Luischen* entstand, wie er später den Bruder Heinrich erinnerte, zumindest teilweise »an dem Brunnen in der Villa B.« und »gehörte zu den ersten Sachen

von mir, die Dir imponierten«. An seinem Lebensabend schrieb er, die Geschichte liege ihm wenig am Herzen, er sei nicht daran interessiert, daß sie fürs Fernsehen bearbeitet werde. Er hob *Luischen* auf, und die Novelle wurde erst 1900 in der Zeitschrift ›Die Gesellschaft‹ gedruckt, in der er debütiert hatte.
Der Bajazzo erschien im Septemberheft 1897, *Tobias Mindernickel* im Januarheft 1898 der ›Neuen Deutschen Rundschau‹. Damit sie noch in Thomas Manns ersten Novellenband, den Fischer vorbereitete, aufgenommen werden konnten, wurde dieses erste kleine Büchlein, nach der Hauptnovelle *Der kleine Herr Friedemann* betitelt, bis zum Frühjahr 1898 hinausgeschoben. Das Buch erschien in der ›Collection Fischer‹, einer neuen Reihe von schmalen Bändchen von nicht mehr als zweihundert Seiten, im Taschenformat, zum Preis von zwei Mark, und enthielt praktisch alles, was Thomas Mann bis dahin als »öffentlichkeitsfähig« vorzuweisen hatte, mit Ausnahme von *Gefallen*, das ihm inzwischen als zu unreif erschien und das er Fischer gar nicht vorgelegt hatte, und von *Luischen*, das zu umfangreich war, die aus Kalkulationsgründen streng gesetzten Umfangsgrenzen des Bändchens gesprengt hätte und daher für den nächsten Novellenband vorgesehen wurde.

Vom August 1897 bis zum Juli 1900 arbeitete Thomas Mann an *Buddenbrooks*, und während dieser drei Jahre stand ihm der Sinn offenbar wenig nach kürzeren Erzählungen. Wohl teilte er Freund Grautoff am 11. Dezember 1897 mit, er sei, während er fleißig an seinem Roman schreibe, »trunken von Novellenstoffen«, und in der Tat geben die aus dieser Zeit stammenden Notizbücher 2 und 3 an zwei Stellen Auskunft über solche Pläne. Einmal ist eine Gruppe von vier Novellen skizziert, von denen nur die zweite ausgeführt wurde, nämlich *Tristan* im Jahre 1903; an anderer sind elf Novellenstoffe in Stichworten registriert, von denen wiederum nur einer ausgeführt wurde, nämlich *Gladius Dei* 1902. Während der *Buddenbrooks*-Zeit entstanden nur drei Novellen: *Der Kleider-*

schrank und *Gerächt* 1899, *Der Weg zum Friedhof* 1900. Keine von diesen ist in den Notizbuch-Listen vorgemerkt, und von ihnen ist die erste unzweifelhaft die interessanteste und aufschlußreichste.

Auf Seite 31 des Notizbuches 3 findet sich diese Eintragung: »Der Kleiderschrank geschr. vom 23.–29. Nov.« Die Novelle entstand, offensichtlich ohne lange Vorbereitung, unter dem unmittelbaren Eindruck eines sonderbaren Erlebnisses. Thomas Mann war im Oktober 1898 in eine neue Wohnung in Schwabing gezogen: »zwei kleine Räumlichkeiten« im Haus Marktstraße 5 im dritten Stock, und wie er sie fand, wie sie aussah und was er dort erlebte, hat er in *Der Kleiderschrank. Eine Geschichte voller Rätsel* geschildert, die dort geschrieben wurde. Albrecht van der Qualen, der im Rom-Expreß von Berlin nach Florenz reist und ohne ersichtlichen Grund an einer unbekannten Station den Zug verläßt und sich in die unbekannte Stadt begibt, weiß nicht, wo er sich befindet: »Er kam an einem untersetzten Gemäuer vorüber, einem alten Tore mit zwei massiven Türmen, und überschritt eine Brükke, an deren Geländer Statuen standen und unter der das Wasser sich trübe und träge dahin wälzte.« Der Leser des *Kleinen Herrn Friedemann*, des *Bajazzo*, von *Buddenbrooks* gar, ist sogleich im Bilde, mag auch die Stadt in Wirklichkeit nicht an der Strecke Berlin–Florenz liegen: es ist wieder einmal Lübeck, das Holstentor, die »Puppenbrücke«, die Trave. Der Erzähler läßt es offen, wie lange dies so ging, daß das nackte Mädchen im Kleiderschrank erschien und seine »traurigen Geschichten, ohne Trost« erzählt, ja, ob es sich überhaupt ereignete, ob der Reisende im Zug überhaupt erwachte und ausstieg, ob er das Ganze nicht, in seinem Abteil schlafend, träumte.

Aus dieser »Geschichte voller Rätsel« läßt sich viel herauslesen und noch mehr in sie hineinlesen; es hat an scharfsinnigen Analysen und Interpretationen, die unter anderem Thomas Manns Schopenhauer-Erlebnis in direktem Zusammenhang mit dem »Alles muß in der Luft stehen« des *Kleiderschrank* sehen, nicht gefehlt. Indessen ist dieser erotische Wunschtraum, aus München in die alte Heimat verlegt, vor allem interessant, weil er seit der schablonenhaft unerlebten Schauspielerin in *Gefallen* der erste Versuch des jungen Dichters ist, sich an die Gestalt eines Mädchens heranzuwagen und sich ihrer körperlichen Ausstrahlung nicht mit Hilfe von allerlei gespielt zynischer »Unterleibs«-Philosophie, wie wir sie aus den Jugendbriefen an Grautoff kennen, zu entziehen. Es ist ein schüchterner Versuch, er wird auch sogleich als nicht getan zurückgenommen; aber das erotische Erlebnis ist damit nicht ausgelöscht, und es hat, hier zum ersten Mal ausgesprochen, eine eigentümliche Komponente: die Liebeserzählungen des nackten Mädchens, so wird summarisch mitgeteilt, gehen nicht gut aus: »Das Ende war so traurig, wie wenn zwei sich unauflöslich umschlungen halten und, während ihre Lippen aufeinanderliegen, das eine dem anderen ein breites Messer oberhalb des Gürtels in den Körper stößt, und zwar aus guten Gründen.« Oberhalb des Gürtels, so ist ausdrücklich gesagt, nicht unterhalb. Mörder, Raubmörder, Lustmörder und ihre Messer kehren in den Vorstellungen des jungen Dichters häufig wieder – nicht zuletzt in den erwähnten, unausgeführten Novellenplänen, vom »Mörder Schandfleck« bis zum »Mörder Ozean«. Sie müssen »gute Gründe« wohl gehabt haben. *Tobias Mindernickel* stammt aus derselben Lübecker Giebelwelt und ihren seelischen Abgründen, und beide sind, wiewohl »über alle Begriffe schändlich«, nicht so rätselhaft wie der Dichter uns weismachen will. Bemerkenswert ist, daß diese ganze Sphäre aus *Buddenbrooks*, denen sie nicht nur äußerlich zugeordnet ist, völlig ausgespart ist. Die Novelle war der Schwester Carla gewidmet – die einen ausgeprägten Sinn fürs Makaber-Überspannte besaß –, und erschien im Juniheft 1899 der ›Neuen Deutschen Rundschau‹.

Die kurze Novelle *Gerächt*, im Juli 1899 entstanden und im folgenden Monat im ›Simplicissimus‹ erschienen, zielte wohl mit ihrer »entfleischten Brunst«, wie vermutet worden ist, auf die zerebrale Erotik des *Tristan*, aber dem Dichter war die papierne Unerlebtheit der Situation wohl bewußt. Er schrieb an seinen Freund Kurt Martens, er möge ihm die Sache nicht übelnehmen; sie sei »recht minderwerthig«, aber er müsse sich doch, bis der Roman fertig sei, hie und da in Erinnerung bringen. Besser sei etwas Älteres, »sehr Melancholisches und Bissiges«, das demnächst erscheinen werde, nämlich *Luischen.*

Die letzte Zeile von *Buddenbrooks* wurde am 10. Juli 1900 geschrieben, die Durcharbeit des Manuskripts am 13. August beendet, und irgendwann in dieser Zeit, entweder kurz vorher oder sogleich nachher, entstand die Novelle *Der Weg zum Friedhof.* Thomas Mann berichtet, er habe Lobgott Piepsams groteske Geschichte unmittelbar nach Abschluß des »langen Buches« geschrieben, um sich von der Anstrengung zu erholen und als Geste der Genugtuung darüber, die mühevolle Arbeit zu Ende gebracht zu haben. Aber das sagte er Jahrzehnte später, und es könnte ein Erinnerungsfehler sein; andere Hinweise deuten auf Mai 1900; im September 1900 war die Novelle bereits im ›Simplicissimus‹ gedruckt. Wie auch immer, die schaurig-groteske Geschichte, in der das blonde, blauäugige, blitzblanke »Leben« so offenkundig mitleidlos über Alter, Unglück und Einsamkeit triumphiert und der arme tobsüchtige Besiegte »klipp und klapp, wie im Affentheater« von den Sanitätern weggeschafft wird, ist zweifellos in burlesker, übermütiger Laune geschrieben. Sie fand den besonderen Beifall Ludwig Thomas und erwies sich, vor allem durch ihren sehr komischen Dialog, als ein vorzügliches Vorlesestück, das in der Folge zu Thomas Manns beliebtesten Vortrags-Darbietungen gehörte.

Da das Erscheinen von *Buddenbrooks* sich hinauszögerte, schlug Fischer für das Frühjahr 1901 einen zweiten Novellenband vor, den Thomas Mann sogleich zusammenstellte. Er sollte, wie er Heinrich am 13. Februar 1901 schrieb, nur »ein schmales Ding« werden, das »mir eine vorläufige kleine Namensauffrischung und etwas Taschengeld eintragen soll«. Er dachte an die vier, bisher nur in Zeitschriften veröffentlichten Stücke *Der Weg zum Friedhof* (als Titelstück), *Luischen, Der Kleiderschrank* und *Gerächt,* denen er als fünftes Stück noch eine »Burleske« hinzufügen wollte, »die ich in Arbeit habe und die wahrscheinlich ›Tristan‹ heissen wird (Das ist echt! Eine Burleske, die ›Tristan‹ heisst!)«, und als sechstes Stück »vielleicht noch eine längst geplante Novelle mit dem unschönen aber spannenden Titel ›Litteratur‹ (Illae lacrimae!)«. Dies war der ursprünglich für *Tonio Kröger* ersonnene Titel. Aber aus all dem wurde nichts. Thomas Mann hatte sein Arbeitstempo sehr überschätzt. Von den zwei neuen Arbeiten konnte bis zum Frühjahr nicht die Rede sein, die vier bereits fertigen reichten für einen kleinen Band nicht aus, und zudem gab Fischer zu erwägen, ob »es ratsam sei, eine Reihe nur solcher Novellen, die alle mehr oder weniger auf den gleichen Ton gestimmt sind, in einem Band zu vereinen«. Der Plan wurde fallengelassen. Neue Töne meldeten sich nun bald.

Die »Burleske, die ›Tristan‹ heisst«, zu Beginn des Jahres 1901 begonnen und nach Thomas Manns Rückkehr von seiner Florenzreise im April-Mai, die Vorstudien zu *Fiorenza* gewidmet war, im Juni 1901 in München beendet, könnte geradezu als eine Vorübung zum *Zauberberg* gelten, wenn man nicht wüßte, daß Thomas Mann bis dahin noch nie ein Lungensanatorium oder überhaupt ein Sanatorium von innen gesehen hatte. Zeitgenossen, die es wissen müssen, versichern jedoch, das Sanatorium »Einfried« sei eine sehr treffende Abbildung des von Dr. Christoph von Hartungen geleiteten Sanatoriums »Villa Cristoforo« in Riva am Gardasee, das Thomas Mann jedoch erst im Juli 1901, als *Tristan* bereits vollendet war, zusammen mit seinem Bruder Heinrich, der schon vorher mehrmals dort gewesen und mit Hartungen befreundet war, zum ersten Mal aufsuchte. Bis dahin kannte er das Etablissement und sein Personal bestenfalls aus Heinrichs Schilderungen, oder aber das Ganze war »frei aus der Luft gegriffen«.

Ganz und gar nicht erfunden hingegen – ebenso wenig erfunden wie Gabriele Eckhofs Bremen, das ganz einfach wieder einmal das *Buddenbrooks*-Lübeck ist – war die Hauptfigur der Novelle, der Dichter Detlev Spinell. Sein Vorbild war unverkennbar und eingestandenermaßen der zum ›Simplicissimus‹-Kreis gehörende, aus Budapest stammende Schriftsteller Arthur Holitscher, der zur Zeit der Entstehung von *Buddenbrooks* in den Jahren 1899–1900 zu Thomas Manns losem Münchner Freundeskreis gehörte und überdies ein Autor des S. Fischer Verlags war. Holitscher, einige Jahre älter als Thomas Mann, war ein selbstquälerisches, von seiner eigenen Unzulänglichkeit geplagtes Erzählertalent, empfindlich und argwöhnisch und überdies zu Übertreibungen geneigt. Er berichtete später, tief gekränkt, Thomas Mann habe ihn vom Fenster seiner Wohnung aus mit dem Opernglas »beobachtet« und ausspioniert, um ihn sodann hinterhältig zu porträtieren. Der Opernglas-Argwohn war gewiß unbegründet, aber daß Holitscher mit dem Unstern, der über *Tristan* waltete, etwas zu tun hatte, ist immerhin möglich. Fischer hatte sich die Novelle ausdrücklich zum Vorabdruck in der ›Neuen Deutschen Rundschau‹ erbeten, aber Oscar Bie schickte sie als »ungeeignet« zurück. Was war an der »fragwürdigen Geschichte«, wie Thomas Mann sie gegenüber seinem Freund Paul Ehrenberg, dem er sie vorgelesen, nannte, wohl »ungeeignet«? Daß Holitscher bei seinem Freund Fischer gegen sie Einspruch erhob, kann schwerlich sein, denn er lernte sie, seiner eigenen Aussage zufolge, erst kennen, als sie zwei Jahre später in Buchform erschien. Möglich, daß Fischer die Porträtähnlichkeit erkannte – »Spinell, ein Mineral, event. edel« hatte Thomas Mann im Notizbuch vermerkt – und Holitscher nicht kränken wollte. Denn der Mann war ja unverkennbar. Man nannte ihn im Sanatorium »Einfried« hinter seinem Rücken den »verwesten Säugling« – und das dürfte Holitscher tief gekränkt haben, obwohl der Erzähler versichert, es sei »hämisch und wenig zutreffend« gewesen. Durchaus zutreffend war indessen Spinell-Holitschers »ästhetischer Zustand« geschildert – »Gott, sehen Sie, wie schön!« –, zutreffend war weiterhin, daß Spinell-Holitscher einen höchst dekadenten, schönheitsseligen Roman geschrieben und veröffentlicht hatte, unzutreffend hingegen, daß es das einzige Buch des sehr fleißigen Schriftstellers war. Aber dennoch, unleugbar: er war's, wie er leibte und lebte, und es war seinem Konterfei eine gewisse »Hämischkeit« nicht abzusprechen. Indessen druckte Fischer die Geschichte zwei Jahre später anstandslos in Thomas Manns zweitem Novellenband, und warum sie nun nicht mehr »ungeeignet« war, bleibt unaufgeklärt. »Ich fing schon an, die Geschichte selbst für einen Schmarrn zu halten«, schrieb Thomas Mann, als die schöne neue Zeitschrift ›Die Insel‹ sie annahm; aber dort lag sie über ein Jahr lang, ohne zu erscheinen, so daß der Dichter sie schließlich zurückzog. Sie erschien in keiner Zeitschrift, gab aber dafür dem zweiten Novellenband den Titel und wurde späterhin, als Reclamheft, sogar zur Schullektüre.

Thomas Mann wurde sein Leben lang immer wieder von Lesern um Erläuterungen gebeten, was die Geschichte »bedeute«. Noch an seinem Lebensabend, 1953, schrieb er einem Schüler, der ihn um Aufklärung bat, er wolle seinem Lehrer nicht zu nahe treten, »aber in dieser Angelegenheit hat die Klasse eher recht als er. Frau Klöterjahn mißversteht Herrn Spinell doch offenbar absichtlich und weist seine Lobpreisungen damit humoristisch zurück. Auf die Dauer ist sie von seiner Verehrung und der Romantisierung ihrer Person aber doch eingenommen, und so kann man die Formulierung Ihres Lehrers auch gewissermaßen billigen, daß sie in jenem Augenblick ›auf ihrem Weg zu Spinell noch nicht weit genug vorgeschritten‹ sei. Was diesen, nämlich Spinell, betrifft, so ist er entschieden eine komische Figur, was nicht besagt, daß der Autor ihn durchaus als verächtlich hinstellen will. Er ist ein Ästhet, der im Zusammenstoß mit einem Mann der praktischen Realität eine klägliche Rolle spielt, aber gegen den ordinären Klöterjahn vertritt er mit seinem skurrilen Schönheitssinn doch schließlich das höhere Prinzip.«

Die so völlig anders geartete und auf einen gänzlich anderen Ton gestimmte Novelle *Gladius Dei* stammt gleichwohl aus derselben Zeit wie *Tristan*, wenn auch ihre Idee weiter zurückliegt. »Der christliche Jüngling im Kunstladen. (Psycholog. Vorstudie zum Savonarola)« – diese kurze Eintragung findet sich als letzte in der bereits erwähnten Liste von Novellenstoffen in Thomas Manns Notizbuch 3 aus der Zeit 1898–1899, und sie ist die früheste Erwähnung von *Gladius Dei*. Die Entstehungszeit der Novelle ist nicht mit Sicherheit zu bestimmen. Sie erschien im Druck erst im Juli 1902 in der von Hermann Bahr mitherausgegebenen Wiener Zeitschrift ›Die Zeit‹, dürfte indessen bereits im Juli 1901, unmittelbar nach *Tristan*, vermutlich in Mitterbad in Südtirol entstanden sein. Als Thomas Mann am 18. November 1901 auf Einladung des Akademisch-dramatischen Vereins im überfüllten kleinen Saal des Restaurants Eckel in der Münchner Theresienstraße zum ersten Mal allein mit einer Vorlesung eigener Werke einen ganzen Abend bestritt, bildete *Gladius Dei* neben dem Schulkapitel aus *Buddenbrooks* das Programm. Der Abend verlief glänzend, berichtete Thomas Mann, nur der Münchner Kritiker Hans von Gumppenberg verstand die Novelle überhaupt nicht und fand den »fanatischen Mönch« albern und langweilig. Die Novelle ist, wie schon der frühe Notizbuch-Vermerk angibt, ein Vorläufer von *Fiorenza* und Ableger des Savonarola-Stoffes, aus dem Renaissance-Italien ins München der Jahrhundertwende verlegt, und es tritt in der Tat ein Mönch oder eine Art Mönch, »ein grotesker moderner Hieronymus« in ihr auf. Das *Fiorenza*-Thema, von dem sogleich die Rede ist, wird gleichsam präludierend in seinen Hauptelementen in der Novelle bereits angeschlagen.

Der glaubenseifrige, asketische Mönch Hieronymus – ist er eigentlich ein Mönch oder nur ein junger Mann in einem Kapuzenmantel? –, der als ein »Schwert Gottes« in Herrn Blüthenzweigs Kunsthandlung eindringt und die Vernichtung der unzüchtigen Putzmacherin-Madonna verlangt, ein Diener eines höheren, ideellen Prinzips, ist offenkundig dem »Leben« entfremdet, von seinem Glück ausgeschlossen, ein Eiferer des Geistes gegen allen Ästhetizismus, der Kunst nur in Verbindung mit heiliger Sittlichkeit zulassen will und sie überall dort verabscheut, wo sie nur Vermummung niederer

Triebe ist, »gewissenloser Trug, der lockend zur Bekräftigung und Bestätigung des Lebens im Fleische reizt«. Er verlangt eine höhere Kunst – »die heilige Fackel, die barmherzig hineinleuchte in alle fürchterlichen Tiefen, in alle scham- und gramvollen Abgründe des Daseins« – und ist durchaus nicht ganz so »grotesk« gemeint, wie der Dichter vorgibt; er spricht in vielem mit des Dichters eigener, aufrichtiger Stimme von seinem allerpersönlichsten Konflikt.

Es ist aber die Ouvertüre der Novelle, ihr erster Abschnitt, ehe der Jüngling Hieronymus auftritt, Schelling- und Ludwigstraße entlang schreitet und vor Herrn Blüthenzweigs Schaufenster innehält, es sind diese ersten zwei, drei Seiten der Erzählung, die mit ihren Farben und ihrer Melodie unverrückbar im Gedächtnis stehen, wenn man an Thomas Mann und das München der Prinzregentenzeit denkt: »München leuchtete. Über den festlichen Plätzen und weißen Säulentempeln...« München ist seither nicht müde geworden, dieses Preislied auf seine strahlende Juni-Schönheit bei jeder sich bietenden Gelegenheit zu zitieren. Freilich kam die Stadt schon hier und dort in einigen der frühen Erzählungen vor, aber stets nur als skizzenhaft angedeuteter Hintergrund; *Der Wille zum Glück* könnte auch anderswo spielen. *Gladius Dei* hingegen ist durch und durch eine Münchner Geschichte; hier ist die Stadt zum ersten Mal wirklich aus genauester Anschauung geschildert und in ihrer unverwechselbaren Besonderheit verstanden; hier ergreift Thomas Mann zum erstenmal erzählerischen Besitz von ihr, und dies im Augenblick, da sie von ihm Besitz ergreift und ihn, den norddeutschen Fremdling, zu den ihren zu rechnen beginnt.

Die kurze novellistische Studie *Die Hungernden*, ein Jahr nach *Gladius Dei*, vermutlich im September 1902 geschrieben, steht zwischen *Tristan* und *Tonio Kröger* und leitet von der Thematik der einen Novelle in die der anderen über. Wie sogleich erläutert werden wird, befand Thomas Mann sich bereits an der Arbeit an *Tonio Kröger* und schob sie ein, um sich für den schwierigen Mittelteil dieser großen Erzählung freizuschreiben. Die Hungernden sind die nach dem Leben, den »Wonnen der Gewöhnlichkeit« Hungrigen, denen »Geist und Kunst« den Zugang zum »schlichten Gefühl«, zum »einfach und triebhaft Lebendigen« versperren – eine Vorstellung, die alles Sinnen und Trachten des jungen Thomas Mann zu jener Zeit beherrschte und, wie wir aus seinen Briefen wissen, zu seinem alles bestimmenden, schier ausweglosen Lebensproblem machte. Detlef, der Literat, der sich auf einem großen Theaterball zu seiner Verzweiflung von der Welt des Mädchens Lilli und ihres »kleinen Malers« ausgeschlossen fühlt, ist nicht nur seinem Namen nach eine Weiterführung Detlev Spinells in *Tristan*; der »kleine Maler« ist eine Spiegelung des Freundes Paul Ehrenberg und seiner leichtherzigen Mädchen-Liebschaften; der Name Lilli mag sogar eine Anspielung auf die Münchner Malerin Lilly Teufel sein, die Paul Ehrenberg später heiratete. »Detlef« ist im Unterschied zu Detlev Spinell eine reine Selbstschilderung, und viele seiner selbstzerstörerischen Überlegungen – »Wir armen Gespenster des Daseins!« – sind unmittelbar, zum Teil wortwörtlich Thomas Manns Notizbuch 7 entnommen. Die Studie erschien am 24. Januar 1903 in Maximilian Hardens Zeitschrift ›Die Zukunft‹. Thomas Mann selbst hielt nicht sehr große Stücke auf sie, nannte den Schluß in einem Brief »bis zur Trivialität unbeträchtlich«, fand aber doch, daß »das Ding«, wenngleich es »als geschlossenes Kunstwerk irgendwelche Bedeutung« nicht beanspruchen könne, doch »nicht ganz so übel« sei, vom rein Sprachlichen einmal ganz abgesehen. Er wurde sich der übersteigerten Künstlichkeit des Problems schon bald bewußt. »Eine andere Liebe tut not, eine andere...« Der Satz kurz vor dem Ende ist weder trivial noch unbeträchtlich. Er ist sehr »lebendig« und führt direkt zu *Tonio Kröger*.

Im September 1899 unternahm Thomas Mann, damals Redakteur des ›Simplicissimus‹, eine kurze Urlaubsreise, die ihn vorerst nach Lübeck, seinem »Ausgangspunkt«, von wo er vor fünfeinhalb Jahren ausgezogen war, und von dort ins dänische Seebad Aalsgard am Sund nahe Helsingör führte, wo er fünf Tage, vom 11. bis 16. September blieb. Aus dieser kurzen Herbstreise, auf die er als Urlaubslektüre Gontscharows ›Oblomow‹ mitnahm, erstand eine seiner schönsten Erzählungen: *Tonio Kröger.* Er scheint in einem Brief an Grautoff seine Erlebnisse auf dieser Reise ausführlich geschildert zu haben, denn ein Jahr später, am 9. September 1900, schrieb er ihm: »Laß den Brief aus Aalsgard nur nicht verloren gehen; ich werde ihn später noch gebrauchen.« Der Brief ist jedoch nicht erhalten, und wir wissen nicht, wie weit seine vermutlich detaillierten Angaben in die Novelle eingingen. ›Oblomow‹ indessen hat seine Spur deutlich hinterlassen. Diese meisterliche Schilderung des begabten, aber energielosen Menschen, der im Nichtstun versinkt und menschlich verfällt, der ohne Sinn für menschliche Gemeinschaft, für das »Leben« der inneren Vereinsamung anheimgegeben ist, muß Thomas Mann zu dieser Zeit stark angesprochen haben. Gewiß las er darin das eingeblendete Kapitel ›Oblomows Traum‹, diese Rückschau auf Kindheit und Jugend des Helden, die das schönste Traumbild der russischen Literatur ist. Man darf vermuten, daß *Tonio Kröger*, aus dem traumähnlichen Erlebnis der »Heimreise« in die Kindheit und Jugend erstanden, sich ihm schon in Aalsgard, unter dem Eindruck von ›Oblomows Traum‹ in mehr als ihren Umrissen vor dem inneren Blick abzeichnete. Möglicherweise noch in Aalsgard machte er im Notizbuch 3 diese kurzen Eintragungen:

Tonio Kröger

> Manche gehen mit bewußter Notwendigkeit in die Irre, weil es einen richtigen Weg für sie überhaupt nicht gibt.
> TK von Temperament sanftmütig und gutdenkend, von der psychologischen Erkenntnis aufgerieben.
> »Nun, wie denn, Batuschka (Väterchen)...«

Tonio Kröger – so sollte die Geschichte heißen, so hieß ihr Held, das stand schon jetzt fest. (Der Titel *Litteratur*, der sich später anbot, verschwand alsbald wieder.) Held und Geschichte kamen unmittelbar aus der eigenen, der *Buddenbrooks*-Welt, der Name Kröger war sogar direkt dem Roman entnommen, der Vorname Tonio ein Anklang an die südliche Herkunft der Mutter. Auch Tonios Gegenspieler war schon ersonnen; im selben Notizbuch, zwei Seiten weiter, heißt er »Tage«, ein skandinavischer Name, aus dem später der norddeutsche »Hans Hansen« wurde, und sein Modell war ein verlorener Kindheitsgefährte namens Armin Martens, den er innig und vergeblich geliebt hatte. Alle drei frühen Notizbuch-Eintragungen sind im dritten und vierten Kapitel der Novelle verwendet, woraus man schließen darf, daß die Komposition des Ganzen dem Dichter von Anfang an deutlich vor Augen stand. Aber er begann sich ernstlich erst mit dem Stoff im Herbst 1900 zu beschäftigen, nachdem er *Buddenbrooks* abgeschlossen hatte. Am 9. September erinnerte er Grautoff an den Brief mit der Aalsgard-Schilderung, die er brauchen werde. Aber sie war für später, für den dritten Hauptabschnitt vorgesehen. Einstweilen war er wohl noch mit einer ersten, vorläufigen Fassung der Anfangsabschnitte beschäftigt, die Tonios Kindheit in der alten Vaterstadt schildern; sie waren es wohl, die er am 29. Dezember 1900 in einem Brief an Heinrich meinte, in dem er von »einer neuen Novelle bitter-wehmütigen Charakters« spricht.

Es dauerte lange, bis er die Novelle wirklich in den Griff bekam; er legte sie immer wieder beiseite, das Notizbuch 7 enthält in den Jahren 1901 und 1902 mit großen Zwischenräumen gelegentliche Sätze, die sich später in der Novelle wiederfinden, aber die Schwierigkeiten, besonders mit dem Mittelstück, entmutigten ihn immer wieder. »Ich schrieb sehr langsam«, berichtet er im *Lebensabriß* über die »beziehungsreiche kleine Dichtung«, deren »Erlebniskern« die Reise nach Lübeck und Dänemark war. »Namentlich das lyrisch-essayistische Mittelstück, das Gespräch mit der (durchaus fingierten) russischen Freundin, kostete mich Monate«, und er erinnerte sich, daß er das Manuskript bei seinen wiederholten Aufenthalten in Dr. von Hartungens Sanatorium in Riva bei sich hatte, »ohne um eine Zeile vorwärts zu kommen«. Man ersieht es aus den Vorarbeiten. Das Notizenmaterial zu *Tonio Kröger* ist erhalten, es umfaßt fünfzehn beschriebene Seiten verschiedenen Formats, größere und kleinere Zettel, auf denen alle verstreuten Aufzeichnungen aus den Notizbüchern zusammengestellt, ergänzt und erweitert sind, und er strich bei der Arbeit auch hier jeweils durch, was er verwendet hatte. Die Notizen zu Tonios Kindheit machen nur wenige Zeilen aus; nahezu alles übrige beschäftigt sich mit dem Literaten, dem Schriftsteller, seinem Charakter und seinem Verhältnis zu den Mitmenschen. Die Notizen zur Literaturgespräch-Selbstanalyse, unter der Überschrift »Kap. 4« gesondert zusammengefaßt, machen deutlich, welche Schwierigkeiten es bereitete, dieses sperrige und eigensinnige Gedankenmaterial in erzählende, schildernde Form zu bringen, so daß es sich in die Stormsche Melancholie einbettete, die den Grundakkord der Novelle bildete und die der Dichter mit dem Storm-Dreizeiler im Notizbuch fixiert hatte:

»Liegt eine Zeit zurück in meinem Leben –
Wie die verlassene Heimat schaut sie aus –
Wohin im Heimweh die Gedanken streben –«

Im Sommer und Herbst 1902 endlich, in München und Riva, war er entschlossen, mit der Geschichte zu Rande zu kommen, um sie in den nun in Vorbereitung befindlichen neuen Novellenband noch aufnehmen zu können. Am 22. Oktober 1902 schrieb er aus Riva, die Korrekturen des Buches lägen bereits bis auf dieses Schlußstück vor ihm auf dem Schreibtisch, und noch immer gehe es mit der Novelle »sehr behutsam und noch zeilenweiser« als gewöhnlich; er wurde offenbar auch in Riva noch nicht ganz fertig, sondern vollendete die Novelle erst nach seiner Rückkehr, im November oder Dezember 1902, in München. Sie erschien im Februarheft

1903 der ›Neuen Deutschen Rundschau‹ und gleich darauf in dem neuen Novellenband *Tristan* als abschließendes, krönendes Stück. Jedermann empfand sie als ein glückhaft gelungenes kleines Meisterwerk; niemand sah ihr die quälenden Schwierigkeiten ihrer Entstehung an.

Anders als seine übrigen Erzählungen hat Thomas Mann *Tonio Kröger* – und den zehn Jahre später entstandenen, kaum längeren *Tod in Venedig* – stets seinen Hauptwerken zugerechnet und ebenbürtig neben seine großen Romane gestellt, mit gutem Grund. Es ist auf den ersten Blick zu erkennen, daß sie bei aller Kürze und Knappheit vom Gesetz der »großen Form« bestimmt ist: sie umschließt eine Welt. Wie kaum eine andere Novelle Thomas Manns ist sie sehr absichtsvoll nach einem bestimmten Kunstprinzip gebaut, welches, auf größere Fläche projiziert, auch das des Romans ist. Sie besitzt eine strenge formale Symmetrie und gleicht einem Flügelaltar, dessen Flügel einander entsprechen und jeder auf seine Art eine Interpretation des auf dem Mittelstück ausgeführten Themas sind; ebenso sinnfällig ist aber auch die Struktur einer Sonate in drei Sätzen zu erkennen. In seinem *Lebensabriß* von 1930 meinte Thomas Mann, *Tonio Kröger* sei »heute vielleicht von allem, was ich schrieb, meinem Herzen am nächsten«, und überlegte, wie es komme, daß die Erzählung »noch immer von jungen Leuten geliebt« werde. Das hatte, so schrieb er rückblickend in den *Betrachtungen eines Unpolitischen*, natürlich mit *Buddenbrooks* zu tun, ohne die die »Prosa-Ballade« *Tonio Kröger* schlecht bestünde, denn sie sei »so recht ein Lied, gespielt auf dem selbst gebauten Instrument des großen Romans«. In *Buddenbrooks* hatte nur der Schopenhauer-Wagnersche Einfluß, der ethisch-pessimistische und der episch-musikalische, sich geltend machen können, während in *Tonio Kröger* das Nietzschesche Bildungselement zum Durchbruch kam, das fortan vorherrschen sollte.

»Der dithyrambisch-konservative Lebensbegriff des lyrischen Philosophen«, schrieb Thomas Mann, »und seine Verteidigung gegen den moralisch-nihilistischen Geist, gegen die ›Literatur‹, war in dem Erlebnis und Gefühl, das die

Novelle gestaltete, zur *erotischen Ironie* geworden, zu einer verliebten Bejahung alles dessen, was nicht Geist und Kunst, was unschuldig, gesund, anständig-unproblematisch und rein vom Geiste ist, und der Name des Lebens, ja, der der Schönheit fand sich hier, sentimentalisch genug, auf die Welt der Bürgerlichkeit, der als selig empfundenen Gewöhnlichkeit, des Gegensatzes von Geist und Kunst übertragen. Kein Wunder, daß dergleichen der Jugend gefiel. Denn wenn das ›Leben‹ gut dabei weg kam, der ›Geist‹ kam noch besser weg, denn er war der Liebende, und ›der Gott‹ ist im Liebenden, nicht im Geliebten, was auch der ›Geist‹ hier ganz genau wußte.« Der Satz von der »erotischen Ironie« ist eine wundervoll treffsichere Formel; denn Ironie, so fährt Thomas Manns eigene Analyse fort, ist ja »immer Ironie nach beiden Seiten hin, etwas Mittleres, ein Weder-Noch und Sowohl-Alsauch«, und Tonio Kröger empfindet sich mithin als »etwas Ironisch-Mittleres zwischen Bürgerlichkeit und Künstlertum«, wie schon sein Name das Symbol für »derlei Mischlingsprobleme« abgebe, für die Mittelstellung zwischen Gesundheit und Raffinement, Anständigkeit und Abenteurertum, Gemüt und Artistik:

»Das ganze Produkt war eine Mischung aus scheinbar heterogenen Elementen: aus Wehmut und Kritik, Innigkeit und Skepsis, Storm und Nietzsche, Stimmung und Intellektualismus. Kein Wunder, wie gesagt, daß die Jugend hier zugriff, daß sie diese neunzig Seiten den zwei dicken Bänden der ›Buddenbrooks‹ vorzog! Jugend trachtet nach dem Geistigen viel mehr als nach dem Plastischen, und was sie in diesem Fall erregte, war ohne Zweifel die Art, wie in der kleinen Geschichte der Begriff des ›Geistes‹ gehandhabt wurde, wie er zusammen mit dem der ›Kunst‹, unter dem Namen der ›Literatur‹ dem unbewußten und stummen Leben entgegengesetzt wurde. Was sie fesselte, war ohne Zweifel das radikal-literarische, das intellektualistisch-zersetzende Element in dem kleinen Werk, – und wenn das andere, das deutsche, gemüthaft-konservative, diesem Gefallen keinen Abbruch tat, sondern es sogar noch verstärkte, so war es, weil es als Ironie erschien, und weil Ironie selbst Intellektualismus im höchsten Grade ist. Sie ist aber überdies ein Zubehör der Romantik, und so war sie an ihrem Platze. Denn daß ›Tonio Kröger‹ ein Spätling der Romantik ... ist, sah man das nicht? Nein, ich selbst sah es damals nicht. Heute seh' ich es wohl ...«

Weitere fünfundzwanzig Jahre später, in dem Vortrag *On Myself* von 1940, kam der Dichter noch einmal ausführlich auf *Tonio Kröger* zu sprechen, diesmal auf den literarisch-musikalischen Aspekt der Novelle. Sie habe, sagte er, vor dem ihr nächstverwandten *Tod in Venedig* den Schmelz jugendlicher Lyrik voraus, und rein künstlerisch genommen, seien es wohl ihre musikalischen Eigenschaften, die ihr Sympathie gewannen: »Zum ersten Mal war die epische Komposition hier als geistiges Themengewebe, als symphonischer Beziehungskomplex verstanden, wie es später, in größerem Maßstabe, beim ›Zauberberg‹ geschah. Vor allem war im ›Tonio‹ das sprachliche ›Leitmotiv‹ nicht mehr, wie in ›Buddenbrooks‹, bloß naturalistisch, rein äußerlich deskriptiv gehandhabt, sondern hatte eine ideelle Gefühlstransparenz gewonnen, die es entmechanisierte und ins Musikalische hob.« Ein typisches Jugendwerk, so schloß er, »dieses mein literarisches Lieblingskind«, das – »soviele Generationen inzwischen herangewachsen sind und so sehr der Jugendtypus sich geändert haben mag« – mit seiner »Hamlet-Melancholie« doch immer wieder junge Menschen angesprochen hat – »weil sie sich darin wiederfinden«.

Tonio Kröger befreite sich nach einigen Jahren aus dem Novellenband und führte als die Meisternovelle, die er unbestritten war, fortan ein Eigenleben. Zahlreiche Einzelausgaben erschienen im Lauf der Zeit; ihre Gesamtauflage betrug allein zu Thomas Manns Lebzeiten weit über hunderttausend. Hinzu kamen und kommen nicht nur in Deutschland, sondern überall in der Welt kommentierte Schulausgaben für den Deutschunterricht: englische, amerikanische, tschechische, lettische, holländische, französische und japanische Schulkinder lernen seit drei Generationen aus *Tonio Kröger* deutsche Prosa kennen.

Der breite Erfolg von *Buddenbrooks* bewirkte, daß Thomas Mann unversehens zu einem begehrten Mitarbeiter von Zeitungen und Zeitschriften wurde. Diesem häufigen Ersuchen um kürzere novellistische Beiträge verdanken einige der kleineren Erzählungen in den nächsten Jahren ihre Entstehung. Am 5. Dezember 1903 schrieb er scherzend an Walter Opitz: »Nun fühlt man sich im Lichtbereich eines ungeheuren Scheinwerfers, in ganzer Figur sichtbar der Öffentlichkeit, mit Verantwortung belastet für die Verwendung der Gaben, die man unklug genug war der Mitwelt zu verrathen, und die Neue Freie Presse telegraphirt nach einer Novelle, einer Novelle aus meiner geschätzten Feder für ihre geschätzte Weihnachtsnummer, – im Ernst, das thut sie, und nach dem zweiten Telegramm habe ich ihr denn auch irgend einen Wischer für die nächsten Tage zugesagt, während ich doch gerade mit einer Studie für das erste Heft der ›Neuen Rundschau‹ fertig bin, dem ›Tag‹ ein Feuilleton bauen soll...« Fischers Zeitschrift erschien mit dem ersten Heft des Jahrgangs 1904 in besserer, schmuckerer Aufmachung und unter dem neuen Titel ›Neue Rundschau‹, und zu diesem Heft steuerte Thomas Mann die Studie *Ein Glück* bei, die im November 1903 entstanden war. Er hatte im Sommer 1903 einen Freund, den Schriftsteller Kurt Martens, in Tegernsee besucht, und auf ihren Spaziergängen im Wald von Bad Kreuth hatte ihm Martens eine Geschichte erzählt, nicht viel mehr als eine Anekdote, die er als Avantageur während seiner Militärzeit im Offizierskasino seines Husarenregiments erlebt hatte. Thomas Mann notierte sich im Notizbuch 7 sogleich einige Stichworte: »Casino-Novelle: Bäckerjunge – Reiten a. d. Trottoir – Pistolenschießen a. d. Markte.« Aus dieser »Casino-Novelle« wurde *Ein Glück*, das im Januar 1904 in der ›Neuen Rundschau‹ erschien. »Ich freue mich sehr«, schrieb er an Martens, »daß Ihre Geschichte in meiner Zurichtung Ihren Beifall hat. Ich erkannte sie sofort, als Sie sie mir erzählten, als meinem Ideen- und Gefühlskreis zugehörig.« Fischer gegenüber äußerte er sich, in einem Brief vom 14. Dezember 1903, skeptischer: »Im Allgemeinen kann ich sagen, daß ich thätig bin. Augenblicklich schreibe ich eine Skizze für die Weihnachtsnummer der ›Neuen Freien Presse‹: ›Das Wunderkind‹. Sie wird besser, als ›Ein Glück‹, das ich, unter uns, für ziemlich ausgerutscht halte. Das Genre freilich ist gut: es ist wirklich einmal eine Skizze, während das Meiste, was unter diesem Namen geht, bloß schlechte Novelle ist.«

Das Wunderkind, der auf Bestellung angefertigte »Wischer« für das Wiener Blatt, hatte ein Erlebnis aus dem Sommer 1903 zur Vorlage. Damals hörte Thomas Mann, vermutlich in einem Konservatorium-Konzert, den kleinen, kaum neunjährigen griechischen Pianisten Loris Margaritis, der in München großes Aufsehen und allgemeine Bewunderung erregte. Margaritis, 1894 in Athen geboren, hatte dort die deutsche Schule besucht, und sein Vater hatte den ungewöhnlich begabten Knaben zum Musikstudium nach München geschickt, wo er 1903–1904 von Bernhard Stavenhagen ausgebildet wurde; anschließend ging er an die Hochschule für Musik in Berlin und kehrte 1908 an die Münchner Musikakademie zurück, wo er bis 1914 wirkte. Der Abend, an dem Thomas Mann ihn sah und hörte, war der Beginn seiner Laufbahn als Konzertpianist. Thomas Mann scheint ihn nicht wiedergesehen zu haben. Jahrzehnte später schrieb seine Witwe, die Pianistin Ida Margaritis-Rosenkranz, an Thomas Manns Tochter Erika, ihr Mann habe *Das Wunderkind* damals gelesen und sich herzlich darüber gefreut, und legte eine Photographie des Neunjährigen bei, auf der er genauso abgebildet ist, wie die Novelle ihn schildert. Im Unterschied zu *Ein Glück* – beide Arbeiten waren, wie er Heinrich gestand, »ohne Scham auf Bestellung des Geldes wegen angefertigt« – hatte Thomas Mann *Das Wunderkind* gern, bemerkte ausdrücklich, daß unter seinen »kleinen Sachen« die Novelle ihm »persönlich das Liebste« sei und trug sie gern vor. Sie erwies sich sogar als ein ausgesprochenes »Zugstück«, und als er sie 1947 noch auf eine Langspielplatte sprach, war sie frisch und lustig wie am ersten Tag.

Die Novelle *Beim Propheten*, im Mai 1904 geschrieben, zu

ebenjener Zeit, als der neunundzwanzigjährige »Novellist« und Verfasser von *Buddenbrooks* um Katia Pringsheim, die spröde Tochter des Münchner Mathematikprofessors Alfred Pringsheim warb und von einem Tag zum nächsten hangend und bangend die Entscheidung in seiner »großen Lebensangelegenheit« erwartete, ist gänzlich autobiographisch und trägt zahlreiche Einzelzüge dieser spannungsreichen Wochen. Katia Pringsheim befand sich, wie Thomas Mann seinem Bruder Heinrich in einem Brief berichtete, damals »krank in der Chirurgischen Klinik, wohin ich ihr heute Morgen ein paar schöne Blumen geschickt habe, mit Erlaubnis der schönen Lenbach-Mama, die immer ermuthigend lächelt, wenn ich ihr gegenüber bereits einfach von ›Katia‹ rede«. Die »Lenbach-Mama« der Novelle ist schlichtweg ein Konterfei von Frau Hedwig Pringsheim, Sonja, die Tochter der »reichen Dame« ist Katia, der der Novellist »ein Blümchen« schickt, und auch sonst dürfte sich alles ziemlich genau so zugetragen haben, wie die Novelle es schildert, denn der Prophet Daniel in seiner Münchner Vorstadtwohnung war ebensowenig eine Erfindung wie seine Veranstaltung. Es gab ihn, er hieß Ludwig Derleth und hauste mit seiner ihm treu ergebenen Schwester Anna Maria im fünften Stock des Hauses Destouchestraße 1 in Schwabing, und dort wurde in der Tat – die gedruckte Einladung ist erhalten – in der Karwoche 1904 das Manuskript von Derleths ›Proklamationen‹ dreimal vorgelesen, und zwar durch seinen Jünger, den schweizerischen Germanisten Rudolf Blümel. Der Vorlesung am Karfreitagabend wohnten Frau Hedwig Pringsheim und ihr künftiger Schwiegersohn bei. Derleth und seine Schwester verkehrten im Hause Pringsheim in der Münchner Arcisstraße, wie auch im Salon von Thomas Manns Mutter, der verwitweten Senatorin Mann in der Rambergstraße – dort hatte der »literarische Teetisch« gestanden, und dort hatte Thomas Mann den begabten Dichter kennengelernt, dessen ›Proklamationen‹ einige Jahre später der Insel-Verlag herausbrachte. *Beim Propheten* erschien am 22. Mai 1904 in der Wiener ›Neuen Freien Presse‹, und Thomas Mann legte sie nun Frau Professor Pringsheim vor, um sicher zu sein, daß sie ihm »ob der harmlosen Huldigung« nicht gram war. Die »reiche Dame« war es natürlich nicht, denn es bestand ja zwischen ihnen bezüglich der Tochter Katja-Sonja ein stillschweigendes Einverständnis. Thomas Mann las die Novelle hiernach häufig und mit unfehlbarem Erfolg vor, und als sie zehn Jahre später in seinem Novellenband *Das Wunderkind* erschien, konnte sie längst kein Gerede mehr verursachen und war nur noch eine schnurrige Reminiszenz an die »große Lebensangelegenheit«.

Auch *Schwere Stunde* trägt autobiographische Züge, obwohl nicht ohne weiteres erkennbare. Nicht eigentlich eine Novelle, sondern eher das, was Thomas Mann damals eine »Studie« nannte, entstand dieses »kleine Stimmungsbild« aus Schillers »heroischem Leben« im März 1905. Es war für die ›Simplicissimus‹-Nummer zu Schillers hundertstem Todestag bestimmt und erschien dort am 9. Mai 1905. Es führt ein direkter Weg von dieser wundervoll gelungenen Schilderung zu Thomas Manns allerletzter Arbeit, dem großen *Versuch über Schiller* von 1955, in den der Achtzigjährige manches aus der Studie des Dreißigjährigen übernahm. Sie ist vor allem ein mächtiges biographisches Konzentrat, in das die ganze Schiller-Liebe des jungen Thomas Mann und seine gründliche Kenntnis des Werkes eingegangen sind – nicht nur das »Werk« selbst, um dessen Gelingen oder Mißlingen es hier geht, nämlich der ›Wallenstein‹, und der Aufsatz ›Über naive und sentimentalische Dichtung‹, sondern auch Ernst Müllers ›Schiller: Intimes aus seinem Leben‹ und vor allem Schillers Briefe, hauptsächlich aus den Jahren 1796–1798, also der ›Wallenstein‹-Zeit, an Goethe, Körner und Wilhelm von Humboldt. Diese Briefe hat Thomas Mann sehr genau und mit großer Einfühlungskraft gelesen und viele Stellen aus ihnen wörtlich übernommen, umgestaltet, umgestellt und aufs knappste zu Selbstaussagen verdichtet. Es ist eine »Aneignung« von außerordentlicher künstlerischer Eindringlichkeit, in der, wie Thomas Mann es selbst so oft gefordert hat, der Stoff gänzlich durch die Form »vernichtet« wird.

Dies wäre nicht gelungen, wenn in diesem schöpferischen Augenblick nicht eine besondere Affinität bestanden hätte: ein tiefinnerer Gleichklang, eine Entsprechung zu Schillers Schicksalsstunde, die diese Studie zu einem autobiographischen Bekenntnis und geheimen Selbstbildnis macht.
Es sind die Wintermonate 1796–1797, die Zeit der schwersten Schaffenskrise am ›Wallenstein‹. Die Studie ist in der dritten Person erzählt, es ist nur von einem »er« die Rede, der Name kommt nicht vor, das Werk wird nicht genannt. Der siebenunddreißigjährige Dichter, krank, von Katarrh und Krämpfen in Brust und Unterleib gequält, ringt zu später Nachtstunde im ärmlichen Arbeitskabinett, während nebenan die junge Gattin ruhig schläft, indes der Sturm ums Haus tobt, mit dem gewaltigen Stoff, der sich, wie er in dieser schweren Stunde zu erkennen glaubt, von der Form nicht »vernichten« lassen will: »Nein, es mißlang, und alles war vergebens! ... Die Anlage war falsch, und die Sprache war falsch, und es war ein trockenes und schwungloses Kolleg in Historie, breit, nüchtern und für die Schaubühne verloren.« Die Anlage falsch, die Sprache falsch, ein schwungloses Historie-Kolleg, unaufführbar – das war sein eigenes, Thomas Manns einziges dramatisches Werk, nichts anderes, das war *Fiorenza*, wovon weiter unten sogleich ausführlicher gesprochen werden wird, als das würde es sich binnen kurzem vor aller Welt erweisen: ein verfehltes Unternehmen, er hatte es in seinen Briefen oft genug vorausgesagt. Er hatte es gerade erst, im Januar 1905, nach fast vierjähriger Arbeit vollendet, und das große Glaubensbekenntnis an den Schmerz, das in Schillers inneren Monolog einkomponiert ist – »Aber er glaubte ja an den Schmerz ...« –, diese Selbstversicherung, daß das Talent ja Schmerz war und es nur bei Stümpern und Dilettanten »sprudelte«, war ja sein eigenes Bekenntnis, war wortwörtlich aus einem Brief an Katia Pringsheim vom Ende August 1904 übernommen, in dem er von seiner schweren Sorge wegen *Fiorenza* spricht. Und das Bildnis der Schlafenden im Nebenzimmer ist das seiner eigenen schwarzlockigen Prinzessin mit den kindlichen Lippen und den perlenblassen Wangen.

Schillers »schwere Stunde« ist eine heroische Stunde, eine Stunde des Niederbruchs und der heldenhaften Wiederaufrichtung; der verzweifelnde Dichter klammert sich an das seinem Leid und Schmerz innewohnende sittliche Postulat und kämpft sich gegen alle äußeren und inneren Gebrechen und Behinderungen zu seiner Leistung durch: nicht die »verächtliche Kunst des guten Gewissens« ist »das Sittliche, sondern der Kampf und die Not, die Leidenschaft und der Schmerz«. Hierin liegt die wahre Größe. Thomas Manns Auffassung vom Heldentum, die sein Schaffen während der nächsten Jahre wesentlich mitbestimmt, bis sie im *Tod in Venedig* die endgültige Prägung erhält, ist in der Schiller-Studie zum ersten Mal umrissen. Eine Anzahl von bekenntnishaften Kernsätzen ist beinahe wörtlich aus *Fiorenza* in *Schwere Stunde* übernommen, und nicht umgekehrt, wie einige Interpreten annahmen, die übersahen, daß *Fiorenza* mehrere Monate vor der Schiller-Studie abgeschlossen, aber erst einige Monate nach ihr veröffentlicht wurde. Beide, Lorenzo und Savonarola, tragen in Thomas Manns Sinn Züge echten Heldentums, der »Herr der Lebenslust« ebenso wie der strenge Asket. Aber er hat nicht den »Helden« der Renaissance-Dialoge die Charakterveranlagung seines Schiller unterlegt, sondern umgekehrt. Wenn Schiller in seinem inneren Monolog bekennt: »Und der Ehrgeiz spricht: Soll das Leiden umsonst gewesen sein? Groß muß es mich machen!« – so entstammt dieses Wort dem Mund Savonarolas: »Ehrgeiz spricht: Das Leiden darf nicht umsonst gewesen sein. Ruhm muß es mir bringen.« Und es ist beide Male Thomas Mann, der hier für sich selbst spricht. Es ist seine persönliche Lebensstimmung, seine Auffassung von seinem eigenen Leben und Schaffen, die zu diesem Zeitpunkt *Fiorenza* und *Schwere Stunde* miteinander verklammert.

»Dieses Produkt«, sagte Thomas Mann in seinem amerikanischen Vortrag *On Myself* von *Fiorenza*, »war insofern mein Schmerzenskind, als es ein wenig zwischen die Gattungen geraten ist, nicht mehr, wie sonst, Erzählung und doch auch nicht wirklich Theater –« So standen die »Renaissance-Dialoge«, wie er sie häufig nannte, stand diese in nahezu statuarische Dialogform umgeformte, rein von dialektischer Spannung getragene Novelle bisher in allen Gesamtausgaben der Werke Thomas Manns vereinzelt und abgesondert in einer Nische für sich oder am Schluß des jeweiligen Novellenbandes, wo ihr Zusammenhang mit dem übrigen nicht ersichtlich war. Das oben über *Schwere Stunde* Gesagte erklärt, warum der Herausgeber es für sinnvoll gehalten hat, von dieser Gepflogenheit abzugehen und den »Zwitter«, wie Thomas Mann *Fiorenza* auch zuweilen nannte, an der seiner Entstehungszeit und seinem Werkzusammenhang entsprechenden Stelle einzuordnen.

Die Entstehung von *Fiorenza* reicht bis in die Anfangszeiten von *Buddenbrooks* zurück und hat ihren dialektischen Keim zweifellos in dem Spannungsverhältnis mit dem Bruder Heinrich und ihrer gemeinsamen italienischen Zeit. Jedenfalls finden sich Thomas Manns erste Notizen zum Savonarola-Stoff Ende April 1898 im Notizbuch 3 auf der Rückreise von Rom, als er die Fahrt in Florenz unterbrach, um sich in der Medici-Stadt umzusehen. Von hier ab schreitet der florentinische Mönch, wie Thomas Manns Notizbücher ausweisen, unsichtbar neben den hanseatischen Kaufleuten einher, und je näher *Buddenbrooks* ihrem Abschluß kommen, desto deutlicher tritt seine Gestalt in den Vordergrund. Im Frühjahr 1900 reiste Thomas Mann noch einmal eigens nach Florenz, um »auf Fra Girolamos Spuren« zu wandeln, und brachte sich Anschauungsmaterial mit; zwischenhin studierte er hauptsächlich Jacob Burckhardt und Pasquale Villari, die seine Hauptquellen waren. Das Stück sollte ursprünglich *Der König von Florenz* heißen, und »der Doppelsinn des Titels« war, wie er seinem Bruder Heinrich am 17. Dezember 1900 schrieb, beabsichtigt: »Christus und Fra Girolamo sind Eins: nämlich die Genie gewordene Schwäche zur Herrschaft über das Leben gelangt.« Die eigentliche Niederschrift wurde jedoch erst im Sommer 1903 in Angriff genommen und stützte sich auf ein Konvolut von rund fünfzig Blättern

Notizen und Exzerpte. In diesem erhaltenen Rohmaterial findet sich auch ein Blatt mit einer gegliederten »Sceneneinteilung«, die zeigt, daß Thomas Mann ursprünglich nicht an siebzehn Szenen und drei Akte dachte, wie die ausgeführte Fassung sie aufweist, sondern an eine durchlaufende Folge von zwölf Szenen, die pausenlos an einem Schauplatz abrollt und in ihrer Struktur sehr nahe dem klassischen Vorbild der Platonschen Dialoge steht. Sie hätte, wenn überhaupt szenisch dargestellt, wohl nur auf einer dekorationslosen Stilbühne gespielt werden können, die aus der Handlungsarmut der Szenen eine dialektische Tugend hätte machen können.

Die Arbeit ging sehr langsam vorwärts. Er werde, schrieb Thomas Mann am 19. Juni 1903 an Paul Ehrenberg, »ein leises Gefühl der Unsicherheit, von wegen der ungewohnten dramatischen Form, eigentlich niemals ganz los« und müsse womöglich noch vorsichtiger als sonst zu Werke gehen. »Richtig habe ich schon in der zweiten Scene aus epischem Drange eine lange Erzählung hingelegt« – Pico von Mirandolas Bericht über Savonarola und Fiore – »die, wenn sie nicht meisterhaft gesprochen wird, auf der Bühne wahrscheinlich unmöglich ist.« Im Februar 1904 meldete er dem Bruder, er »stecke noch immer im zweiten Akt«, im November 1904 war er »noch immer nicht ganz fertig«, und die letzten Zeilen gelangten erst im Januar 1905, kurz vor seiner Hochzeit aufs Papier. Es sei »eine ganz unerhörte Qual« gewesen, schrieb er, am liebsten höre und sähe er nun nichts mehr davon.

Thomas Mann hat sich im Lauf seines Lebens immer wieder erläuternd zu diesem, wie er wußte und eingestand, nicht durchaus geglückten Werk geäußert. »›Fiorenza‹ ist ein Traum von Größe und seelischer Macht«, schrieb er bald nach der Vollendung an Kurt Martens. »›Es geht um Seelen, es geht um das Reich‹ – das ist Alles. Es ist die Darstellung eines heroischen Kampfes zwischen den Sinnen und dem Geist – und diese Darstellung ist vollkommen unparteiisch.« Jahrzehnte später, in dem Vortrag *On Myself* sah er das »mißgeborene Kunstwerk« im größeren Zusammenhang, zwischen den Werken der »glücklicheren Hand«, zwischen

Tonio Kröger und dem Lustspiel-Roman *Königliche Hoheit* stehend, und schrieb:
»Das Künstler-Problem, der dialektische Gegensatz von Geist und Kunst auf der einen und ›Leben‹ auf der anderen Seite, fährt fort, in diesem Produktionskreis, der bis zum ›Tod in Venedig‹ reicht, eine beherrschende Rolle zu spielen, und ist auch in meinem einzigen dramatischen Versuch, ›Fiorenza‹, abgewandelt ... Lorenzo Medici, der große Schönheitsfreund, und Savonarola, der asketische Mönch, ringen um die Macht, der aufgeklärte, skeptische Diesseitsgeist des Humanismus gegen den totalen Gottesstaat, der Künstler mit dem Moralisten, der sich selbst als einen Künstler definiert, der zugleich ein Heiliger ist und es nicht wahrhaben will, als ihn der sterbende Lorenzo Bruder nennt, den feindlichen Bruder im Geiste.« Der Dialektik von »Geist«, »Kunst« und »Leben« ließ sich, so fährt er fort, mehr als eine Seite abgewinnen. Während im *Tonio Kröger* Geist und Kunst zusammen auf einer Seite gegen das Leben standen, wendet sich in ›Fiorenza‹ der »asketisch gewordene, ins Nichts verabsolutierte Geist« gegen die als sublimierten Lebensgenuß verstandene Kunst. In den während des Ersten Weltkrieges geschriebenen *Betrachtungen eines Unpolitischen* sind *Fiorenza* mehrere lange Abschnitte gewidmet, und dort erläutert Thomas Mann genau, wie das *Tonio Kröger*-Problem in *Fiorenza* »anders gestellt« wieder erscheint:
»...während Tonio Kröger den Gegensatz von Leben und ›Kunst‹ kultiviert und dabei die ›Kunst‹ sehr literarisch verstanden, sie mit dem ›Geiste‹ in eins gerechnet hatte, so war in der dramatischen Novelle diese ideelle Einheit – und das war ein ›Fortschritt‹! – durchaus zerrissen; die Antithese lautete nunmehr: ›Geist gegen Kunst‹ oder auch ›Geist gegen Leben‹, denn Kunst war hier ganz als Leben begriffen, Leben und Kunst zu einer Idee verschmolzen, wie vordem Kunst und Geist; der Geist, der reine Geist erschien separiert, als Literatur, als Kritik, als ›Heiligkeit und Wissen‹, und der Held dieser Diskurse war der durchaus Geistige und Geistliche, der Kritiker, der Literat, oder, in seiner Sprache, der Prophet;

denn wenn er den Propheten als einen Künstler definiert, der zugleich ein Heiliger sei, so gibt er damit auch die Definition des Literaten ... Das Problem des *literarischen Geistes* hat mich mein Leben lang beschäftigt, und es beschäftigt mich vornehmlich hier.« So sah er es später, im düster-flackernden Licht des Konflikts mit dem brüderlichen »Zivilisationsliteraten«. Im Augenblick der Vollendung der Arbeit, im Februar 1905, empfand er das Ganze, wie er an den Bruder schrieb, als »eine schwere Niederlage, aber sie sollte mir lehrreich sein. Schon seit dem ›Tonio Kröger‹ waren mir die Begriffe ›Geist‹ und ›Kunst‹ zu sehr in einandergelaufen. Ich hatte sie verwechselt und sie, in diesem Stück, doch feindlich gegen einander gestellt. Das hatte zu diesem Solness-Absturz geführt, diesem Fiasko in dem Bemühen, eine geistige Construction mit Leben zu erfüllen. Umkehr! Zurück zur Buddenbrook-Naivetät!«

Fiorenza hatte auf der Bühne wenig Glück. Thomas Mann lag, obwohl er an der Unspielbarkeit kaum zweifelte, doch viel daran, das Stück aufgeführt zu sehen. Die Uraufführung fand 1907 in Frankfurt am Main statt, es folgten Inszenierungen in München und Berlin und 1919 eine Aufführung in Wien, die von allen wohl die wirksamste war. Thomas Mann tröstete sich mit einem Zitat, das er sich im Notizbuch 7 notierte und das wohl auf das Schmerzenskind *Fiorenza* gemeint war: »In magnis voluisse sat est: In grossen Dingen genügt es, gewollt zu haben.«

Im Sommer 1905 – *Fiorenza* war noch nicht erschienen – schob Thomas Mann zwei Pläne, die ihn als nächstes beschäftigten, einen Münchner Gesellschaftsroman und die sogenannte »Fürsten-Novelle«, aus welcher der Roman *Königliche Hoheit* wurde, kurz entschlossen beiseite zugunsten eines neuen Stoffes, einer kürzeren Erzählung, die er »rasch erledigen« wollte. Diesmal gelang es ihm, es wurde daraus nicht, wie vorher und später so häufig, durch den Eigenwillen des Stoffes ein dickes Buch. In seinen Briefen spricht er davon als der »Tiergarten-Novelle«; wir kennen sie unter dem Titel

Wälsungenblut. Sie wurde im August 1905 begonnen und Mitte Oktober beendet, erschien aber erst, infolge merkwürdiger Umstände, als Privatdruck 1921 und öffentlich erst drei Jahre nach Thomas Manns Tod. Im vorliegenden Band steht sie, entsprechend ihrer Entstehungszeit, an der chronologisch richtigen Stelle.
Die merkwürdigen Umstände waren diese. Die »Tiergarten-« oder auch »Zwillings-Novelle« sollte im Januarheft 1906 der ›Neuen Rundschau‹ erscheinen und später mit der Novelle *Königliche Hoheit* zu einem Band vereinigt werden. Ende Oktober 1905 war sie fast vollendet, es fehlte nur noch der Schluß, und mit diesem Schluß, buchstäblich den allerletzten Sätzen geriet Thomas Mann in Schwierigkeiten und wandte sich an seinen Schwiegervater um Rat. Klaus Pringsheim, sein Schwager, erinnerte sich, Thomas Mann habe im Gespräch bei Tisch erzählt, er arbeite am Schluß einer Novelle, in welchem ihm an einer betimmten Stelle ein hebräisches Wort für »Betrug« oder »Betrüger« fehle, das er einer jüdischen Figur in den Mund legen wolle. Ob der Schwiegervater ihm ein passendes Wort nennen könne? Es dürfe ein besonders starkes Wort sein, und womöglich solle darin Verachtung des Betrogenen zum Ausdruck kommen. Professor Pringsheim, des Jiddischen mächtig, gab die erbetene Auskunft. Die Schlußsätze der Novelle lauteten demzufolge:
»›Nun‹, sagte er, und einen Augenblick traten die Merkzeichen seiner Art sehr scharf aus seinem Gesicht hervor, ›was wird mit ihm sein? Beganeft haben wir ihn, – den Goy!‹«
Das waren die jiddischen Worte, die nicht aus Thomas Manns eigenem Wortschatz stammten und die der Schwiegervater nichtsahnend beigesteuert hatte. Um ganz sicher zu gehen, daß die Novelle im Haus der Schwiegereltern nicht Anstoß erregen werde, las er sie der Schwiegermutter und dem Schwager vor – der Schwiegervater bekundete kein Interesse – und sandte sie erst ab, nachdem sie erklärt hatten, das zweifellos heikle Thema sei auf so hohem künstlerischem

Niveau behandelt, daß gegen die Veröffentlichung wirklich keinerlei Bedenken bestünden. In Berlin, im S. Fischer Verlag, hingegen war man besorgt. Oscar Bie, der Redakteur der ›Neuen Rundschau‹, beanstandete den allerletzten Satz mit den jiddischen Ausdrücken und bat um Änderung. Thomas Mann wandte sich an seinen Bruder Heinrich um Rat. Der »äußerste Schluß« habe ihm selbst gleich nicht gefallen, aber er wisse beim besten Willen nichts Besseres. Heinrich war dagegen, den Schluß zu ändern, aber Thomas Mann tat Bie den Gefallen – jedoch nur für den Zeitschriften-Abdruck, nicht für das geplante Buch – und ersetzte den letzten Satz durch den, welchen der Leser jetzt kennt: »Nun, dankbar soll er uns sein. Er wird ein minder triviales Leben führen, von nun an.« Dies getan, begab er sich auf eine kurze Vortragsreise. Bei seiner Rückkehr tobte im Haus Pringsheim ein Sturm. In die bekannte Münchner Buchhandlung Jaffé waren einige Makulaturbogen der ›Neuen Rundschau‹ gelangt, die man als Packpapier für eine Büchersendung des S. Fischer Verlages verwendet hatte, und ein literaturbeflissener Lehrling in dieser Buchhandlung hatte in diesen ausgeschiedenen, weil fehlerhaften Bogen die Novelle *Wälsungenblut* (freilich mit dem bereits geänderten Schlußsatz) entdeckt, und alsbald hieß es in der ganzen Stadt, der Autor von *Buddenbrooks* habe eine antisemitische Novelle geschrieben, in welcher er seine junge Gattin schmählich bloßgestellt und das schwiegerelterliche Haus aufs empörendste verunglimpft habe. Die Flüsterkampagne, so Klaus Pringsheim, erreichte auch den Schwiegervater, der außer sich war vor Zorn. »Was hätte ich thun sollen?« schrieb Thomas Mann an seinen Bruder. »Ich sah meine Novelle im Geiste an und fand, daß sie in ihrer Unschuld und Unabhängigkeit nicht gerade geeignet sei, das Gerücht niederzuschlagen. Und ich muß anerkennen, daß ich menschlich-gesellschaftlich nicht mehr frei bin. Ich sandte also ein paar herrische Telegramme nach Berlin und erreichte, daß die Januar-Nummer der ›Rundschau‹, die schon fix und fertig gewesen war, *ohne* ›Wälsungenblut‹ erschien ... *So* gut war die Sache ja nicht –«

Aber damit war *Wälsungenblut* noch immer nicht völlig unterdrückt, denn der Buchhändler-Lehrling, der sie entdeckt hatte – er hieß Rudolf Bretschneider und schilderte später den Hergang – behielt den Text offenbar nicht lange für sich, und bald waren in München Abschriften im Umlauf. Thomas Mann bemühte sich vergeblich, ihrer habhaft zu werden. Später, als Professor Pringsheim sich beruhigt hatte und das böse Gerede vergessen war, fand er, daß die mißlungene Unterdrückung »kein Unglück« sei und erlaubte 1921 eine bibliophile Luxusausgabe, die als Privatdruck in 530 Exemplaren mit Steindrucken von Th. Th. Heine im Münchner Phantasus-Verlag erschien, auch sie mit dem abgeänderten Schlußsatz. 1931 kam unter dem Titel *Sang Reservé* eine französische Übersetzung heraus, und zwar mit dem ursprünglichen Schlußsatz, und diese Ausgabe löste in Frankreich eine Kontroverse aus, auf die Thomas Mann in einem Brief an den Herausgeber der Zeitschrift ›Nouvelles Littéraires‹ antwortete; darin sagt er von sich, dem Autor:
»Es ist kein Meisterwerk, was er zustande bringt, aber ein künstlerisch präsentables Stück Arbeit mit gelungenen Partien: die in guter Laune aus dem vollen geschöpfte Wagner-Aufführung, so findet er noch heute, hat's in sich ... Seine jugendliche Unbedingtheit und Weltfremdheit wäre von selbst auf die Einwände und Besorgnisse nicht verfallen, die aus seinem Lebenskreise gegen die Publikation geltend gemacht werden, aber er ist loyal genug, ihre Berechtigung anzuerkennen, als man sie ihm nahelegt. Er ist gewohnt, Kunst und Wirklichkeit grundsätzlich getrennt zu sehen, gewohnt, ihre Vermengung als Philisterei zu empfinden. Aber er bequemt sich einzusehen, daß in der Sphäre des Wirklichen seine ideell bestimmte Fiktion tatsächlich der Fehldeutung, dem primitiven und skandalösen Mißbrauch ausgesetzt wäre. Die Novelle verschwindet.«
Nur zeitweilig, wie wir gesehen haben. Nach der französischen Übersetzung erschien sie auch in englischer Sprache, aber in die deutschen Ausgaben der Gesammelten Werke wurde sie zu seinen Lebzeiten nicht aufgenommen. Hier

erschien sie erst 1958 in dem Sammelband *Erzählungen*, und hier wie auch in allen späteren deutschen Ausgaben wurde der abgeänderte Schlußsatz beibehalten. Die Verdächtigung, für das Haus Aarenhold habe das schwiegerelterliche Haus Pringsheim in München das Modell abgegeben, griff übrigens völlig daneben. Wenn es überhaupt ein Modell gab, dann war es die Villa des Bankdirektors Hermann Rosenberg, Tiergartenstraße 19, in Berlin. Rosenberg war mit einer Schwester von Frau Hedwig Pringsheim verheiratet und mithin ein Onkel von Frau Katia Mann, und Thomas Mann kannte das reiche Haus, in dem er oft zu Gast war, gut. Die Bezeichnung »Tiergarten-Novelle« war nicht aus der Luft gegriffen.

In die nun folgende Zeit 1906–1909 fällt die Niederschrift von Thomas Manns zweitem Roman *Königliche Hoheit*, und dies mag der Grund sein, warum hinfort, bis zum *Tod in Venedig* nur noch drei kurze Erzählungen entstanden, die alle drei offenkundige Gelegenheitsarbeiten sind. Über die Skizze *Anekdote* wissen wir reinweg gar nichts, außer daß sie am 2. Juni 1908 in der von Hermann Hesse mitherausgegebenen Zeitschrift ›März‹ erschien und von Thomas Mann in seine Gesammelten Werke nicht aufgenommen wurde. Er hat sich nirgends, soweit ersichtlich, auch nur mit einem Wort über ihre Entstehung und die Herkunft ihres Vorwurfs geäußert, und wir haben keinen Anhaltspunkt, wie er auf die sonderbare kleine Geschichte verfiel und was ihn zu ihrer Niederschrift reizte. Vielleicht hatte er sie in seinem Bekanntenkreis gehört, und sie kam ihm gelegen, als die Zeitschrift ihn um einen Beitrag bat. Sie erlebte ihre erste Buchveröffentlichung erst 1958 in dem Sammelband *Erzählungen* der Stockholmer Gesamtausgabe.
Auch *Das Eisenbahnunglück*, erstmals in der ›Neuen Freien Presse‹, Wien, am 6. Januar 1909 erschienen, wurde, wie schon der erste Satz verrät, »auf Bestellung« geschrieben, nämlich für die Weihnachtsnummer der Zeitung (für die sie zu spät kam), und Thomas Mann bezeichnete sie in einem

Brief an seinen Bruder Heinrich rundheraus als einen »Schmarren«, den er »der 300 Mark wegen, die ich für Weihnachtsgeschenke brauche«, gemacht habe. Das hinderte nicht, daß dies eine seiner gelungensten und reizendsten autobiographischen Erzählungen ist, die schon bald zu seinem ständigen Vortragsrepertoire gehörte und bis ins hohe Alter hinein eines seiner liebsten Vorlesestücke war. Alles an der Novelle ist buchstäblich wahr und hatte sich drei Jahre zuvor so wie geschildert zugetragen: Thomas Mann hatte am 1. Mai 1906 eine Vorlesung in Dresden zu absolvieren und begab sich anschließend auf den Weißen Hirsch in Loschwitz bei Dresden, wo Verleger S. Fischer ihn im Sanatorium des Dr. Lahmann erwartete, und das Manuskript, das sich im aufgegebenen Koffer befand und um das der Novellist bei dem kleinen Unglück in so überaus komischer Verzweiflung bangte – »Mein Bienenstock, mein Kunstgespinst, mein kluger Fuchsbau« – waren die Anfangskapitel von *Königliche Hoheit*, an denen er auf dem Weißen Hirsch ein wenig weiterzuschreiben gedachte. Der Anfang der drei Jahre später niedergeschriebenen kleinen Geschichte – »Etwas erzählen? Aber ich weiß nichts« – erinnert sehr an den von Gogols Novelle ›Die verschwundene Urkunde‹, wo es heißt: »Ja, was soll ich euch denn erzählen? Mir will nichts einfallen ... Ich könnte euch vielleicht erzählen, wie die Hexen mit dem Großvater selig einmal Schafskopf gespielt haben.« Thomas Mann liebte Gogol sehr und freute sich immer, wenn man einen Abglanz der großen russischen Humoristen in seinen Erzählungen fand.

Auch *Wie Jappe und Do Escobar sich prügelten* war eine von der ›Neuen Freien Presse‹ für ihre Weihnachtsnummer bestellte Geschichte, und auch sie hatte einen autobiographischen Hintergrund. Thomas Mann holte diese Geschichte des Zweikampfes zwischen zwei halbwüchsigen Schulkameraden auf dem Leuchtenfeld – so hieß es auch in Wirklichkeit – aus seinem schier unerschöpflichen Vorrat von Kindheits- und Jugenderinnerungen aus Lübeck und Travemünde hervor und las sie am Abend des 11. Dezember 1910 im Familienkreis vor. Jappe hieß in Wirklichkeit Paul Jappe, war der Sohn eines Lübecker Kaufmanns und Schulkamerad Thomas Manns im Lübecker Katharineum; der Spanier oder Portugiese Do Escobar war vermutlich erfunden, aber seinen ausgefallenen Namen hatte Thomas Mann, wie er bezeugte, von seiner Mutter gehört, die einmal jemand dieses Namens gekannt hatte; François Knaak, der Schiedsrichter im Zweikampf, ist uns bereits aus *Tonio Kröger* bekannt, und sein Name ist vermutlich aus Fontanes ›Irrungen, Wirrungen‹ entliehen; in Wirklichkeit hieß er Rudolf Knoll und war Ballettmeister, Tanzlehrer und Maître de Plaisir in Lübeck und Travemünde. Es ist ein Nichts von einer Geschichte, in der das bezaubernd inszenierte Drum und Dran alles ist; nirgends hat Thomas Mann die Atmosphäre des sommerlichen Travemünde und die Stimmung seiner letzten Lübekker Schuljahre so dicht und licht eingefangen; der Gang der Knaben vom Strand durchs Dünengras nach dem Leuchtenfeld ist eine seiner schönsten Naturschilderungen, und charakteristischerweise sind nicht die beiden Zweikämpfer die eindrucksvollsten Figuren, sondern der kleine Engländer Johnny Bishop, eine Rand- und Nebenfigur, die indessen das letzte Wort behält. Auch er war ein Schulfreund, hieß in Wirklichkeit John Eckhoff – ein Name, den Thomas Mann bereits in *Tristan* verwendet hatte –, war in Manchester geboren und nach dem Tod seines Vaters, eines deutschen Kaufmanns, mit der Mutter nach Lübeck gezogen. Man könnte meinen, Thomas Mann habe die ganze Geschichte nur um seinetwillen geschrieben. Er fand, wie er Hans von Hülsen sagte, »die ganze Geschichte ja nicht viel wert«, aber um des kleinen Engländers willen war ihm die »Kleinigkeit« noch Jahrzehnte später lieb. Aus irgendeinem Grund erschien sie dann doch nicht in dem Wiener Blatt, sondern erst im Februar 1911 in den ›Süddeutschen Monatsheften‹. Sie war die letzte kurze »Novelette« dieser Art, die Thomas Mann schrieb. Diese Form hatte nun ausgedient; es kam eine neue, die in *Tonio Kröger* und *Wälsungenblut* bereits vorgezeichnet war.

Die inneren und äußeren Umstände der Entstehung der großen Novelle *Der Tod in Venedig* und die Bedeutung, die ihr in seinem Werk nach seinem Ermessen zukommt, hat Thomas Mann selbst verschiedenen Orts ausführlich dargelegt, und einer (notgedrungen kursorischen) Zusammenfassung seiner Äußerungen bleibt wenig hinzuzufügen. Er hatte ursprünglich etwas ganz anderes vor, als er Mitte Mai 1911 die Arbeit an den *Bekenntnissen des Hochstaplers Felix Krull*, die damals bis zum Ende des Ersten Buches, also dem Tod des alten Krull gediehen waren, unterbrach und sich mit Frau Katia auf eine kurze Frühjahrsreise nach Dalmatien begab. Er hatte das Bedürfnis, von dem anstrengenden parodistischen Balance-Kunststück eine Weile auszuruhen und war »heimlich auf der Suche nach neuen Dingen«. Es schwebte ihm eine Novelle vor, deren psychologische Grundkonstellation die »Entwürdigung des Leistungsethikers« sein sollte, und er dachte daran, »Goethes Spätliebe zu Ulrike von Levetzow zum Gegenstand meiner Erzählung zu machen, die Entwürdigung eines hochgestiegenen Geistes durch die Leidenschaft für ein reizendes, unschuldiges Glück Leben darzustellen –«, jene schwere Krise Goethes, die »ein Tod vor dem Tode gewesen ist«. Aber er wagte es damals noch nicht, die Gestalt Goethes zu beschwören, traute sich die Kraft dafür nicht zu, ließ von dem Gedanken ab und sann auf etwas anderes. In *On Myself* sagt er hierüber:

»Ich schuf mir einen modernen Helden, einen Helden des zarten Typs, den ich in früheren Werken schon sympathievoll gestaltet hatte, einen Bruder Thomas Buddenbrooks und Girolamo Savonarolas, einen *Helden der Schwäche* also, der am Rande der Erschöpfung arbeitet und sich das Äußerste abgewinnt, kurz: einen Helden vom Schlage des von mir selbst so getauften ›Leistungsethikers‹ ... Wieder war mein Thema der verwüstende Einbruch der Leidenschaft, die Zerstörung eines geformten, scheinbar endgültig gemeisterten Lebens, das durch den ›fremden Gott‹, durch Eros-Dionysos entwürdigt und ins Absurde gestoßen wird. Der Künstler, dem Sinnlichen verhaftet, kann nicht wirklich würdig werden:

diese Grundtendenz bitter-melancholischer Skepsis gegen alles Künstlertum kommt in dem (Platons Dialogen nachgeformten) Bekenntnis zum Ausdruck, das ich dem schon vom Tode gezeichneten Helden in den Mund legte.«

Dies trug er im Sinn, als er nach Brioni fuhr. Dort gefiel es ihm nicht, und Frau Katia und er reisten am 26. Mai zu Schiff von Pola nach Venedig weiter, wo sie sich im vertrauten Grand Hotel des Bains am Lido behaglich installierten. Während des Aufenthaltes in Brioni starb am 18. Mai 1911 in Wien Gustav Mahler, und Thomas Mann schnitt sich den Nachruf mit Bild aus der Zeitung aus. Er hatte Mahler aus München flüchtig gekannt, und sein Tod »bestimmte mich, dem Helden meiner Erzählung die leidenschaftlich strengen Züge der mir vertrauten Künstlerfigur zu geben«. Auf der Schiffsreise nach Venedig und im Hotel trug sich alles so zu wie geschildert; an der Peripherie der Fabel der Novelle, schrieb Thomas Mann im *Lebensabriß*, sei es nicht anders zugegangen »als weiter innen«: »Alles stimmte auf eine besondere Weise, und was mich dabei an Erfahrungen mit dem ›Tonio Kröger‹ erinnerte, war die eingeborene Symbolik und Kompositionsgerechtigkeit auch unscheinbarer, durch die Wirklichkeit gegebener Einzelheiten. Man sollte denken, daß in jener Jugendnovelle Szenen wie die in der Volksbibliothek oder die mit dem Polizisten zweckhaft, um der Idee, des Witzes willen erdacht seien. Sie sind es nicht, sind einfach der Wirklichkeit abgenommen. Ganz ebenso ist im ›Tod in Venedig‹ nichts erfunden: Der Wanderer am Münchner Nordfriedhof, das düstere Polesaner Schiff, der greise Geck, der verdächtige Gondolier, Tadzio und die Seinen, die durch Gepäckverwechslung mißglückte Abreise, die Cholera, der ehrliche Clerc im Reisebüro, der bösartige Bänkelsänger und was sonst anzuführen wäre – alles war gegeben, war eigentlich nur einzustellen und erwies dabei aufs verwunderlichste seine kompositionelle Deutungsfähigkeit.« Insbesondere »Tadzio und die Seinen« gingen in die Geschichte ein, »wie sie da waren« – es waren genau genommen zwei polnische Familien, die Baronin Moes mit ihren Töchtern und ihrem bildhübschen Sohn Władysław, der »Adzio« oder »Władzio« gerufen wurde, woraus Thomas Mann Tadzio machte, weil er es so verstand, und ihre Freundin, Frau Fudakowska mit ihren Kindern, darunter dem halbwüchsigen Sohn Janek, genannt Jaschiu, dem Freund und Spielkameraden Władysławs. Beide, Władysław Moes und Janek Fudakowski erinnerten sich noch sechzig Jahre später genau an »den alten Mann, der uns immerfort beobachtete«. Der »alte Mann« war sechsunddreißig Jahre alt.

Der ganze Aufenthalt dauerte genau eine Woche. Thomas Mann reiste am 2. Juni 1911 nach München zurück und schrieb am 18. Juli an Philipp Witkop: »Ich bin in der Arbeit: eine recht sonderbare Sache, die ich aus Venedig mitgebracht habe, Novelle, ernst und rein im Ton, einen Fall von Knabenliebe bei einem alternden Künstler behandelnd. Sie sagen ›hum, hum!‹ Aber es ist sehr anständig.« Die Novelle war »als rasch zu erledigende Improvisation und Einschaltung in die Arbeit am Betrügerroman gedacht«, sie war »so anspruchslos beabsichtigt, wie nur irgend eine meiner Unternehmungen«, als »eine Geschichte, die sich nach Stoff und Umfang für den ›Simplicissimus‹ eignen würde«. Aber die Geschichte setzte sich über diese ursprüngliche Konzeption hinweg: »Auch Aschenbachs Geschichte erwies sich als ›eigensinnig‹, ein gutes Stück über den Sinn hinaus, den ich ihr hatte beilegen wollen ... Hier schoß, im eigentlich kristallinischen Sinn des Wortes, viel zusammen, ein Gebilde zu zeitigen, das, im Licht mancher Facette spielend, in vielfachen Beziehungen schwebend, den Blick dessen, der sein Werden tätig überwachte, wohl zum Träumen bringen konnte.« So der Dichter im *Lebensabriß*. Die Geschichte der Verstrickung und Entwürdigung des Schriftstellers Gustav von Aschenbach, diese anspruchslos gedachte, rasch zu machende Improvisation, verlangte ein ganzes Jahr, vom Juli 1911 bis zum Juli 1912. Wieder, wie schon so oft, tauchten bei der Arbeit Zweifel auf, ob diese Sache überhaupt »machbar« sei, wieder und wieder klagt Thomas Mann über die »Qual«, die ihm die »unmögliche Conception« bereite, aber als er fertig war,

gestand er sich, die Novelle sei »das Ernsteste, das ich seit dem zweiten Band der ›Buddenbrooks‹ geschrieben habe«. »Das Ernsteste« – das heißt bei Thomas Mann stets: hier geht es um ihn selbst.
Schon die Vorarbeiten, ein Konvolut von insgesamt dreißig Blättern im gewohnten Kanzleiformat, lassen keinen Zweifel. Da ist zur Charakteristik Aschenbachs notiert: »Sein Heldentypus. Nur anfangs Lyriker, dann Prosaiker. Jugend-Problematik: Skepsis gegen Kunst und Künstlertum. Erkenntnis. Ironie. Dann wachsende Würde. Abwendung von Skepsis u. Erkenntnis im ›Elenden‹ vorbereitet. Sittliche Entschlossenheit jenseits der Erkenntnis u. Psychologie. Zugleich Erstarken des formalen Sinnes. Wiedergeborene Unbefangenheit. Aber moralische Kraft jenseits des Wissens bedeutete zugleich eine Vereinfachung, eine sittliche Naivisierung der Welt und der Seele und daher auch ein Erstarken zum Laster, zum Verbotenen, zu allem Möglichen und – Unmöglichen. Wie denn auch das Formale zugleich sittlich und unsittlich ist: züchtig und a–, ja antimoralisch.« Die autobiographischen Elemente liegen unverschlüsselt zu Tage; es ist Thomas Manns eigener Weg – von der Lyrik zur Prosa, von der »Jugend-Problematik« zur »wachsenden Würde«. Die Novelle *Ein Elender*, die er selbst einmal hatte schreiben wollen und nun Aschenbach überläßt, bezeichnet, obwohl er selbst sie nicht schrieb, seine eigene Abwendung von Skepsis und Erkenntnis, und daß das Formale zugleich sittlich und unsittlich ist, belegt nun, nicht in Aschenbachs, sondern im eigenen Werk, ebendiese neue Novelle. Der Leser erinnert sich an den Beginn des Zweiten Kapitels der Novelle, wo die Werke aufgeführt und gekennzeichnet sind, denen Aschenbach seinen Ruhm verdankt. Sie sind samt und sonders – die Novelle *Ein Elender*, der Roman *Maja*, das Buch über *Friedrich den Großen* und der Essay über *Geist und Kunst* – Werke, die Thomas Mann zwischen 1900 und 1910 schreiben wollte, aber dann verwarf und schließlich Aschenbach überließ. Das fesselndste der Vorarbeiten-Blätter aber ist gewiß jenes, das Thomas Mann »Beziehungen von Kap. II zu V«

überschrieben hat; auf ihm ist alles, worum es ihm im *Tod in Venedig* ging, zusammengefaßt:
»Aufstieg von der Problematik zur Würde. Und nun! Der Konflikt ist: Von der ›Würde‹ aus, von der Erkenntnisfeindschaft und zweiten Unbefangenheit, aus anti-analytischem Zustande gerät er in *diese* Leidenschaft. Die Form ist die Sünde. Die Oberfläche ist der Abgrund. Wie sehr wird dem würdig gewordenen Künstler die Kunst noch einmal zum Problem! Nur die Schönheit ist zugleich sichtbar (sinnlich wahrnehmbar, sinnlich auszuhalten) *und* liebenswürdig, d. h. ein Teil des Göttlichen, der ewigen Harmonie. Sie ist das einzige ›Liebenswürdige‹, das sichtbar, sinnlich wahrnehmbar, sinnlich erträglich ist, von dem Übrigen würden wir sinnlich vernichtet wie Semele. So ist die Schönheit der Weg des sinnlichen Menschen, des Künstlers zum ›Liebenswürdigen‹, Göttlichen, Ewigen, Harmonischen, Intellektuellen, Reinen, Ideellen, *Moralischen*: der einzige Weg und – ein gefährlicher Weg, der fast notwendig in die Irre führt, zur Verirrung führt. Liebe zur Schönheit führt zum Moralischen, d. h. zur Absage an die Sympathie mit dem Abgrund ... führt zur Einfachheit, Größe u. schönen Strenge, zur wiedergeborenen Unbefangenheit, zur Form. Aber eben darum auch wieder zum Abgrund ... Eros ist für den Künstler der Führer zum Intellektuellen, zur geistigen Schönheit, der Weg zum Höchsten geht für ihn durch die Sinne. Aber das ist ein gefährlich lieblicher Weg, ein Irr- und Sündenweg, obgleich es einen anderen nicht gibt.«
Und an anderer Stelle desselben Notizblattes:
»Einsicht, daß der Künstler nicht würdig sein *kann*, daß er notwendig in die Irre geht, Bohemien, Zigeuner, Libertiner, liederlich, Abenteurer des Gefühls bleibt. Die Haltung seines Styls erscheint ihm als Lüge und Narrentum, Orden, Ehren, Adel höchst lächerlich. Die Würde rettet allein der Tod – Rat, Ausweg und Zuflucht aller höheren Liebe ... Zuletzt: Zustand der Verweichlichung, Entnervung, Demoralisation.«
So zeichnet sich Aschenbachs Weg in den Notizen ab, und

der Leser mag am vollendeten Werk erkennen, was der Dichter daraus gemacht hat. Thomas Mann selbst hat den *Tod in Venedig* trotz seines geringen Umfangs ebenso wie *Tonio Kröger* stets zu seinen erzählerischen Hauptwerken gerechnet. »Es scheint«, schrieb er am 13. März 1913 an Witkop, »daß mir hier einmal etwas vollkommen geglückt ist – ein glücklicher Zufall, wie sich versteht. Es stimmt einmal Alles, es schießt zusammen, und der Kristall ist rein.« In der Tat hat die Novelle viele Eigenschaften jener »neuen Klassizität«, von deren Kommen Thomas Mann kurz zuvor in einem kleinen Wagner-Aufsatz gesprochen hatte. Ihre Architektur ist die eines antiken Tempels mit fünf Säulen; sie hat auch die Struktur einer Symphonie in fünf Sätzen. Die Entsprechungen zwischen den einzelnen Sätzen oder Kapiteln haben klassisches Maß, klassische Ausgewogenheit. Nichts ist dem Zufall oder auch nur dem Einfall überlassen; Notwendigkeit und Unerläßlichkeit sind das bestimmende Gesetz; Entbehrliches ist durchweg ausgespart; es herrschen höchste motivische Klarheit und Einfachheit; kein Satz, kein Wort zuviel oder zu wenig; nichts rankt und wuchert, von plauderndem Scherz, von ironischer Arabeske keine Rede, von humorigem Geglitzer nicht die Spur. Und doch schimmert in der finstersten Tragik der »Entwürdigung«, nicht faßbar, nicht definierbar, ein Abglanz mittelmeerischer, attischer Heiterkeit. Eine »klassische« Novelle – in Aschenbachs Verstand.
Denn, wohlgemerkt, der Dichter selbst fand: »Der Charakter des Ganzen ist ja eher protestantisch als antik« und erklärt bündig, die »hieratische Atmosphäre« der Novelle, weit davon entfernt, einen »persönlichen Anspruch« darzustellen, sei »nichts als Mimicry«, Hilfsmittel und geistige Zuflucht des Erlebenden. Mimikry – also zum verwechseln ähnliche Anverwandlung eines anderen, der man nicht ist und auch nicht unbedingt sein will; Spiel des weiteren, Hineinversetzung in eine andere Existenz, um ihr Bewußtsein zu gewinnen – wo aber Spiel und Mimikry sind, da ist die Parodie nicht weit, und das gestand der Dichter in späteren Jahren ohne weiteres zu. So in einem Brief an Josef Ponten aus dem

Jahr 1919: »Unter uns gesagt, ist der Stil meiner Novelle etwas parodistisch. Es handelt sich da um eine Art von Mimicry, die ich liebe und unwillkürlich übe. Ich versuchte einmal eine Definition des Stiles zu geben, indem ich sagte, es sei eine geheimnisvolle Anpassung des Persönlichen an das Sachliche.«

Der Tod in Venedig erschien im Vorabdruck in zwei Nummern der ›Neuen Rundschau‹ im Oktober und November 1912, sodann als bibliophiler ›Hundertdruck‹ im Münchner Hyperion-Verlag und im Februar 1913 schließlich in normaler Buchausgabe im S. Fischer Verlag. Er war sofort ein großer Erfolg und wurde Jahr um Jahr in unzähligen Einzelausgaben immer wieder neu gedruckt. Übersetzungen erschienen zu Thomas Manns Lebzeiten, soweit sich feststellen läßt, in zwanzig Ländern und in siebenunddreißig verschiedenen Ausgaben, und nach dem Zweiten Weltkrieg wurden aus der Novelle eine berühmte Oper und ein berühmter Film.

Das erlebte Thomas Mann nicht mehr. Er selbst fand, wie er in *On Myself* an seinem Lebensabend sagte, daß das kleine Buch in seinem »unerschöpflichen Beziehungsreichtum« eine »eigentümlich markante Doppelstellung« einnahm, in seinem persönlichen Leben als Schriftsteller und zugleich in der Epoche, der dieses Leben angehörte: die Novelle erschien knapp vor dem Ausbruch des Ersten Weltkrieges, mit dem ein Abschnitt des europäischen Lebens endete und »neue Schicksalswelten« sich für den Fortlebenden auftaten:

»– und diesem für mein Gefühl nicht zufälligen Standort an einer Zeitenwende entspricht genau die Rolle, die sie in meinem internen Leben spielt, insofern als sie darin ein Letztes und Äußerstes, einen Abschluß bedeutet: sie war die moralisch und formal zugespitzteste und gesammeltste Gestaltung des Décadence- und Künstlerproblems, in dessen Zeichen seit ›Buddenbrooks‹ meine Produktion gestanden hatte, und das mit dem ›Tod in Venedig‹ tatsächlich ausgeformt war, – in voller Entsprechung zu der Ausgeformtheit und Abgeschlossenheit der individualistischen Gesamt-Problematik des in die Katastrophe mündenden bürgerlichen

Zeitalters. Auf dem persönlichen Wege, der zum ›Tod in Venedig‹ geführt hatte, gab es kein Weiter, kein Darüber-Hinaus, und ich verstand es vollkommen, wenn Freunde meiner Arbeit damals ihre Sorge zu erkennen gaben darüber, wie ich es nun überhaupt noch weiter treiben wollte – nur daß ich dieser Sorge dasselbe Phlegma, dieselbe Mischung aus Fatalismus und vitalem Vertrauen entgegenbrachte, die meiner unbewiesenen Jugend eigen gewesen war.«

So bildet der *Tod in Venedig* füglich und rechtens den Abschluß dieses Bandes der *Frühen Erzählungen* Thomas Manns, die im Zeichen des individualistischen »Décadence- und Künstlerproblems« stehen. Danach hebt etwas anderes an: der bislang so eigensinnig nach innen gekehrte Blick des Künstlers wendet sich nach außen, gewahrt die ihn umgebende Welt und Gesellschaft in neuem Licht, und es beginnt noch im selben Jahr des *Tod in Venedig* die Niederschrift des *Zauberberg.* In seinem Gefolge gewinnen die kürzeren Erzählwerke der späteren Schaffensjahre, die in einem eigenen Band dieser Ausgabe zusammengefaßt sind, ihre eigene und eigentümliche Gestalt, für die *Der Tod in Venedig,* in sich ein Letztes und Äußerstes, bereits Modell und Gußform des Künftigen vorweist.

›SPÄTE ERZÄHLUNGEN‹

Thomas Manns späte Erzählungen, die in seiner zweiten Lebenshälfte, seit dem Ersten Weltkrieg geschaffenen, die in diesem Band in der Reihenfolge ihrer Entstehung zusammengestellt sind, nehmen in seinem Gesamtwerk eine andere Stellung ein als die frühen und erfüllen eine andere Funktion. Allein schon ihre Anzahl zeigt den Unterschied: während der Band der *Frühen Erzählungen* sechsundzwanzig Stücke enthält, die in knapp zwanzig Jahren vor, neben und zwischen den großen Romanen entstanden, sind es in den fünfunddreißig Jahren von 1918 bis 1953 nur ihrer acht; zwischen den einzelnen Erzählungen liegen jetzt zumeist viele Jahre; dafür sind sie länger, breiter konzipiert.
In den Anfängen von Thomas Manns Schaffen machten die kurzen oder höchstens mittellangen Novelletten, Skizzen und Studien das ganze Werk aus; der Dichter meinte sich zu nichts anderem bestimmt und begabt; die kleine Form erschien ihm als die ihm gemäße schlechthin. Das wandelte sich, als die große erzählerische Kraftprobe der *Buddenbrooks* bestanden war. Hinfort liefen die kleinen Erzählungen nur noch hier und dort neben den großen, viele Jahre Arbeitszeit beanspruchenden Romanen her, wenn sich Gelegenheit für sie ergab, ohne sich jedoch in ihrer Art wesentlich zu ändern. Ihre Thematik blieb streng eingegrenzt und von der anekdotischen Pointierung bestimmt; kaum eine von ihnen, nicht einmal *Tonio Kröger* oder *Der Tod in Venedig*, trägt den Keim oder auch nur den versteckten Ehrgeiz zu Größerem in sich – so wie später die geplante Goethe-Novelle sich ganz einfach kraft des Gewichts ihrer Thematik den Lotte-Roman erzwang.
In *Tonio Kröger* und gewiß im *Tod in Venedig* kündigt sich indessen bereits die neue Gestalt der kurzen oder doch kürze-

ren Erzählung an, die Thomas Mann in der zweiten Phase sich schafft und zu hoher Meisterschaft entwickelt. Der Übergang in ein anderes Genre wird sichtbar: die Erzählungen werden thematisch reicher, gedanklich ehrgeiziger und ergiebiger. Was einst die Schule Maupassants nicht verleugnete, rückt nun Schritt um Schritt in die Nähe Goethes, Stifters und der vielbewunderten Meister Turgenjew und Tschechow. Und es hüpft nicht wie einst, zur Zeit von *Buddenbrooks* und *Königliche Hoheit*, mehr oder weniger leichtfüßig nebenher, sondern ist in ihre Kette eingegliedert.

Die Erzählungen der zweiten Lebenshälfte, die jetzt zwischen und nicht mehr neben den großen Prosa-Epen entstehen, bezeichnen die unerläßlichen Atempausen nach der Vollendung der Hauptwerke. Das ist ihre Funktion im Gesamtgefüge des Erzählwerks; es bleibt Sache der Reden und Aufsätze, der Essays und Untersuchungen, neben den Romanen einherzugehen. Thomas Mann machte in seinem Schaffen stets einen Unterschied zwischen »Musizieren« und »Reden«, wie er es nannte, zwischen Erzählen also und Erörtern, und er war stets froh, wenn er vom leidigen Reden zum Musizieren zurückkehren konnte. Nur das Reden unterbrach von nun an noch das Musizieren; daß eine kleine Musik eine große begleitete oder unterbrach, kam nicht mehr vor.

Atempausen zwischen den großen Erzählwerken waren allemal geboten; dieses Bedürfnis stellte sich regelmäßig ein. Doch da der Dichter stets unglücklich war, wenn er nichts zu schreiben hatte, bestand eine solche Pause keinesfalls darin, daß er eine Weile die Feder – er schrieb ja bis zuletzt alles mit der Hand! – ruhen ließ und gar nichts zu Papier brachte; vielmehr darin, daß er etwas anderes ersann und komponierte. Nicht keine Arbeit, sondern andere Arbeit, nicht Ruhe, sondern Abwechslung – das war das Geheimnis der Erquikkung und Belebung, ehe ein neues »Hauptgeschäft« in Angriff genommen wurde.

So folgen *Herr und Hund* und *Gesang vom Kindchen*, mit Vorbedacht »zwei Idyllen« genannt, unmittelbar auf die ganz und gar unidyllische Riesen-Polemik der *Betrachtungen eines Unpolitischen*; *Unordnung und frühes Leid* ist ein Aufatmen nach der Vollendung des *Zauberberg*; *Mario und der Zauberer* eine Pause im ersten und zweiten Joseph-Roman; *Die vertauschten Köpfe* sind die Rast nach *Lotte in Weimar*, ehe Thomas Mann zum vierten und letzten Joseph-Roman aufbricht; *Das Gesetz* ist ein Nachspiel zu *Joseph, der Ernährer*, und *Die Betrogene* ist ein Zwischenspiel während des weitläufigen *Felix Krull*.

Gleichwohl sind allzu scharfe Unterscheidungen nicht dienlich: die Grenzen zwischen »großer Novelle« und »kleinem Roman« sind immer und überall fließend, und es stellt sich zumeist erst während der Arbeit heraus, wo sie verlaufen. Zu bedenken, daß alle großen Romane Thomas Manns, mit Ausnahme von *Buddenbrooks*, ursprünglich als Novellen konzipiert waren. *Der Zauberberg* hatte eigentlich ein Gegenstück zum *Tod in Venedig* sein sollen, und *Lotte in Weimar* hieß anfänglich »Novelle«, dann »ein kleiner Roman« und endlich Roman schlechtweg. *Der Erwählte*, der als Erholung nach dem Gewaltmarsch des *Doktor Faustus* gedacht war, verlangte zu guter Letzt doch drei Jahre Arbeitszeit und war, wiewohl er sich einen Roman nannte, in mehr als einem Bezug recht eigentlich den »großen Novellen« zuzurechnen.

Wie also dann? Es geht hier eines ins andere über, und wie immer wir diese Erzählungen nennen, sie haben zwei charakteristische Eigenarten gemeinsam: sie sind die Rastplätze auf der großen epischen Reise, und sie stehen allesamt, wie man sie auch versteht und betrachtet, in der Nachfolge des *Tod in Venedig*. Dies war die letzte der frühen Erzählungen aus der ersten Schaffenszeit, von welcher der Dichter damals meinte, von hier gehe der Weg nicht weiter. In Wahrheit begann mit ihr ein neuer; sie lieferte Form und Gestalt, wie vielfältig auch immer abgewandelt, für die kürzeren Erzählungen der späteren Zeit: der strenge Bau, die Struktur und Architektur bis hinein in die Gliederung und Verschränkung der Kapitel ist hier vorgeprägt. So vergnüglich Thomas Mann auch späterhin die verschiedensten Form-Varianten der klassischen Novelle durchspielt, bleibt doch, ob in den *Vertauschten Köpfen* oder der Moses-Erzählung, ob in *Unordnung* und *Mario* oder in der *Betrogenen*, die Venedig-Novelle das große Glück eines selbstgeschaffenen gebieterischen Vorbildes, das schöpferische Muster, das den Maßstab setzt. Diese beiden Eigentümlichkeiten binden die *Späten Erzählungen* dieses Bandes zusammen und schaffen ihre künstlerische Gemeinsamkeit.

Die *Betrachtungen eines Unpolitischen* – »das Untier«, wie Thomas Mann das unförmige Buch nannte – waren Mitte März 1918 endlich abgeschlossen und vom Schreibtisch verschwunden. Der Dichter, aufatmend in einem glücklichen Gefühl der Befreiung vom »Gerede«, konnte es nicht abwarten, zum Musizieren, zum »Dreidimensionalen« zurückzukehren. Er hatte sogleich den im Herbst 1915 unterbrochenen *Zauberberg* wieder aufnehmen wollen. Aber funktionierte der Erzähler-Webstuhl nach so langer Stillegung überhaupt noch? Er war sich im Zweifel und spürte, daß er sich für die Fortführung der großen Erzählung erst durch eine kleine wieder eingewöhnen müsse. »Nach Abschluß des mühseligen Gedankenwerkes«, heißt es in dem autobiographischen Vortrag *On Myself*, »war es nötig, für neue dichterische Aufgaben erst einmal wieder das Handgelenk zu üben.« So schrieb er, während er auf die Korrekturen des »Untiers« wartete, »rasch noch (was ich so rasch nenne) eine Art von Idyll betitelt ›Herr und Hund‹, dessen Prosa etwas wie Hexameter-Geist atmet, und das Ihnen, meine ich, Spaß machen wird«. So in einem Brief. Es machte ihm selber Spaß; von der ersten Seite der kleinen Erzählung an ist die Freude an der wiedergewonnenen Freiheit, an der Aussicht, »etwas Hübsches zu machen«, zu spüren. Er sprach scherzend, in einem anderen Brief, von »meinen ersten dichterischen Gehversuchen«, und berichtete in einem dritten: »Ich sehe, es geht noch leidlich.«

In dieser Idylle ist wenig oder nichts erfunden, fast alles »gefunden«, fertig, wie es da war, in der eigenen, erlebten alltäglichen Wirklichkeit. Der Name Bauschan ist eine frühe

Kindheitserinnerung: so heißt ein Hund in Fritz Reuters ›Ut mine Stromtid‹, das die Mutter ihm vor Zeiten im Lübecker Elternhaus vorgelesen hatte, eine niedersächsische »zutrauliche Verballhornung« von Bastian, also Sebastian. Die Familie hatte den Hund im Sommer 1916 auf die in der Erzählung geschilderte Weise erworben und hatte ihn fünf Jahre lang. Das Gehege, in dem die Erzählung sich abspielt, ist der damals noch wenig bebaute, verwilderte Münchner Herzogpark und der Isarstrand zwischen der Poschingerstraße, wo Thomas Manns 1914 erbautes Haus stand, und dem einstigen Fährhaus, das bald darauf durch die heutige Wehranlage über Fluß und Kanal ersetzt wurde.

»Jetzt erzähle ich wieder und freue mich des unschuldigen und positiven Wesens der Kunst.« So im Juni 1918. Die herzerfrischende Arbeit nahm doch wieder mehr Zeit in Anspruch, als er gedacht hatte. Nicht nur nötigte die plötzlich hereinbrechende »Sturzsee von Korrekturen« zur Unterbrechung; die kleine Erzählung fiel außerdem, wie er gestand, beträchtlich umfangreicher aus als er beabsichtigt hatte. »Die Sache ist eben die, daß man, um das an und für sich Nichtige interessant zu machen, sehr exakt sein muß, und solche Exaktheit braucht Raum.« Drei der vorgesehenen vier Kapitel – es wurden dann doch fünf, wie im *Tod in Venedig* – waren Ende Juni 1918 fertiggestellt, aber mit dem vierten, betitelt *Das Revier*, welches von der Landschaft handelt, dem Gehölz des Herzogparks und dem Flußufer entlang der Föhringer Allee (die heute zur Hälfte nach Thomas Mann, zur Hälfte nach seinem Bruder Heinrich genannt ist), hatte es seine Schwierigkeiten; hier war mehr denn irgendwo Exaktheit erwünscht, welche naive Naturliebe allein nicht beibringen konnte. Er gestehe, schrieb der Idylliker an seinen Freund Ernst Bertram, das Landschaftskapitel im »Bauschan« mache ihm botanische Sorgen. Er brauche Namen! Gerade, daß er die Esche, die Birke bei Namen zu nennen wisse; aber das sei von »sehr ärmlicher dekorativer Wirkung«. Also wandte er sich an einen Nachbarn, den Biologie-Professor Dr. Karl Gruber, und machte mit ihm einen Notizbuch-Spaziergang.

Die Belehrung fiel reichlich aus: Namen in Hülle und Fülle. *Das Revier* und das anschließende Kapitel *Die Jagd* sind eine der sehr wenigen Landschaftsschilderungen im Werk Thomas Manns bis dahin und ein vollkommen gelungenes Stück musizierender Prosa im leicht, ganz von fernher angedeuteten Hexameterschritt. Nicht nur Dr. Gruber, auch und vor allem Adalbert Stifter, den Thomas Mann in diesen Monaten nahezu ausschließlich las, hat hier spürbar eingewirkt.
Die Arbeit an der Idylle wurde während der Sommerferien am Tegernsee fortgesetzt und zog sich noch bis in den Herbst hin. Mit *Herr und Hund*, schrieb Thomas Mann am 15. September 1918, sei er »gleich fertig«, aber es ging, indes der Erste Weltkrieg sich seinem qualvollen Ende zuwälzte, nur stockend weiter. Ungeduld, Überdruß und Langeweile sind nun an mancher Stelle im Tagebuch vermerkt. Merkwürdig, sich vorzustellen, wie die kleine, weltabgewandte Hundegeschichte mit ihren Form- und Stilproblemen neben den großen Weltereignissen herläuft, die sich um Stil überhaupt nicht mehr kümmern. Am 29. September, dem Tag, an dem die Feldherren Hindenburg und Ludendorff von der Reichsregierung ein sofortiges Waffenstillstandsangebot forderten und der Reichskanzler zurücktrat, notierte Thomas Mann, während er »unter Widerstand« an den »Wasservögeln« des letzten Bauschan-Kapitels arbeitete: »Merkwürdige Heuchelei des Schreibens ohne Lust: im Effekt darf kein Unterschied sein, und so macht man es so, wie man es machen würde, wenn man Lust hätte, das heißt, man stellt sich lustig, unter großer Plage.« Er brauchte für die vierzig kleinen Druckseiten des letzten Kapitels noch einen vollen Monat. Immerhin, die »Hasenjagd«, späterhin ein Vorlesungs-Virtuosenstück von unfehlbarer Publikumswirkung, ging »glatter und lustiger« vonstatten. Als er es Frau Katia vorlas, hatte er freilich den Eindruck »großer Langweiligkeit«, ließ sich aber von ihr beruhigen. Die Erzählung wurde schließlich am 14. Oktober 1918 beendet und erschien zuerst in einer von Emil Preetorius bezaubernd ausgestatteten einmaligen Vorzugsausgabe zugunsten bedürftiger Schriftsteller im Früh-

jahr 1919 und danach, zusammen mit der zweiten Idylle, *Gesang vom Kindchen*, in einem Bändchen im Herbst 1919 im S. Fischer Verlag. Der Hund Bauschan erlebte seinen literarischen Triumph noch. Aber, so meinte Thomas Mann, das »Aufflammen seines Ruhms« sei ihm wohl nicht bekommen. Er ging bald nach Erscheinen des Büchleins an einer bösartigen Staupe ein. »Sein Nachfolger, ein ziemlich charakterschwacher kleiner Schäfer, reicht ihm nicht das Wasser.«

Thomas Mann hatte, während er noch an der Hunde-Idylle schrieb, bereits einiges andere im Kopf. In seinen Tagebuch-Aufzeichnungen taucht mehrmals das Stichwort »Hexameter« auf, ohne Erläuterung. Sodann erörterte er beim Tee mit Frau Katia den deutschen Hexameter und seine »Natürlichkeit und Rechtmäßigkeit«, die er ihr gegenüber verteidigte, ohne ihr jedoch vorerst zu verraten, was er im Sinn hatte. Es ging um seine jüngste Tochter, die im April 1918, bald nach Beginn der Arbeit an *Herr und Hund* geborene Elisabeth, damals »Lisa«, später »Medi« genannt. Dieses Kind interessierte, fesselte, bezauberte ihn von morgens bis abends. »Lisa«, so notierte er, »ist in gewissem Sinn mein erstes Kind«, und am Tag der Taufe, dem 23. Oktober, vertraute er dem Tagebuch an, sein Sinn sei, »ohne daß jemand es weiß, auf das idyllische Hexameter-Gedicht auf die kleine Lisa gerichtet«. Ganz so abwegig, meinte er später, sei das ja nicht gewesen; schon in die Sprache von *Herr und Hund* sei »vom Geist des Hexameters, ja von seinem Silbenfall stellenweise etwas eingedrungen«. Drei Tage nach der Taufe vermerkte er, es sei Zeit, daß er wieder zur Arbeit komme, und obwohl *Der Zauberberg* sich auf den leisesten Anstoß hin in Erinnerung brachte, wollte er zunächst doch die Hexameter »An mein jüngstes Kind« machen, um angesichts der unsicheren und auf Warten gestellten Weltlage etwas Kurzes, wenig Weitschauendes vorzuhaben. Er gedachte vorerst einen Prosa-Entwurf zu machen und »Passendes« zu lesen. Und Tags darauf:

»Das kleine Werk, um das ich herumgehe, hat viel Berechtigung, wirklich zu werden, innerlich und äußerlich-künstlerisch. Es ist, wie auch Herr und Hund, dem es sich anschließt, eine seelische, idyllisch-menschliche Reaktion auf die Zeit, ein Ausdruck einer durch Leiden und Erschütterung erzeugten weichen Stimmung, des Bedürfnisses nach Liebe, Zärtlichkeit, Güte, auch nach Ruhe und Sinnigkeit; artistisch vollendet es die längst hervorgetretene Neigung zum Daktylus und Hexameter, in den schon der ›Hochstapler‹ überging, der im ›Tod in Venedig‹ unverhüllt auftrat, und dessen Geist im ›Herr und Hund‹ idyllisch wird.«

So sah er es – im Tagebuch – bereits vor sich, an legitimer Stelle in seinem Werk stehend, noch ehe überhaupt eine Zeile davon geschrieben, die Sache auch nur im geringsten ausprobiert war. Denn war die Verserzählung wirklich eine ihm angemessene Form, saß sie ihm nach Maß? Er überlegte die innere Berechtigung dieses Abenteuers hin und her. Als »passende« Lektüre hatte er sich ›Luise‹ von Voß vorgemerkt, nahm sich dann aber doch lieber ›Hermann und Dorothea‹ vor, und im Anschluß daran sogleich ›Reineke Fuchs‹. Konnte er hoffen, auch nur etwas annähernd Vergleichbares zuwege zu bringen? Der *Vorsatz* zum *Gesang vom Kindchen*, wie er ihn dann zu Papier brachte, gibt Auskunft über seine Überlegungen:

»Bin ich ein Dichter? War ich's zuweilen? Ich weiß es nicht.«

Nun also, er wagte es. Am 2. November 1918 begann er vormittags, einen Prosa-Entwurf des Gedichtes »An mein jüngstes Kind« zu schreiben. An diesem Entwurf, der nicht erhalten ist, arbeitete er sechs Wochen lang. Am 24. November war er bis zu der »wichtigen und heiklen venezianischen Stelle« gelangt, fünf Tage später erwog er die Einteilung des Ganzen in Gesänge und notierte endlich am 15. Dezember: »Beendete den Entwurf zum ›Kindchen‹, ohne nun vorderhand mit dem Ganzen etwas anzufangen zu wissen.« Eine Woche lang ging er zaudernd um die Sache herum, las ›Reineke Fuchs‹, schrieb nichts. Am 22. Dezember begann er, »ein wenig zaghaft zu versifizieren«; tags darauf, während er noch »Hexametrisches von Möricke« zu Hilfe nahm, begann er zu schreiben. Immerhin war er jetzt seiner Sache so sicher, daß er der Münchner Monatsschrift ›Neuer Merkur‹ den Vorabdruck versprach, noch ehe ein einziger Hexameter auf dem Papier stand.

»Am Gedicht gearbeitet: es geht, es geht!« heißt es frohlokkend im Tagebuch am Tag nach Weihnachten; drei Tage später war die Einleitung, aus achtundfünfzig Hexametern bestehend, beendet. Die Hexameter trabten, wenn auch nicht ohne Stolpern und mit einiger Störrischkeit, munter ins neue Jahr. Er arbeite da, schrieb Thomas Mann an Philipp Witkop, an »ganz wunderlichem Zeug«, vertraute indessen dem Tagebuch die Befürchtung an, daß »manche Stellen zu prosaisch ausfallen«; doch wollte er »allzu große Geschlossenheit der Verse vermeiden« und tat sich etwas zugute auf Zeilen, die mit »und« oder »als daß nicht« ausgingen. Zuweilen widerstand ihm die Arbeit, Verstimmung, gar Verzweiflung ergriffen ihn, er fand das Ganze trivial, schämte sich und mühte sich mit einer einzigen Stelle den ganzen Tag lang: »Rücke nur langsam vorwärts; darf mir nicht klarmachen, wieviel Zeit das Ganze kosten wird. Bin sehr besorgt, daß meine Verse keinen poetischen Geist haben.« Allmählich nahm die Arbeit jedoch eine stetigere Gangart an. Er notierte die tägliche Produktionsziffer gewissenhaft und war sehr zufrieden, wenn er zwanzig Hexameter am Tag zuwege brachte; beschämend wenig freilich, fand er, wenn er bedachte, daß Goethe bei ›Hermann und Dorothea‹ hundertfünfzig Zeilen täglich schrieb. Am 10. Januar 1919 vermerkte er vergnügt: »Schrieb 20 Verse. Ein Kinderspiel, wenn es um äußere Dinge geht.« An diesem Tage las er Frau Katia zum erstenmal die bis dahin fertigen Teile vor. Sie war gerührt, äußerte jedoch Widerstreben gegen die Darstellung intimster Details des Familienlebens. »Dieses Intimste«, meinte er wiederum, »ist jedoch das Allgemeinste und Menschlichste, und übrigens kenne ich solche Bedenken garnicht.« Er hatte sie nie gekannt, kannte sie auch fürderhin nicht, und daraus erwuchsen ihm immer wieder Ungelegenheiten.

Als er den Abschnitt *Schwesterchen* beendet hatte, es war in der letzten Januarwoche, waren vierhundert Hexameter fertig, und er meinte, dies sei etwa die Hälfte. Also noch drei Wochen Arbeit, da der Durchschnitt zwanzig Hexameter pro Tag war. Aber diese Rechnung ging nicht auf. Am 11. Februar hatte er glücklich den »orientalischen Abschnitt« vollendet – es ist der *Vom Morgenlande* betitelte, mit der Zeile: »Wisse, du bist im Osten gezeugt«, in dem nordische und orientalische, deutsche und semitische Welt, Lübeck und Venedig eine Verschmelzung eingehen und die Werbung um die Prinzessin des Ostens, die zwanzigjährige berückende Schönheit Katia Pringsheim – »Märchenosten! Traum vom Morgenland!« – noch einmal heraufbeschworen wird im Antlitz des Kindes:

»Also sinn' ich von Heimat zu Heimat in deiner Betrachtung,
Liebling mit der Väterbraue, dem maurischen Näschen.
Tiefste Heimat ist ja der Osten, Heimat der Seele,
Heimat des Menschen, Heimat ältester, mildester Weisheit.«

Es war ein erster Vorklang der biblischen Mythenwelt, der zehn Jahre später, in den *Geschichten Jaakobs*, sein ganzes Sinnen und Trachten galt. Im Tagebuch notierte er:

»Ich denke, der Abschnitt ist merkwürdig, – und das Ganze ein wunderlich treuherziges Ding, worin ich wieder mit allem, was ich habe, vorhanden bin, und das zusammen mit ›Herr und Hund‹ ein originelles (ursprüngliches, naives und dichterisches) Buch geben wird, in seiner Art auch ein Dokument dieser Zeit.«

Es fehlte nur noch der letzte Abschnitt, in dem die Taufe, so wie sie sich tatsächlich zugetragen hatte, mit dem Pastor Kuno Fiedler, dem gelehrten Freund Ernst Bertram, der eben sein Nietzsche-Buch veröffentlicht hatte, und Leutnant Günther Herzfeld-Wüsthoff, einem schwer kriegsverletzten, jungen Bewunderer, zu schildern war – allerdings mit einer kleinen »Fälschung«, denn der Kriegsmann war in Wahrheit krankheitshalber ausgeblieben, wurde aber dessen ungeachtet in das trauliche Bild hineinkomponiert. Die »Bertram-Nietzsche-Stelle« war am 20. Februar zur Zufriedenheit beendet, und er saß gerade fest »beim militärischen Paten, wo es ein politisch Lied gilt«, als mit der Schreckensnachricht von der Ermordung Kurt Eisners das garstige Lied von außen hereindröhnte; aber Thomas Mann wandte sich gleich wieder seinen Hexametern zu und machte, um der Schwierigkeit Herr zu werden, einen neuen Prosa-Entwurf der politischen Passage:

»Aber die Länge ist unverhältnismäßig, die Frage, was überhaupt über diese Dinge mit Fug gesagt werden kann, wo alles dunkel und vieldeutig ist, stört sehr. Hexameter und Grübelei ist jedenfalls ein Widerspruch. Der Vers verlangt klare, gesunde Gedanken. – Der Hexameter muß immer Gedanken ausdrücken, auf die zu antworten ist – – – Hätte nicht gedacht, daß ich kurz vor dem Ende noch so aufgehalten würde. Ich muß es kurz machen. Eine lange Abhandlung über die Zeitfragen wäre verfehlt.«

Das Gedicht saß fest, und außerdem erwies sich, daß es für ein Heft des ›Neuen Merkur‹ viel zu lang wurde. Also beschloß man, den Vorabdruck auf zwei Hefte zu verteilen, und Thomas Mann korrigierte bereits die Fahnenabzüge des ersten Teils, als der zweite noch nicht abgeschlossen war. Er wollte nun mit dem Gedicht rasch zu Ende kommen, aber noch immer gab es Hindernisse. Bertram teilte ihm schriftlich einige »metrische Beanstandungen« mit, und er hatte »große Qual mit der Korrektur. Tief und quälend verstimmt, ja verzweifelt.« Und drei Tage darauf, am 20. März 1919, im Tagebuch: »Machte an der Taufe fort. Erst jetzt verstehe ich mich eigentlich auf den Hexameter. Ich bin in dies kleine Unternehmen mit einer unglaublichen metrischen Ahnungslosigkeit hineingegangen. Irgendwie genau genommen, sind mindestens die Hälfte der Verse horribel. Hoffentlich hält man's für freie Absicht.«

Schließlich am 25. März 1919: »*Beendete das Gedicht* und numerierte die Verse. Es sind 977. So ist auch dies wunderliche kleine Unternehmen durchgeführt und ein neues Buch damit

fertig, das erste nach den Betrachtungen: ›Herr und Hund. Gesang vom Kindchen. Zwei Idylle.‹«
Das war der Titel, unter dem die beiden kleinen Werke im Herbst 1919 erschienen. Aber es gab Mißlichkeiten bis zum letzten Augenblick. So gelungen die Prosa-Idylle war, so verbesserungsbedürftig schien bis zuletzt die Vers-Idylle. Bertram war zwar von seiner »feierlichen Abkonterfeiung in der hohen Literatur« sehr erfreut, aber Frau Katia fand, die Verse über seine Krankheit – eine chronische Ischias – solle man doch streichen: »Meine Frau meint, es sei, vom Persönlichen abgesehen, des Elends überhaupt zuviel. Der eine Pate zum Krüppel geschossen und der andere mit ›periodischer‹ Krankheit behaftet, es sei ja das reine Spital. Aber zum Spital habe ich nun mal eine Neigung, das wäre kein Grund.« Bertram jedoch hatte nichts einzuwenden, und die Zeilen blieben stehen. Aber alsbald, beim Vorabdruck im April- und Maiheft 1919 des ›Neuen Merkur‹, meldeten sich wohlmeinende Freunde mit Beanstandungen und rieten, vor allem die zweite Hälfte des Gedichts für die Buchausgabe noch zu revidieren. Bruno Frank erhob »freundschaftliche Vorstellungen« und »drang auf Abhilfe, Unterdrückung, Änderung« der zweiten Hälfte, über die »man sich allseitig abfällig äußere«. Thomas Mann war besorgt und verstimmt: »Daß die ›Taufe‹ abfällt, unterliegt keinem Zweifel, aber im Grunde ist mein Dünkel groß: ›Es kommt von mir‹.« Aber auch Kurt Martens, auch er ein alter Schriftsteller-Freund, klagte über die schlechten Hexameter, und nun begann Thomas Mann sich zu ärgern:
»Der Teufel hole das Ding. Die ›Taufe‹ läßt mich selbst vollkommen kalt, ja scheint mir anstößig, weil sie nichts mehr ist, als ein spielerisches Kultivieren des idyllischen Geistes um seiner selbst willen, während der Anfang Innigkeit und Leben hat. Freilich müßte mit der Taufe auch die Einleitung fallen.«
Er strich weder die Taufe noch die Einleitung weg, nahm jedoch, noch im September 1919, eine energische Kürzung des »Taufe«-Abschnitts vor und notierte: »Vorteil. Das Pein-

liche scheint mir entfernt, das Ganze gerundeter.« Er las einige Male in diesem Winter öffentlich daraus vor, denn: »Ich zeige gern, wie die Hexameter zu lesen sind, was vorderhand mein Geheimnis zu sein scheint«, und in einem Brief an die Münchner Rupprechtspresse, die 1920 eine Luxusausgabe des Gedichtes veranstaltete, verteidigte er nochmals seine Verse: »Es kam mir mehr darauf an, den Hexameter zu markieren und seinen Geist, der der Geist des Gegenstandes war, spüren zu lassen, als darauf, schulgerechte Verse zu schreiben, von denen übrigens eine nicht geringe Anzahl, willkommen geheißen, wenn sie ganz leicht und von ungefähr sich einstellten, in dem Gedicht zu finden ist. Die in Kritiken viel erwähnte Holprigkeit der Verse ist, meinem besseren Wissen zufolge, nur scheinbar. Liest man die Rhythmen *nicht* als Hexameter, sondern frei, so lesen sie sich gut, wie sprachlich feinfühlige Leute mir bestätigt haben.«

Aber er wurde der Sache nicht mehr froh. »Das kleine Produkt ist mir verdorben«, notierte er im Juli 1920, und der mütterlichen Freundin Ida Boy-Ed in Lübeck schrieb er: »Ihre Stimme bestärkt mich in dem Gefühl, daß ich den ehrlichen Bauschan nicht zu verleugnen brauche: Soweit ich mich überhaupt sehen lassen kann, kann ich es auch mit ihm. Daß Sie auch für den ›Gesang‹ ein gutes Wort einzulegen wissen, erfreut mich menschlich, ohne daß es mich in Illusionen lullte. Es kann hier nur von ein paar *Stellen* die Rede sein, um die es schade ist. Das Experiment als Ganzes ist verfehlt; es wäre unvernünftig, sich darauf zu versteifen.« Wirklich ganz verfehlt? Er konnte sich nicht helfen – es war doch etwas dran, etwas, das ihm lebenswichtig war, das man nicht mit einer Handbewegung als »verfehlt« beiseite fegte. Es stand ja doch Goethe im Hintergrund. In der ›Campagne in Frankreich‹ hatte er das Motto für das Büchlein gefunden, ›Hermann und Dorothea‹ war das »hohe Muster« gewesen, das ihm vorgeschwebt hatte; mit ihm, so heißt es im erläuternden Brief an die Rupprechtspresse, habe es den Hintergrund von großem, umstürzenden Geschehen, von Krieg und Völkersturm gemeinsam, und auch (um mit Schlegel zu reden), in

der »liberalen« Betrachtungsart dieser Ereignisse möchte es ihn nachahmen. Schließlich und nicht zuletzt waren die beiden Idyllen als erste künstlerische Gehversuche nach der langen Abstraktion der *Betrachtungen* zu nehmen:
»Erzeugnisse eines tiefen Bedürfnisses nach Abkehr, Frieden, Heiterkeit, Liebe und herzlicher Menschlichkeit, welche mit der damals im Schwange befindlichen ›Menschlichkeit‹ und ›Liebe‹ nichts zu tun haben wollte, – das Bedürfnis nach dem Bleibenden, Unberührbaren, Ungeschichtlichen, Heiligen, und sofern mir um die Versenkung in dieses Element zu tun war, meinte ich es mit der Idylle und dem Geist des Hexameters wahrhaftig ernst. Trotzdem wird man kaum das Gefühl gehabt haben, daß der *Glaube* an die heutige Möglichkeit des Idylls in diesen Idyllen auf festen Füßen stände – – – Kurz, der Mangel an eigentlicher Naivität äußert sich als Hang zum Parodischen, – und so wäre aus diesem kleinen dichterischen Vorkommnis denn wenigstens das Gesetz oder die Bestimmung abzuziehen, daß Liebe zu einem Kunstgeist, an dessen Möglichkeiten man nicht mehr glaubt, die Parodie zeitigt.«
Der *Gesang vom Kindchen* also eine – absichtsvolle oder unabsichtliche – Parodie auf ›Hermann und Dorothea‹? Der Dichter legt uns nahe, es so zu sehen. Ob wir ihm folgen oder nicht, dieser letzte Satz über die Parodie enthält eine Grunderkenntnis des Erzählers Thomas Mann, einen Schlüssel, der viel von seinem künftigen Werk, gewiß den *Zauberberg*, den *Doktor Faustus* und den *Hochstapler Felix Krull* aufschließt. Das verfehlte kleine Werk ließ ein hochbedeutendes Schaffensgesetz offenbar werden; dessen ungeachtet gedachte er, es »unter der Hand wieder verschwinden« zu lassen. Bei seinem Erscheinen, schrieb er später an Carl Helbling, »gab es nichts als Maulverziehen über soviel holprige Philisterei, oder fast nichts anderes«, und so nahm er zwar den »braven Bauschan«, nicht aber das »Kindchen« in seine erste Gesamtausgabe auf.
Schon wenige Tage nach Vollendung der zweiten Idylle holte Thomas Mann das Manuskript des unterbrochenen *Zauber-*

berg hervor und machte sich an die Fortführung und Vollendung dieses Hauptwerks, von der er sich durch kein erzählerisches Nebenwerk ablenken ließ.

Mit einer Ausnahme. Dies ist die Filmerzählung *Tristan und Isolde*, deren Entstehung in diese Zeit fällt, und sie ist ein Kuriosum und ein Fall für sich. Wenn sie auch gewiß nicht zur eigentlichen Familie der Novellen zu rechnen ist, verwandt ist sie mit ihr immerhin, und so steht sie an dieser Stelle zwischen den späten Erzählungen vornehmlich, weil dieser Platz – da sie ja doch irgendwo stehen soll – passender scheint als irgendein anderer.
Thomas Mann hat selbst über ihre Entstehung nichts berichtet. Alles, was wir darüber wissen, hat Viktor Mann, sein jüngerer Bruder, in seinem Erinnerungsbuch ›Wir waren fünf‹ erzählt. Der Bruder war in der beginnenden Inflationszeit vorübergehend in die Filmbranche geraten, hatte mit Erfolg einige Drehbücher verfaßt und war eines Tages von dem vormaligen Schauspieler und nunmehrigen Filmproduzenten Rolf Randolf, der in Berlin seine eigene Gesellschaft gegründet hatte, ersucht worden, er solle ihm helfen, Thomas Mann für ein Drehbuch zu gewinnen. Es solle ein großer, künstlerisch anspruchsvoller Film werden, der Stoff sei ›Tristan und Isolde‹, es werde ein Drehbuch gebraucht, »aus dem wirklich der Geist des Dichters spricht«, und man werde es in »wirklichen US-Dollars honorieren«. Es gelang Viktor Mann, den berühmten Bruder zu überreden. Sie vereinbarten, den Film gemeinsam zu schreiben; Thomas sollte vorerst einen Aufriß der Handlung entwerfen, danach wollten sie zusammen das Drehbuch verfertigen, für das Thomas Mann vor allem die (bei einem Stummfilm unerläßlichen) Zwischentexte liefern sollte. Ein Vertrag wurde geschlossen, eine Dollar-Vorauszahlung geleistet, und Thomas Mann – damals mit den abschließenden Kapiteln des *Zauberberg* beschäftigt – reiste im Oktober 1923 zu einem Ferienaufenthalt nach Bozen, wo sich das denkwürdige Zusammensein mit Gerhart Hauptmann begab, aus dem die Gestalt des

Mynheer Peeperkorn hervorging. Er erwähnt in seiner Schilderung dieser Episode die Filmgeschichte mit keinem Wort; dennoch entstand sie während dieser Bozener Tage, denn Viktor Mann versichert, er habe das Manuskript eines Tages in eingeschriebenem Brief aus Bozen erhalten.

»Lieber Viko«, schrieb der Bruder dazu, »hier sende ich Dir nun einen ziemlich ausführlichen Entwurf der Handlung des Films, wie ich sie mir denke.« Dies ist der Text, den wir besitzen und der in diesem Band an der chronologisch richtigen Stelle zwischen den Novellen steht. »Er ist, glaube ich«, fährt Thomas Mann fort, »eine ganz gute Vereinfachung und Zusammenziehung des Gedichtes und wird sich ohne Schwierigkeiten in Bildern darstellen lassen, wobei natürlich das Seelische mehr oder weniger hinter dem Hergang zu bleiben hat. Es ist aber doch gut, wenn man es immer im Auge behält.« Die Figur des Kurwenal werde auf diese Weise überflüssig, hingegen habe er den Liebestrank nach näherer Überlegung doch beibehalten, denn es sei »witzig, daß er dem Pärchen als Vorwand und Entschuldigung herhalten muß, sich gehen zu lassen«. Und Brangänes Schuldgefühl mache sie »zur unbedingten Dienerin der Leidenschaft, die sie fahrlässig angerichtet zu haben glaubt, und bestimmt sie auch zum stellvertretenden Opfer ihrer Jungfrauenschaft«.

Von Richard Wagner, dessen Text und Musik Thomas Mann natürlich so gut kannte wie nur einer, ist hier nirgends die Rede, denn es war ja, nicht zu vergessen, ein Stummfilm und kein Opernfilm, in dem gesungen werden sollte, und über Musik wird hier kein Wort verloren. Die Kinomusiker würden sie sich vermutlich aus Wagner zusammenklauben.

Die Brüder verabredeten sich in München »zu einigen Arbeitskonferenzen, um die Anordnung der Bilder und Akte festzusetzen«, wie Thomas Mann schrieb. »Ich glaube nicht, daß uns das viel Mühe machen wird. Mir scheint, es ergibt sich alles ziemlich von selbst.« So geschah es. Eines Tages im Winter 1923 war das Drehbuch in gemeinsamer Arbeit fertiggestellt. Produzent Randolf, dem Thomas Mann das Werk vorlas, war begeistert, und die Vorbereitungen wurden in

Angriff genommen. Die Öffentlichkeit erfuhr von dem sensationellen Vorhaben, und die ›Frankfurter Zeitung‹ erkundigte sich bei Thomas Mann, der sich am 14. Mai 1924 in einem offenen Brief dazu äußerte:

»Die Nachricht, daß ich mit der Herstellung eines Filmmanuskripts ›Tristan und Isolde‹ beschäftigt bin, ist insofern nicht ganz zutreffend, als ich dieses Manuskript, das mir leicht und vergnüglich von der Hand gegangen ist, schon vor Monaten abgeschlossen und abgeliefert habe. Die ›gute‹ Jahreszeit mußte abgewartet werden, um mit den Naturaufnahmen beginnen zu können; denn die Auffindung brauchbarer szenischer Motive hat Schwierigkeiten geboten.

Gegenwärtig ist aber, wie ich höre, die Herstellung des Filmes auf gutem Wege, und an der Rolf Randolf A.-G. wird es gewiß nicht liegen, wenn keine Sehenswürdigkeit zustande kommt. Ein Mißerfolg käme auf meine Kappe und würde mich abhalten, zum zweiten Mal auf diesem eigentümlichen Gebiet zu dilettieren.«

Dies gesagt, erläutert Thomas Mann, was es mit der Sache auf sich habe: Sein Entwurf berühre sich keineswegs mit Wagners Musikdrama, sondern sei eine »szenische Vorstellung« des Epos des Gottfried von Straßburg, das er freilich habe verkürzen und zusammenziehen müssen, dessen »reichen seelischen Gehalt« er aber möglichst vollständig in schauspielerische Möglichkeiten umzuwandeln versucht habe. Es sei ein Spielfilm, der mit Monstre-Ausstattungsfilmen wie Fritz Langs ›Nibelungen‹ nicht zu konkurrieren trachte, sondern sich auf das »menschlich Vorstellerische« konzentriere. Die intime und produktive Beschäftigung mit »Gottfrieds geistvollem Gedicht«, dem er noch nie so nahe gekommen sei, habe ihm viel Freude und Genuß bereitet, »und wenn es meiner Arbeit gelingt, den Abertausenden, denen heute das Lichtspiel gleich nach dem täglichen Brot kommt, ihn nahe zu bringen, so will ich zufrieden sein«.

Es blieb bei dem bescheidenen Wunsch. Die »Naturaufnahmen« waren für den Sommer 1924 in Kap Arkona, dem Vorgebirge der Insel Rügen vorgesehen, die Isolde sollte die wunderschöne und hochbegabte Mady Christians spielen, die Première im Winter 1924 in Berlin stattfinden. Aus all dem wurde nichts. Im Winter 1924 erschien zwar *Der Zauberberg*, aber kein Tristan-Film. Randolf, durch die Währungsreform von 1924 zu Sparsamkeit genötigt, schob das Vorhaben immer wieder auf, dann kam der Tonfilm und bald darauf eine Zeit, in der ein Film von Thomas Mann »untragbar« gewesen wäre. Nach dem Zweiten Weltkrieg suchte Randolf vergeblich nach Exemplaren des Drehbuches; es war alles in München und Berlin im Bombenkrieg verbrannt. Dem Vernehmen nach freilich existiert noch ein vollständiges Konvolut der Maschinenschrift mit Thomas Manns Zwischentiteln, Personenverzeichnis, vorgesehener Besetzung und allem filmtechnischen Zubehör im Besitz eines Hamburger Privatsammlers. Von Thomas Manns Entwurf ist nur die Originalhandschrift erhalten, die Viktor Mann in seinem Buch erstmals veröffentlichte und die heute im Thomas Mann-Archiv der Eigenössischen Technischen Hochschule in Zürich aufbewahrt wird.

Die Novellen *Unordnung und frühes Leid* und *Mario und der Zauberer* sind ein Geschwisterpaar, eine unsichtbare Klammer hält sie zusammen, auch der Dichter selbst empfand sie als ein Gespann. Sie haben viele Ähnlichkeiten, äußere und innere. Beide sind strenger als alle anderen bisherigen Erzählungen Thomas Manns nach der klassischen Formel der Novelle gearbeitet: es wird, im Unterschied zum Roman, keine Entwicklung einer Handlung oder der Charaktere gezeigt, sondern ein ungewöhnliches, singuläres Einzelereignis, das der Kulminationspunkt der kurzen Erzählung ist, auf welchen alles hinstrebt. Beide Novellen sind im unmittelbaren häuslichen Familienkreis des Dichters angesiedelt, handeln von ihm selbst und seinen Kindern, und ähnelten einander auch äußerlich in ihren von S. Fischer besorgten Erstausgaben. Sie sind von ungefähr derselben Länge und traten bei ihrem ersten Erscheinen in schmalem, zierlichen kleinen Format auf, bibliophil ausgestattet, im Schuber, von einem empfindsamen Graphiker liebevoll bebildert und geschmückt. Sie erschienen im geringen Abstand von vier Jahren und sind die beiden einzigen kürzeren Erzählwerke Thomas Manns aus den zwanziger Jahren, die den *Zauberberg* und den Anfang der Joseph-Tetralogie brachten. Da aus dieser Zeit 1922–1933 keine Tagebücher des Dichters erhalten sind, wissen wir über die Entstehung der beiden kleinen Werke nur sehr ungefähr Bescheid.

Unordnung und frühes Leid wurde im April und Mai 1925 geschrieben. Thomas Mann trug die Novelle bereits im Sinn, als er noch kaum den *Zauberberg* vollendet hatte, und als der Verleger ihm im Februar schrieb, er brauche für das Heft der ›Neuen Rundschau‹, das er zu Thomas Manns fünfzigstem Geburtstag im Juni 1925 vorbereitete, eine neue Arbeit, möglichst eine Novelle von ihm, war dem Dichter klar, was da zu machen war. Aber die »Regierungspflichten«, wie Hans Castorp zu sagen pflegt, kamen in Gestalt verschiedener Aufsätze dazwischen, und erst im April konnte er die kleine Inflationsgeschichte, die er längst im Kopf hatte, in Angriff nehmen. Es war das erstemal in seinem Leben, wie er in dem autobiographischen Vortrag *On Myself* berichtet, daß er »etwas Dichterisches sozusagen auf Bestellung« schrieb: aber die äußere Nötigung war ihm nicht unwillkommen. Dennoch wurde die Arbeit mit knapper Not gerade noch rechtzeitig fertig; die erste Hälfte des Manuskriptes war schon in der Druckerei, als er noch an der zweiten schrieb. Die Novelle erschien im Juniheft 1925 der ›Neuen Rundschau‹ und erst ein Jahr darauf, im Frühjahr 1926 in der von Karl Walser geschmückten und von Jakob Hegner in Hellerau liebevoll gedruckten kleinen Ausgabe. Die Verzögerung mag gute Gründe gehabt haben. Fischer wollte wohl das zarte kleine Gespinst im großen Trubel des *Zauberberg*-Erfolgs nicht untergehen lassen und lieber etwas warten, damit die Novelle zu ihrem Recht käme. Auch brauchte Walser wohl seine Zeit. Thomas Mann hatte gehofft, das Büchlein seinen Freunden schon Weihnachten 1925 senden zu können; sie bekamen es schließlich Weihnachten 1926.

Es war das Atemholen nach dem *Zauberberg*. »Im Gefühl des Vollbrachthabens«, so erzählte er später, »der Freiheit, im Zustand des Übermuts, der sich gern die Unverbrauchtheit der Kräfte trotz großer Anstrengung beweist, führt man rasch etwas Kurzes, Übersichtliches aus, um die Freuden des Fertigwerdens (sie sind selten) sogleich noch einmal zu kosten.« Dem *Zauberberg* entronnen, habe er diese Geschichte so rasch und leicht geschrieben wie kaum ein anderes seiner Produkte. Es war alles zur Hand und wollte nur »montiert« sein. Von den sechs Kindern des wirklichen Lebens waren vier für die Fiktion geeignet: die beiden »Großen«, Erika und Klaus, die als Ingrid und Bert auftreten, und die beiden Kleinen, Elisabeth oder Medi und Michael genannt Bibi, die hier Lorchen und Beißer heißen; die beiden Mittleren, Golo und Monika, fanden, vielleicht zu ihrer Erleichterung, keine Verwendung. Lorchen, die Hauptperson der Geschichte, ist natürlich dieselbe Lisa wie im *Gesang vom Kindchen*, und in der Tat hoffte der Dichter, wie er später gestand, jetzt »in günstigerer Verfassung« etwas gutzumachen: *Unordnung und frühes Leid* sollte nicht zuletzt eine »verbesserte Fassung« der Hexameter-Idylle sein und diese überbieten und »richtigstellen«. Im Schauspieler Iwan Herzl ist ein guter Freund der beiden »Großen«, der beliebte Münchner Schauspieler Albert oder Bert Fischel sehr lebensgetreu abgebildet, nur hat er seinen Vornamen an den älteren Sohn des Professors abgeben müssen. Für Max Hergesell, der alles frühe Leid verursacht, war der Student und spätere Architekt Fritz Riemerschmidt das Vorbild. Wohl aber ist im Diener Xaver Kleinsgütl, der wirkliche Diener im Hause Mann, der »Windbeutel Ludwig« zu erkennen, der, da die unverhofften Einnahmen aus dem *Zauberberg* mittlerweile die Anschaffung eines Automobils gestattet hatten, nun auch zum Chauffeur ausgebildet worden war; nur Kleinsgütl hieß dieser Ludwig nicht, das war vielmehr der Name einer erst kürzlich wegen ungeheuerlicher Diebereien schmählich entlassenen Haushälterin namens Josepha, welche die Kinder Affa nannten und die Klaus Mann in seiner Autobiographie ›Der Wendepunkt‹ unübertrefflich geschildert hat. Professor Cornelius schließlich, dessen äußerst zugespitzte und artistisch »überdrehte« Dialoge mit seinen ältesten Kindern geradewegs und unretouchiert dem Leben in der Poschingerstraße und im Münchner Herzogpark entnommen sind, ist der Dichter selbst und auch wieder nicht. Der Germanistikprofessor und Philosoph Ernst Bertram, mit dem Thomas Mann damals eng befreundet war und der schon als Taufpate im *Gesang vom Kindchen* vorkommt, meinte, Cornelius sei eine »Kreuzung« zwischen »Tom« und ihm selbst; aber es hat außerdem vielleicht der Historiker Erich Marcks, der Nachbar des Hauses Mann im Herzogpark war und den der Dichter gut kannte, Züge zu Cornelius beigetragen, und der Name Cornelius ist wohl von dem Kunsthistoriker Carl Cornelius entliehen, den Thomas Mann in den unmittelbaren Nachkriegsjahren in München, in Gesellschaft von Wölfflin, Marcks und Courvoisier, mehrfach sah und sprach.

Genau genommen war die Erzählung, wie Thomas Mann in einer *Selbstanzeige* der Novelle erklärte, niemals aktuell, »historisierte« vielmehr schon, als sie geschrieben wurde und alles, was sie schildert, vor allem die Inflation, der »kleidsame Hintergrund verrücktester wirtschaftlicher Umstände«, bereits einige Jahre zurücklag. »Es ist eine Geschichte aus Revolutionszeiten erzählt von einem, der nicht gerade ein Revolutionär ist«, und deshalb sei es vielleicht »kein schlechter Griff des Verfassers« gewesen, aus dem Familienvater, mit dessen Augen alle Vorgänge gesehen sind, einen Professor der Historie zu machen. Wenn also Thomas Mann im *Lebensabriß* und anderwärts von der »Revolutions- und Inflationsnovelle« als von einem »Produkt eines sich selbst ironisierenden Kulturkonservativismus und der Vaterliebe zur neuen Welt« spricht, dann meint er damit ganz schlichtweg sich selbst und seine Lebenshaltung, und diese war keinem Vorbild, keinem Geschichts- oder sonstigem Professor seiner Umgebung etwas schuldig; weder Marcks noch Bertram waren im geringsten mit Ironie begabt. Aber ganz so privat, wie sie sich gab, wollte er die Geschichte doch nicht verstanden wissen. Wenn die Novelle, wie er schrieb, in Deutschland freundlich aufgenommen wurde, so habe das zum Teil daran gelegen, daß man in ihr die »oft grotesken Nöte« der deutschen Nachkriegs- und Inflationsjahre »melancholisch-humorvoll widergespiegelt fand«; aber ein Zeitbild sei die Novelle auch darin, »daß das Generationenproblem, welches der Krieg mit besonderer Schärfe aufgeworfen hatte, auf eine leichte Art antönte«, die doch von den »schweren Stimmungen« der *Betrachtungen eines Unpolitischen* mit ihrer »Liebe zum Gestern« ihren autobiographischen Akzent bekommen habe. Autobiographisch sei auch die Gestaltung der Vaterliebe, »die der Improvisation die menschliche Wärme verlieh –«

Das freilich hatte nicht jedermanns Beifall in Thomas Manns unmittelbarer Umgebung. Der liebenswürdige und völlig arglose jugendliche Liebhaber Bert Fischel war zu wohlerzogen, um seinen Unmut zu äußern, aber er war höchst verwundert, ohne jede Veranlassung vom berühmten Vater seiner Freunde so offensichtlich verhöhnt zu werden. Ernst Bertram, dem Thomas Mann die Novelle hatte widmen wollen, lehnte die Zueignung ab; sie sei ihm, trotz aller ihrer Qualitäten »nicht lieb wegen der Preisgabe der Kinder«. Auch die »Großen«, Erika und Klaus, fanden es nicht recht statthaft, wie die »Vaterliebe« indiskret mit ihnen umsprang. Es war ja in der Familie nichts Neues, man wußte es seit dem *Gesang vom Kindchen*, daß die Vaterliebe geradezu ausschließlich der dritten Tochter, dem fünften Kind galt, und die übrigen Kinder sich mit freundlicher Ironie zu begnügen hatten. Klaus Mann, der im selben Jahr 1925 neunzehnjährig mit seinem ersten Novellenband debütierte, konnte die herabsetzende, dabei durchaus aus dem Nichts gegriffene Anzüglichkeit mit dem »Kellner in Kairo« lange nicht verwinden. Mußte man das aller Welt in diesem Augenblick aufbinden? »Kanntest du die Geschichte schon?« schrieb er seinem Freund Erich Ebermayer. »*Mich* kann es nicht gerade erfreuen, daß er sie allerorts vorliest.« Er setzte der Novelle im selben Jahr 1926 seine eigene, graziöse und wunderliche ›Kindernovelle‹ entgegen, in der unverhofft ein fünftes Kind auf die Welt kommt, ein Schwesterchen, und der Arzt den vier Geschwistern zuruft: »Nun paßt mal auf, jetzt kümmert sich um euch keine Katze mehr. Jetzt ist die Kleine der Liebling.« Der Vater las die Novelle des Sohnes sogleich und schrieb der Tochter Erika: »Habe recht lachen können. Aber Zweifel beschlichen mich doch hie und da.« Für ihn selbst blieb es dabei, daß »das Intimste das Allgemeinste« war; für seine Erzählkunst kannte er »solche Bedenken« sein Lebtag nicht. Und es hinderte nicht, ja es bewirkte wohl sogar, daß diese Erzählung die zarteste, verletzlichste Prosa ist, die es von ihm gibt; hier umschließt die Ironie ein herzzerbrechend banges, persönliches Erlebnis nur noch mit einer ganz hauchfeinen Hülle, die sich auf den letzten Seiten überhaupt gänzlich verflüchtigt, so daß man kaum zu Ende zu lesen wagt aus Furcht, durchs Lesen allein schon das rührend schutzlose Gespinst zu zerstören. Denn es ist das Lesen ja ein so viel gröberer, ja roherer Vorgang als das Schreiben.

Mario und der Zauberer, die Zwillingsnovelle, verdankt ihre Entstehung einer notgedrungenen Schaffenspause im Sommer 1929, als *Die Geschichten Jaakobs*, der erste der vier Joseph-Romane, etwa zur Hälfte auf dem Papier waren. Thomas Mann verbrachte, nach einem Vortrag in Königsberg, den August mit seiner Frau und den beiden jüngsten Kindern – Lorchen und Beißer aus *Unordnung und frühes Leid* – im samländischen Ostseebad Rauschen, und auf diese Reise das »angeschwollene Material« und das noch nicht abgeschriebene Manuskript des *Joseph* mitzunehmen, hatte sich nicht empfohlen. »Da ich mich aber«, wie er im *Lebensabriß* erzählt, »auf beschäftigungslose ›Erholung‹ durchaus nicht verstehe und eher Nachteil als Nutzen davon erfahre, beschloß ich, meine Vormittage mit der leichten Ausführung einer Anekdote zu füllen, deren Idee auf eine frühere Ferienreise, einen Aufenthalt in Forte dei Marmi bei Viareggio und dort empfangene Eindrücke zurückging: mit einer Arbeit also, zu der es keines Apparates bedurfte und die im bequemsten Sinne des Wortes ›aus der Luft gegriffen‹ werden konnte.« Er verlegte die Arbeit aus dem Hotelzimmer in einen Strandkorb, den er nah ans Wasser heranschob, und so, auf den Knien kritzelnd, das geliebte Meer vor Augen, »besucht von nackten Kindern, die nach meinen Bleistiften griffen«, ließ er es geschehen, daß »mir aus der Anekdote die Fabel, aus lockerer Mitteilsamkeit die geistige Erzählung, aus dem Privaten das Ethisch-Symbolische unversehens erwuchs –«

Gänzlich »aus der Luft gegriffen« war das »tragische Reiseerlebnis« gewiß nicht, aber doch zum Teil. Es hatte sich im September 1926, den man, wiederum mit den beiden »Kleinen«, in Forte dei Marmi verbracht hatte, zugetragen. In der Novelle heißt der Ort Torre di Venere. Die Pensione Eleonora, in die man aus dem Grand Hotel zu übersiedeln genötigt wurde, nannte sich in Wirklichkeit Pensione Regina – wie Thomas Mann später brieflich mehreren Fragern erläuterte –, und der Name der Wirtin war Angela Querci gewesen, aus dem in der Novelle Angiolieri wurde. Der Zauberkünstler, genau genommen ein Hypnotiseur, war wirklich da, hieß aber Gabriele, wie der Dichter sich erinnerte, und nicht Cipolla, die Zwiebel; diesen Namen hatte Thomas Mann aus dem ›Dekameron‹ des Boccaccio genommen, und zwar aus der Zehnten Novelle des Sechsten Tages: »Der Bruder Cipolla verspricht einigen Bauern, ihnen eine Feder des Engels Gabriel zu zeigen, findet aber anstatt derselben Kohlen, von welchen er sagt, es seien einige von denen, worauf der heilige Lorenz geröstet worden sei.« Bruder Cipolla, wenn auch »listig und entschlossen«, ist durchaus kein Bösewicht, hingegen »ein so ausgezeichneter und allezeit fertiger Sprecher«, daß man ihn für einen großen Redner halten mochte, und als »zwei sehr verschmitzte junge Burschen in der Kirche« ihm einen Streich spielen und ihn blamieren wollen, redet er sich auf das geschickteste aus der Affäre. Dem Boccaccio verdankt die Novelle offenbar auch Mario und den Giovanotto und einige andere Nebenmotive. Freilich versicherte Thomas Mann noch zwanzig Jahre danach einem amerikanischen Frager, jeder Gedanke an den mittelalterlichen Mönch habe ihm völlig fern gelegen, für den Fall, daß spätere Philologen eine Anspielung in seiner Geschichte finden sollten, und er wolle »hiermit für alle Ewigkeit feststellen«, daß er nicht die geringste symbolische Absicht gehegt habe, als er den Magier Cipolla nannte.

Oder war es eine rein zufällige Übereinstimmung? Der »Zauberkünstler«, betonte der Dichter, habe sich genauso benommen, wie er es geschildert habe; erfunden sei nur der letale Ausgang. Der streitbare Junge im Parterre sei einfach irgendwer und nicht Marios glücklicherer Nebenbuhler gewesen, und in Wirklichkeit sei Mario nach dem Kuß »in komischer Beschämung« weggelaufen und »am nächsten Tage, als er uns wieder den Thee servierte, höchst vergnügt und voll sachlicher Anerkennung für die Arbeit ›Cipolla's‹«. »Es ging eben im Leben weniger leidenschaftlich zu, als nachher bei mir.«

Nicht einmal die Schüsse, gestand der Dichter, seien seine eigene Erfindung gewesen. Als er später von dem Erlebnis erzählte, hätte seine Tochter Erika gesagt: »Ich hätte mich nicht gewundert, wenn er ihn niedergeschossen hätte!« Erst von diesem Augenblick an »war das Erlebte eine Novelle, und um sie auszuführen, brauchte ich das Atmosphäre gebende Detail vorher, – ich hätte sonst keinen Antrieb gehabt, davon zu erzählen«, und wenn man ihm sage (wie ein Kritiker es tat), ohne den Hotelier hätte er Cipolla am Leben gelassen, so sei die Wahrheit eigentlich das Umgekehrte: um Cipolla töten zu können, brauchte er den Hotelier – und das übrige vorbereitende Ärgernis: »Weder Fuggiero noch der zornige Herr am Strande, noch die Fürstin hätten sonst das Licht der Literatur erblickt.«

Man fragte Thomas Mann nachmals wieder und wieder, was die Novelle »bedeuten« solle; und er betonte wieder und wieder, man solle sie nicht zu sehr als Allegorie verstehen. Sie sei ganz einfach eine Geschichte aus dem Menschenleben und habe keine verborgene Bedeutung. Auch Marios Pistole ist demnach keineswegs ein Produkt metaphysischer Spekulation. Die Erklärung der Tatsache, daß er eine Pistole bei sich trägt, liegt vielmehr in dem Umstand, daß er verliebt, und zwar unglücklich verliebt ist, wie auch aus der Geschichte klar hervorgeht, daß das Mädchen einen kräftigeren und hübscheren Rivalen ihm vorzieht. Die Schüsse, die er auf den seelischen Tyrannen Cipolla abgibt, der einen Augenblick lang das Glück der Liebe vorzaubert, seien, so der Dichter, ursprünglich für jemand anderen bestimmt gewesen, wenn auch nicht mit vollem Bewußtsein, doch in jedem Fall war die Pistole bereit. »Der Hypnotiseur hat Mario nicht vorher gekannt, auch sonst niemand unter den Zuschauern. Aber er erfaßt sehr rasch, was zwischen Mario und dem aggressiven Jüngling vorgeht und daß sie Nebenbuhler um die Gunst desselben Mädchens sind.«

Die Novelle wurde nach der Rückkehr aus den Sommerferien in München vollendet und erschien unter dem Titel *Tragisches Reiseerlebnis* im Aprilheft 1930 der konservativen Familienzeitschrift ›Velhagen und Klasings Monatshefte‹, wo sie, wie Thomas Mann fand, »nicht ganz an ihrem Platz stand«, und gleich darauf in S. Fischers, von Hans Meid bezaubernd ausgestatteter Buchausgabe, die den Dichter entzückte; aber während *Unordnung und frühes Leid* rasch mehrere Auflagen erlebte und als Einzelausgabe das 55. Tausend erreichte, blieb *Mario und der Zauberer* bei seiner Erstauflage von dreißigtausend Exemplaren stehen. Es war mittlerweile das Jahr 1930, und es gab nicht wenige Stimmen, die in der Geschichte eine Verunglimpfung des faschistischen Italien und in dem Hypnotiseur Cipolla eine höhnende Karikatur des Massenverhexers Mussolini erblickten und sie dem Dichter verübelten. Der hatte schon beim Erscheinen des Büchleins ahnungsvoll gemeint: »Die Brennergrenze werde ich jetzt wohl nicht mehr überschreiten dürfen«, und in der Tat kam die Novelle erst nach dem Zweiten Weltkrieg in italienischer Übersetzung heraus, während andere Werke Thomas Manns bis 1937 noch ungehindert in Italien erscheinen konnten. Damals, 1930, freilich, war er den deutschen Kritikern dankbar, wenn sie »keine Gehässigkeit gegen Italien und das Italienische« in der Geschichte fanden, wenngleich er ohne weiteres zugestand: »Etwas Kritisch-Ideelles, Moralisch-Politisches ist mir freilich im Lauf der Erzählung aus dem Privaten und zunächst Unbedeutenden erwachsen, was eine bestimmte Abneigung erkennen läßt und der anfangs nur irritierenden Atmosphäre zuletzt den unheimlichen und explosiven Charakter gibt.«

Dennoch, so heißt es in einem Brief, »sehe ich es nicht gern, wenn man diese Erzählung als eine politische Satire betrachtet. Man weist ihr damit eine Sphäre an, in der sie allenfalls mit einem kleinen Teil ihres Wesens beheimatet ist.« Er wollte nicht leugnen, daß »kleine politische Glanzlichter und Anspielungen aktueller Art« darin angebracht seien; gewiß gehe es viel zu weit, in dem Zauberer Cipolla einfach eine Maskierung Mussolinis zu sehen, aber es verstehe sich andererseits, daß die Novelle entschieden einen moralisch-politischen Sinn habe: »Der europäische Faschismus war damals im Heraufziehen, seine Atmosphäre lernte ich bei dem Besuch in Italien, der die Erzählung zeitigte, kennen, und die Tendenz der Novelle gegen menschliche Entwürdigung und Willenszwang ist denn auch in der vorhitlerischen, nationalistisch-faschistischen Sphäre Deutschlands klar genug empfunden worden, so daß in diesen Kreisen die Erzählung heftig abgelehnt wurde.«

Bis in seine letzten Lebensjahre hinein hatte Thomas Mann Fragen nach der »aktuellen Bedeutung« von *Mario und der Zauberer* zu beantworten. Als er die Novelle schrieb, so heißt es in einem Brief aus dem Jahr 1947, habe er nicht geglaubt, daß Cipolla in Deutschland möglich sei. Das sei eine patriotische Überschätzung der deutschen Nation gewesen. Schon die gereizte Art, in der die Kritik die Erzählung aufnahm, hätte ihm zeigen sollen, »wohin die Reise ging«, und was alles auch in dem »gebildetsten« Volk – gerade in ihm – möglich sein werde. Übrigens, so meinte er zwanzig Jahre nach der Niederschrift und im zehnten Jahr seines amerikanischen Exils, »zweifle ich heute an meinem guten Glauben. Im Grunde war die Novelle wohl eine erste Kampfhandlung gegen das, was damals schon die europäische Gesamtatmo-

sphäre erfüllte und durch den Krieg nicht restlos aus ihr vertrieben worden ist.«
Dennoch, daran hielt er fest, sei die Novelle »in ihrer Gesamtheit als Kunstwerk zu betrachten, nicht als tagespolitische Allegorie«.

Am 12. November 1939 notierte Thomas Mann, inzwischen im amerikanischen Exil, im Tagebuch: »Nachmittags gelesen in Zimmers Büchlein über die indische Große Mutter. Auch sein Buch ›Maya‹ wieder vorgenommen. Gedanken an eine indische Novelle nach einem bei ihm schon früher angemerkten Motiv.« Nach langer Zeit taucht hier zum ersten Mal wieder ein Novellen-Plan auf. Zehn Jahre waren seit der Cipolla-Mordsgeschichte vergangen. In dieser Zeit waren die drei ersten Joseph-Romane und der ursprünglich als Novelle gedachte Goethe-Roman *Lotte in Weimar* entstanden, aber keine kürzere Erzählung. *Lotte in Weimar* hatte eine erholsame Einschaltung zwischen *Joseph in Ägypten* und *Joseph, der Ernährer* sein sollen, hatte sich jedoch eigenwillig über die Absicht des Dichters hinweggesetzt. Gleich nach dem Abschluß des Romans im Oktober 1939 hätte von rechtswegen der Schlußband der Joseph-Tetralogie in Angriff genommen werden sollen.
Aber Thomas Mann zögerte angesichts des neuen und voraussichtlich sehr umfangreichen Erzählunternehmens. Er schaltete einen ›Werther‹-Vortrag für die Universität Princeton und danach einen Wagner-Aufsatz für eine amerikanische Zeitschrift ein, und auch nachdem der Gedanke einer indischen Novelle bereits aufgetaucht war, schob er noch einen »politischen Aufsatz« ein, nämlich den streitbaren Essay *Dieser Krieg*, den er am 23. Dezember 1939 abschloß. Jetzt kam die indische Novelle an die Reihe. Am zweiten Weihnachtstag notierte er: »Vormittags Studien zur Novelle ›Die vertauschten Häupter‹.« Das war der ursprüngliche Titel. Am 4. Januar 1940 nennt das Tagebuch jedoch bereits den endgültigen Titel: *Die vertauschten Köpfe*. Aber natürlich war

auch die Novelle nur eine Einschaltung zwischen zwei Hauptwerken, und sie blieb es auch und setzte keinen Eigenwillen zu Größerem durch. Sie war ganz einfach, wie er an den Freund Kuno Fiedler in der Schweiz schrieb, »ein Vorwand, die In-Angriffnahme des IV. Joseph noch etwas zu verschieben«. Und seiner italienischen Übersetzerin, Lavinia Mazzucchetti, gestand er, mit der indischen Novelle suche er »sonderbarer Weise dem vierten Band des Joseph noch einmal auszukommen. Schon die Lotte war eine Diversion, bei der aber wenigstens etwas herausgekommen ist. Ich fühle deutlich, daß ich mich in das neue Zwischenspiel nicht zu sehr vertiefen darf, denn die Stunde für den Schlußband des Joseph ist reif.« In der Tat sollte die indische Novelle, wenngleich eine Ausflucht, zugleich »aber auch wieder den Rückweg« zum *Joseph* bilden: in beiden Werken ging es darum, einen Mythos zu »verwirklichen«, aus legendären Gestalten Menschen aus Fleisch und Blut zu machen, sie zu verstehbaren und verständigen Wesen umzuschaffen.

»Vormittags Studien zur Novelle« – »Exzerpte zur Novelle« – »Beschäftigung mit indischen Dingen« – »Beschäftigt mit Rüstzeug für die Legende« – »Gelesen über Indien« – so lauten in den letzten Dezembertagen 1939 die Eintragungen im Tagebuch. Über dieses »Rüstzeug« wissen wir einigermaßen Bescheid. Thomas Mann besaß, außer den Schriften Heinrich Zimmers, keine nennenswerte Kenntnis der indischen Vorstellungswelt, wenn man von Karl Eugen Neumanns Übertragung der Reden Buddhas absieht, die ihm, als er sie im Sommer 1921 las, großen Eindruck machten, und er ließ sich auf die »indische Grotesk-Novelle«, deren Motiv es ihm »irgendwie angetan« hatte, ein, »ohne eigentlich je vorher besonders sympathische Beziehungen zu dieser Welt unterhalten zu haben. Immerhin scheint die ›Kontaktnahme‹ intim genug gewesen zu sein, um den metaphysischen Scherz im Sinnlichen und Menschlichen leidlich hieb- und stichfest zu machen.« Er hatte also einiges studieren müssen, aber er hatte, als Karl Kerényi ihn später danach fragte, seine Quellen längst wieder vergessen und konnte kaum Auskunft darüber

geben: »Ich erinnere mich wohl, außer dem Maja-Buch noch allerlei Informatives etwa über indische Tempel und die Große Mutter gelesen zu haben, aber keine *indische* Bearbeitung der Fabel und nichts, was dem parodistischen Geist meiner Behandlung vorgespielt hätte.«
Die erste Anregung kam zweifelsfrei aus »Zimmers Büchlein«. Der Indologe Heinrich Zimmer, Schwiegersohn Hugo von Hofmannsthals, bis 1938 Professor in Heidelberg, danach im Exil in den Vereinigten Staaten, war Thomas Mann seit längerem persönlich gut bekannt, und der Dichter war mit seinen Schriften vertraut. Thomas Mann nennt namentlich zwei, aus denen er die *Vertauschten Köpfe* geschöpft habe: das 1936 in Stuttgart erschienene Werk ›Maya. Der indische Mythos‹ und die Studie ›Die indische Weltmutter‹, die im ›Eranos-Jahrbuch 1938‹, im Zürcher Rhein-Verlag erschien. In dieser letzteren sind besonders die Seiten 177–179 von Thomas Mann stark angestrichen, und hier fand er, wie er an Käte Hamburger schrieb, »die Anekdote in vier Zeilen«, »und da ich eine Erholungsarbeit brauchte (nach dem Zauberberg war es ›Unordnung und frühes Leid‹), da überdies die Hindu-Mischung aus Sinnlichkeit und Metaphysik, die Identitäts-Wirrnis, das Blutig-Scherzhafte, das Liebes- und Persönlichkeitsproblem mich anzogen, so ließ ich mich auf die Sache ein und habe es nicht zu bereuen, denn ich glaube, es ist etwas Leichtes und Souveränes zustande gekommen«.
Die Anekdote ist nicht vier, sondern achtundvierzig Zeilen lang und lautet in Zimmers Studie, so wie Thomas Mann sie angestrichen hat, wie folgt:
»Zwei Freunde wallfahren zu einem heiligen Badeplatz der Kâlî und sehen dort ein bildschönes Mädchen. Der eine wird liebeskrank und meint, sterben zu müssen, wenn er das Mädchen nicht zur Frau erhält. Der Freund spricht mit seinem Vater, der mit den Eltern des Mädchens verhandelt und die Ehe zustande bringt. Bald nach der Hochzeit reist das junge Paar mit dem Freunde zu den Eltern der jungen Frau. Unterwegs kommen sie an einen Tempel der Kâlî. Der junge

Gatte heißt Frau und Freund draußen warten, indes er der Göttin seine Verehrung bezeigt.
Als er drinnen ihr blutig triumphierendes Bild erblickt, wie sie mit achtzehn gewaltigen Armen wütende Dämonen zermalmt und den Lotosfuß auf den überwundenen Stierdämon gestemmt hält, befällt ihn, – so will es das göttliche Schicksal – die Erleuchtung: ›Mit vielen Opfern lebender Wesen verehrt das Volk die Göttin, – wie sollte ich nicht ihre Gnade zu meinem Heile gewinnen, wenn ich mich selbst ihr darbringe?‹ – Er fand in der stillen Cella ein Schwert und schnitt sich selber das Haupt ab.
Sein Freund wartete draußen, daß er wieder herauskäme und ging schließlich selber ins Heiligtum, ihn zu holen. Als er ihn mit abgeschlagenem Kopf in seinem Blute liegend fand, packte ihn Verzweiflung und er schnitt sich selber auch den Kopf ab. Endlich kam auch die junge Frau in den Tempel, nach den zweien zu sehen, und wie sie die beiden Leiber ohne Köpfe in einem Meer von Blut schwimmen sah, wollte sie sich aus Gram mit einer Schlingpflanze am nächsten Baum erhängen, aber die Stimme der Göttin gebot ihr Halt und hieß sie, die beiden wieder ins Leben rufen, indem sie ihnen die Köpfe wieder auf den Rumpf setzte.
So tat sie eilends, aber in der Hast versah sie sich und vertauschte die Köpfe: sie setzte des Gatten Haupt auf des Freundes Leib. Wem aber gehörte sie nun? – Der kluge König, dem der Leichendämon die Frage vorlegt, entscheidet: wer das Haupt des Gatten trägt, ist ihr Gemahl, denn wie das Weib die höchste der Wonnen, ist das Haupt das höchste der Glieder.
So besaß sie als Gattin den Leib des Freundes unterm sichtbaren Zeichen des Gatten, – leitete ein geheimer Wunsch die junge Frau bei der Vertauschung der Köpfe? War die junge Ehe nicht glücklich, und der Gatte deswegen so todesbereit und heilverlangend? Die Geschichte deutet das mit keinem Worte an, sie erzählt nur, was sich begab, und die merkwürdige Fehlleistung mag auf sich beruhen mit ihren Hintergründen; der blutige Opferdunst, die erschreckende Todes-

bereitschaft im Angesicht der Göttin sind das Erregende, Befremdende für den westlichen Hörer solcher volkstümlicher Geschichten Indiens.«

Thomas Mann besaß außer den beiden genannten Werken noch einige andere Schriften Zimmers, die sich in seiner Nachlaßbibliothek befinden, so das Werk ›Weisheit Indiens. Märchen und Sinnbilder‹ (Darmstadt 1938), dessen Lektüre er am 14. Februar 1940 im Tagebuch vermerkt, den Aufsatz ›Die vorarisch-altindische Himmelsfrau‹, einen Sonderdruck aus ›Corolla‹, einer Festschrift zum 60. Geburtstag von Ludwig Curtius (1937), und einen Essay über Schopenhauer, der 1936 in dem Biographien-Werk ›Die großen Deutschen‹ erschien. Von diesen Schriften abgesehen, war ein wichtiges Quellenwerk offenkundig ›Die Literatur des alten Indien‹ von Hermann Oldenberg, das 1903 bei Cotta in Stuttgart erschien und das er, wie das Tagebuch am 3. Januar 1940 vermerkt, gleich zu Beginn der Arbeit studierte. Sehr viel mehr »Rüstzeug« scheint er nicht herangeschafft oder benötigt zu haben. Am 30. April 1940 erwähnt er noch die Lektüre von Voltaires ›Candide‹ und gesteht später, er habe während der Niederschrift der Geschichte an ihn gedacht: »Daß Voltaire sie besser gemacht haben würde«, sei ihm sehr wahrscheinlich.

Er begann schon nach wenigen Tagen des Quellenstudiums mit der Niederschrift, und an Hand seines Tagebuchs und seiner Briefe läßt sich der Fortgang der Arbeit verfolgen. Am 1. Januar 1940 notierte er, er habe »die ersten Zeilen des indischen Kuriosums geschrieben«; zwei Tage später machte er dem alten Freunde Bruno Frank beim Abendessen eine erste »Andeutung meiner gegenwärtigen Arbeit«, abermals zwei Tage später, am 5. Januar 1940, heißt es in einem Brief an die Freundin und Gönnerin Agnes E. Meyer: »Denken Sie, ich schreibe jetzt etwas Indisches, eine Maya-Groteske aus der Sphäre des Kults der Großen Mutter, zu deren Ehren sich die Leute die Köpfe abschneiden – ein Entzweiungs- und Identitätsspiel, nicht sehr ernst, es wird höchstens ein Kuriosum, und ich weiß noch garnicht, ob ich's zu Ende mache.«

Er blieb eifrig dabei, Tag für Tag, und war am 19. Januar 1940 »bis zum Erscheinen der Badenden«, also bis zum Anfang des dritten Kapitels gelangt. Dann erzwang eine kurze Vortragsreise nach Kanada eine Pause von zehn Tagen. Heimgekehrt, schrieb er trotz Widerstand und Unzufriedenheit, wie er sie bei jeder Arbeit nach dem ersten Anlauf verspürte, täglich weiter an den »Köpfen« – so werden sie im Tagebuch jetzt kurz genannt – und las auch zum ersten Mal im Familienkreis aus dem Anfang der Novelle vor: »Konnte mit der Wirkung zufrieden sein.« Er war bis zu »der hakigen Stelle der Langenweile und des Ungenügens« gekommen (am Ende des dritten Kapitels im Gespräch der Freunde), als eine neuerliche, diesmal lange Vortragsreise vom 7. Februar bis 1. März quer durch ganz Amerika die Arbeit abermals unterbrach. Schon am Tag nach der Heimkehr wurde der dritte Abschnitt beendet und der vierte begonnen; am 13. März stand »Nanda's Liedchen« – »Der weise Mann, der weise Mann / Wie würdig war sein Sinnen« – auf dem Papier; am 19. März wurde der bereits fertiggestellte Schluß des vierten Kapitels nochmals umgeschrieben, tags darauf das fünfte in Angriff genommen. »Das Experiment beginnt«, heißt es im Tagebuch, und am 25. März kurz und bündig: »Tempelszene.« Mit dem »Experiment« ist Schridamans Selbstenthauptung, mit der »Tempelszene« das kurze sechste Kapitel gemeint, und wenn er am 4. April 1940 im Tagebuch notiert: »Sita allein«, so ist damit das siebente bezeichnet.

Neue Unterbrechung. Am 9. April 1940, als das Tagebuch den deutschen Überfall auf Dänemark verzeichnet, heißt es darin auch: »Vormittags noch einmal an der Novelle geschrieben, die ich nun einige Tage liegen lassen muß.« Die Princetoner Universitätsvorlesung *Die Kunst des Romans* muß termingerecht hergestellt werden. Erst am 22. April wird die Arbeit mit »Sita und die Göttin« (also dem achten Kapitel) wieder aufgenommen, und jetzt geht es rüstig jeden Vormittag fort. Nun hat die indische Welt den Dichter doch fest in ihren Bann geschlagen, und merkwürdige Assoziationen tauchen auf. Als er ein »Tristan-Arrangement von Stokowsky« auf Schallplatten hört, vermerkt Thomas Mann: »Unerwarteter Schluß des Liebestodes aus dem III. Akt. *Indischer* Charakter dieser Musik, deren Sinnlichkeit sich ins Metaphysische überschlägt. Legitimität des arischen Mythos in Deutschland?« Am 5. Mai wird für Frau und Kinder eine neuerliche Vorlesung veranstaltet, um die »Opfer- und Göttinnen-Szene« auszuprobieren, und er notiert: »Über manches gelacht.« Aber am folgenden Tag ermahnt er sich im Tagebuch: »Das Ideell-Menschliche, Ideen der Liebe und Persönlichkeit, zu vertiefen.« Am 20. Mai wird dem Freund Erich von Kahler und der Familie aus dem zehnten, dem »Einsiedler-Kapitel« vorgelesen. »Erheiterung und Erörterung.« Und drei Tage später: »In Gottes Namen weiter an der Novelle geschrieben und auf menschliche Züge für den Eremiten gesonnen.« Der Einsiedler machte ihm Mühe, er plagte sich mit ihm bis in den Juni hinein. Am 8. Juni notierte er: »Die Versschwierigkeit geordnet, die den Abschluß des Eremiten-Kapitels verzögerte« – es ist der Vierzeiler »Gemahl ist, der da trägt des Gatten Haupt«, dessen Formel unverändert aus Zimmers Nacherzählung übernommen ist, nur ist es dort kein Eremit (den Thomas Mann hinzuerfunden hat), sondern »der kluge König«, der den Schiedsspruch abgibt –, und am 11. Juni war der Eremiten-Abschnitt zu Ende gebracht. Einige Tage darauf schrieb er an Agnes E. Meyer: »Ich kann Ihnen erzählen, daß ich vorgestern hier den Meinen und einigen Freunden« – es waren Erich von Kahler, Hermann Broch und Karl Loewenstein – »ein neues Kapitel der ›Vertauschten Köpfe‹ vorgelesen habe, das bei einem Asketen im indischen Walde spielt, und daß wir alle Tränen dabei gelacht haben – der Vorleser und Verfasser nicht ausgenommen. Ihnen kann ich es leider nicht vorlesen zum Beweise meines Übermuts. Es ist teilweise zu unanständig, durch Schuld des Heiligen.«

Der Übermut, in dem das Ganze konzipiert war und der sich bisher über die vielen Unterbrechungen der Arbeit hinweggesetzt und die Geschlossenheit der Erfindung ebenso wie die Einheitlichkeit der sprachlichen Mittel verbürgt hatte, hielt nicht ganz bis zum Schluß vor. Die Erzählung beschäftigte ihn nun schon ein halbes Jahr; das war für einen Spaß, ein Kuriosum zu lange. Aber von der anfangs geäußerten Möglichkeit, die Sache vielleicht nicht zu Ende zu schreiben, falls sie ihn langweilen sollte, konnte natürlich schon längst keine Rede mehr sein. Es wurde immer alles fertig gemacht. Aber er notierte doch am 13. Juni: »Die Fortsetzung der Novelle macht mir Sorgen«, und legte sie, nach einigen Tagen der Ratlosigkeit beiseite, um eine Einleitung zu einer amerikanischen Ausgabe von Franz Kafkas ›Das Schloß‹ zu schreiben, die er seinem Verleger Alfred A. Knopf versprochen hatte. Von Kafkas Welt nach einem Phantasie-Indien zurückzufinden, war beschwerlich, und es kam auch nur noch wenig am elften Kapitel zustande, ehe Ende Juni die Übersiedlung für den Sommer aus Princeton nach Kalifornien wieder eine Unterbrechung brachte. Am 6. Juli 1940 wurde in Brentwood in einem ungewohnten Zimmer, an einem fremden Schreibtisch die Arbeit wieder aufgenommen. Am 12. Juli war er bis zu dem Passus über »Geist und Schönheit« am Ende des elften Kapitels gekommen, am folgenden Tag war das Kapitel abgeschlossen, aber nun bemerkte er, daß es seiner Disposition zufolge dreizehn Kapitel werden würden, und das war ungerade, schief und unschön: »Man sollte sie auf zwölf reduzieren.« Das geschah, aber dieses zwölfte, das Schluß-Kapitel wurde mit Unlust und Ungeduld geschrieben: »So kurz wie möglich. Es kommt nicht mehr darauf an«, heißt es im Tagebuch. Zerstreutheit und ein schwerer Schnupfen verdarben ihm den Spaß: »Sehr mühsam an der Novelle einiges getan, zu deren Schluß ohnedies wenig Lust vorhanden war.« Und in einem Brief an Agnes E. Meyer: »Ich nehme es mit dem Schluß der ›Vertauschten Köpfe‹ nicht mehr sehr genau. Am besten wäre, man hätte Schüler, zu denen man sagen könnte: ›Machen Sie's fertig!‹« Er breche den Schluß jetzt übers Knie, schrieb er zehn Tage später, am 27. Juli, an dieselbe, es habe keinen Sinn, »noch viel Umstände mit dem Scherz zu machen«. Schließlich, am 28. Juli 1940, nach sieben Monaten Arbeit, war es getan: »Vormittags die

›Vertauschten Köpfe‹ ziemlich à bâton rompu abgeschlossen. Umlegen der aufgehäuften Blätter.« Thomas Mann verwendete den französischen Ausdruck »à bâtons rompus«, den er stets nicht ganz richtig schrieb, häufig und gern, obwohl er nicht »übers Knie brechen« bedeutet, wie er wohl meinte, sondern genau genommen: »stückweis, ohne Zusammenhang«. Eben das aber ist dieser Schluß nicht. Noch am selben Tag verschwand das Ganze vom Schreibtisch, und Thomas Mann schrieb der amerikanischen Freundin und Verehrerin Caroline Newton: jetzt könne er, nach abgeschlossenem Zwischenspiel, »endlich in jener Gefängnis-Festung auf der Nil-Insel nach dem Rechten sehen«. Es ist die Festung Zawi-Rê, die »andere Grube«, in die Joseph nach dem Erlebnis mit Potiphars Weib geworfen wird. Damit hatte *Joseph in Ägypten* geschlossen; damit mußte *Joseph, der Ernährer* folglich beginnen. Schon am nächsten Tag, ohne das geringste Atemholen, heißt es im Tagebuch: »Vormittags Beschäftigung mit dem Joseph-Material.« Der Dichter muß wohl das Gefühl gehabt haben, nun sei es aber höchste Zeit.

Er hatte schon gleich nach Beendigung der Erzählung und häufig späterhin davor gewarnt, sie zu ernst zu nehmen und allzuviel in sie hinein- oder aus ihr herauszulesen: »Es ist keine Haupt- und Staatsaktion, sondern ein Divertissement und Intermezzo«, heißt es mehr als einmal in seinen Briefen. »Rather a metaphysical joke«, eher einen metaphysischen Scherz nannte er es gegenüber seinem amerikanischen Verleger. Und an Agnes E. Meyer schrieb er: »Ich weiß Bescheid darüber. Es ist eine Improvisation mit ein paar lustigen Momenten, gleichgültig zu Ende geführt. Die kleine Besinnung auf ›Menschenwürde‹ in all der Hindu-Sinnlichkeit ist ganz rührend. Im übrigen: ›Muß ja doch nicht immer alles über alle Begriffe sein‹.« Dies letztere war Goethes Urteil über seinen ›Clavigo‹ in ›Dichtung und Wahrheit‹. Er wußte Bescheid darüber, und so wußte er natürlich auch, daß das Ding ganz so leichtfertig nicht war. Tatsächlich, schrieb er an Agnes E. Meyer übers Jahr, sei die Novelle »in meinen Augen immer besser geworden, seit ich sie beendete. Ich bin,

offen gestanden, nicht weit davon entfernt, sie für ein Meisterwerk zu halten.« Und als die Freundin über diesen Ausdruck erstaunte, erläuterte er ihn:
»Ich habe mit der kleinen Geschichte so hoch garnicht hinausgewollt und nur ein amüsantes Gedankenspiel getrieben, dessen moralische Implikationen ich scherzend mitnahm. Aber freilich, es kommt wohl nicht darauf an, wie hoch man hinaus will, sondern wie hoch man den Leser hinausführt – – – und auf einer gewissen Stufe kann man das Leichteste machen, so nimmt es doch alle früher erworbene Kultur mit auf. Eben dadurch bekommt dann das Leichte etwas Souveränes, – etwas anderes meinte ich nicht, als ich von einem ›Meisterwerk‹ sprach.«
Das darf auch ein heutiger Leser sich durchaus gesagt sein lassen. Im übrigen meinte Thomas Mann, diese Novelle sei ja wohl so ein »tückisches Lebewesen, das schillert und oszilliert und nie einen bestimmten Sinn hergibt und einem aus der Hand schlüpft, wenn man es greifen will«. Für ihn selbst und den Fortgang seines Werkes hatte die Erzählung freilich einen ganz bestimmten Sinn. Der »indische Scherz« war ebenso wie der Lotte-Roman eine »Abzweigung« des *Joseph*, ein »Rückweg von Weimar ins Mythische«. Hier wie dort handelte es sich, wie er dem Kritiker Harry Slochower schrieb, »um eine Realisierung, ein Exaktmachen des Mythos mit allen Mitteln wirklicher und scheinbarer Vertrautheit. Wir Geschichtenerzähler sind ja Primitive, und unter Primitiven bedeutete, einen Gott zu *spielen*, immer auch ein wenig, ein Gott zu *sein*. Nicht umsonst sprechen Sie von ›Identifikation‹.«

Die Novelle *Das Gesetz* ist das einzige erzählende Werk, dessen Stoff und Idee nicht von Thomas Mann selbst stammte, sondern ihm von einem Verleger zugetragen wurde. Er hat diesen merkwürdigen Hergang in seiner autobiographischen Schrift *Die Entstehung des Doktor Faustus* kurz geschildert, dort aber den eigentlichen Anfang der Geschichte fortgelassen, den wir mittlerweise aus seinen Tagebüchern rekonstruieren können.

Am 1. September 1942, in Pacific Palisades, notierte Thomas Mann, ein nicht näher bezeichneter »Herr Robinson« habe ihn nachmittags zu einer Sitzung bei der Filmgesellschaft Metro-Goldwyn-Mayer abgeholt, wo man »mit dem alten Mayer und einer Corona von Hochmögenden der Firma wegen des 10 Gebote Films« beraten habe. Herr Robinson war der aus Österreich emigrierte Literatur- und Filmagent Armin L. Robinson, der die Idee hatte, einen Film über die Zehn Gebote zu machen und diese Idee an MGM zu verkaufen suchte: zehn berühmte europäische und amerikanische Autoren, unter ihnen Thomas Mann, sollten je eine von zehn Film-Episoden schreiben, die jeweils eines der Gebote und seine Mißachtung in der modernen Welt, besonders im Hitler-Deutschland behandelten. Am 14. September traf man, wiederum von Robinson abgeholt, zum Lunch neuerlich bei MGM zusammen, um das Projekt weiter zu besprechen, und diesmal waren Lion Feuchtwanger, Bruno Frank und »drei Amerikaner vom Hause« dabei. Danach geschah zwei Wochen lang nichts. Am 1. Oktober traf man sich zu einer abermaligen Besprechung bei Feuchtwanger, diesmal ohne die MGM-Leute, aber mit dem Produzenten Gabriel Pascal (damals bekannt und sehr erfolgreich durch seine Verfilmung von Shaw-Stücken), Bruno Frank und dem Kritiker Alfred Polgar. Offenbar sollte Pascal den Episoden-Film produzieren, und neben Thomas Mann waren Feuchtwanger, Frank und Polgar vorgesehen. Aber es scheint, daß man auf dieser Sitzung zu keinem Ergebnis gelangte und das ganze Vorhaben überhaupt aufgab. So war es bisher mit allen Bemühungen gegangen, Thomas Mann als Autor für den Film zu gewinnen, und daran änderte sich auch hinfort nichts. Das Projekt wird im Tagebuch nicht mit einem Wort mehr erwähnt und verschwindet in der Versenkung. Nicht aber der Agent Robinson.

Er hatte sich mit Liesl Frank, der Gattin Bruno Franks und guten Freundin des Hauses Mann, die sich unermüdlich bei

Filmgesellschaften und amerikanischen Verlagen bemühte, deutschen Exilschrifstellern Aufträge zu verschaffen, zusammengetan, und sie hatte – wie sie später sich erinnerte – Robinson vorgeschlagen, wenn aus seiner Idee kein Film werden wolle, so könne man noch immer ein Buch daraus machen. Am 23. November 1942, als Thomas Mann sich in New York befand, vermerkt das Tagebuch ihren Besuch, und sie scheinen darüber gesprochen zu haben, und am nächsten Tag notiert er: »Zum Thee Robinson: Besprechung des 10 Gebote-Buches; Zusage eines Beitrages für 1000 Dollars.« Was in Hollywood nicht gelungen war, verwirklichte sich in New York sofort. An dieser Stelle beginnt Thomas Manns eigener Bericht:

»In unserem New Yorker Hotel suchte uns eines Tages der Agent Armin Robinson auf, um uns, recht bestechend, den Plan eines nicht nur auf englisch, sondern in vier, fünf anderen Sprachen noch zu veröffentlichenden Buches zu entwickeln, das den Titel ›The Ten Commandments‹ führen sollte. Die Idee war moralisch-polemisch. Zehn international bekannte Schriftsteller sollten in dramatischen Erzählungen die verbrecherische Mißachtung des Sittengesetzes, jedes einzelnen der zehn Gebote behandeln, und von mir wünschte man, gegen ein Honorar von eintausend Dollars, eine kurze essayistische Einleitung zu dieser Sammlung.«

Der New Yorker Verlag Simon and Schuster übernahm es, die amerikanische Ausgabe herauszubringen. Als Mitarbeiter hatte Robinson neben Thomas Mann die folgenden gewonnen: Rebecca West, Franz Werfel, John Erskine, Bruno Frank, Jules Romains, André Maurois, Sigrid Undset, Hendrik Willem van Loon und Louis Bromfield, die in dieser Reihenfolge je eines der Gebote übernahmen. Am 28. November 1942 wurde der Kontrakt mit Robinson in New York unterzeichnet. Vierzehn Tage später war Thomas Mann wieder daheim in Kalifornien, aber der neue Plan mußte noch ein wenig warten: vorerst war der kurz vor der Vollendung stehende vierte Joseph-Roman, *Joseph, der Ernährer*, abzuschließen, dessen zwei letzte Kapitel noch fehlten. Am

4. Januar 1943 hatte er die letzten Zeilen des großen Romans und damit der ganzen gewaltigen Tetralogie geschrieben. Einige Tage lang besserte er noch an dem Manuskript, dann heißt es am 10. Januar im Tagebuch: »Notizen, Studien zum ›Gesetz‹.« So hieß die Erzählung von Anfang an.

Die Vorarbeiten nahmen nur wenige Tage in Anspruch: die Moses-Welt war ihm ja seit vielen Jahren aus der Arbeit an den Joseph-Romanen innigst vertraut; da gab es nicht viel zu studieren, höchstens das eine oder andere noch einmal nachzuschlagen, um sich zu vergewissern, er hatte es ja alles noch im Kopf. Er las Goethes bibelkritischen Aufsatz ›Israel in der Wüste‹ noch einmal, der sich in den ›Noten und Abhandlungen zum besseren Verständnis des west-östlichen Divans‹ findet; er nahm sich Sigmund Freuds letztes Werk ›Der Mann Moses und die monotheistische Religion‹, das er längst kannte, wieder vor; er studierte Elias Auerbachs 1932 erschienenes Werk ›Wüste und gelobtes Land. Geschichte Israels von den Anfängen bis zum Tode Salomo‹ sehr genau – sein Exemplar mit vielen Anstreichungen ist erhalten – und vertiefte sich vor allem noch einmal in den Pentateuch, wo das zu Schildernde sich ihm doch ein wenig zweifelhaft ausnahm: »Notizen, Exzerpte, Überlegungen zum ›Gesetz‹. Es ist im Grunde ein schlimmer Fall: Du sollst nicht töten, du sollst nicht begehren... und schicken sich nach der Eroberung von Kadesch zu der von Kanaan an.« So im Tagebuch vom 11. Januar. Und in der *Entstehung des Doktor Faustus* gesteht er, daß die Rolle, die Herr Robinson ihm zugedacht hatte, ihm gar nicht paßte und er sich kurzerhand über sie hinwegsetzte: »Längst hatte ich mich gefragt, warum ich zu jenem Buch der Zelebritäten nur mit einem essayistischen Vorwort, – warum nicht lieber mit einem ›Vorspiel auf der Orgel‹, wie Werfel sich später ausdrückte, beitragen sollte: mit einer Erzählung von der *Erlassung* der Gebote, einer Sinai-Novelle, wie sie mir als Nachklang des Joseph-Epos, von dem ich noch warm war, sehr nahe lag...« Fortan heißt die Erzählung die »Sinai-Novelle« oder kurzweg »der Moses«.

Er begann mit der Niederschrift am 18. Januar 1943 und

notierte Tag für Tag pünktlich: »Am Moses gearbeitet« oder »am Moses weiter geschrieben«, ohne weitere Anmerkungen, und die Arbeit ging ihm, wie aus seinen Briefen hervorgeht, leicht und vergnügt von der Hand. »Ich schreibe, als hätte ich mich lange ausgeruht«, heißt es in den Briefen an Agnes E. Meyer. »Selten oder nie habe ich etwas so rasch, leicht und sorgenlos, wenn auch nicht sorglos gemacht.« Am 6. Februar war das VIII. Kapitel fertiggestellt, am 8. das IX., am 10. das X., am 15. das XIV. In der Bruthitze des kalifornischen Wüstensturms holte er sich eine böse Erkältung, aber »die Arbeit habe ich überhaupt nicht unterbrechen müssen... Ich bin auf der 52. Seite, habe das Völkchen in der Oase Kadesch, nahe dem vulkanischen Horeb und komme nun zum Eigentlichen, der Gesetzgebung, die ich als eine Art von michelangeleskem Skulpturwerk an einem Rohmaterial von Volkskörper behandle.« Sein Moses, so betonte er immer wieder, sei nicht, wie man häufig vermutete, dem Moses des Michelangelo nachgebildet, sondern, »wahrscheinlich unter dem unbewußten Einfluß von Heine's Moses-Bild«, dem Michelangelo selbst; er habe ihm die Züge des großen Bildhauers gegeben, »um die kolossale Bemühtheit des Mannes anzudeuten, ringend mit dem widerspenstigen Stoff«. Die »›Hand über Kinn und Bart‹-Haltung« freilich stammte von einer Figur des Meisters, nämlich dem Propheten Jeremia in der Sistina. Am letzten Februar 1943 war er bis zum Kapitel XVI gelangt; fünf Tage später notierte er, daß »das Alphabet« im Kapitel XVIII – »Ein Gotteseinfall. Eine Idee mit Hörnern« – in Arbeit sei; am 9. März stand er im vorletzten Kapitel und schrieb seinem Sohn Klaus: »Jedenfalls hat mich die realistisch-groteske Geschichte, bei der es sich natürlich schlechtweg um die menschliche Gesittung handelt (das Goldene Kalb ist ein komisch-trauriger Rückfall) sehr amüsiert, und ich habe so rasch an hundert Seiten hingelegt...« Am 13. März 1943 schloß er nach knapp zwei Monaten Arbeitszeit die Erzählung mit dem XX. Kapitel auf der 93. Manuskriptseite ab. »Es ging nach dem Joseph so in einem hin«, schrieb er anderntags an Harry Slochower. »Natürlich

handelt es sich um die menschliche Gesittung« – er betont es immer wieder – »und so scherzhaft der Ton des Ganzen ist, endet es doch mit einem emphatischen Fluch auf den, der das Menschenvolk beredet, sie abzuwerfen.«
Am selben Tag, dem 14. März, vermerkte er: »Räumte alles Joseph-Material, Bilder, Exzerpte und Notizen, verpackt bei Seite«, und schon am nächsten Tag beginnen die Vorarbeiten für den Roman *Doktor Faustus.* Die »Einschaltung« hatte ihren Dienst getan. Thomas Mann fürchtete sehr, die Erzählung sei als Einleitung für Robinsons Anthologie viel zu lang geraten und man werde sie auf die Hälfte kürzen müssen. Aber davon wollte Robinson nichts hören. Sie erschien ungekürzt als erstes Stück des Buches ›The Ten Commandments‹, zu dem Hermann Rauschning ein Vorwort schrieb, und auf die amerikanische Ausgabe folgten im Lauf der nächsten Jahre noch Ausgaben in Schweden, Frankreich, England, Ungarn, Italien und der Tschechoslowakei, aber Thomas Mann wurde dieser Publikation nicht froh. Die Anthologie gefiel ihm nicht, er fand die meisten Beiträge, auch den des Freundes Bruno Frank, »nicht sehr gut«, einige sogar ausgesprochen schlecht, und außerdem war das Buch kein Erfolg. Er wußte vorerst nicht recht, was sonst mit der Novelle anfangen, auch machte ihm der Herausgeber Robinson die größten Schwierigkeiten, als er *Das Gesetz* als separates kleines Buch herausbringen wollte, denn er hatte ihm, unachtsamer Weise, alle Rechte überlassen. »An allem bin ich schuld«, schrieb er später, »weil in dem Sack, in dem ich die Katze verkaufte, ein kleiner Löwe war!« Es gelang ihm schließlich nach einem langwierigen Rechtsstreit, die deutsche Originalfassung der Novelle für eine Buchausgabe im Stockholmer Bermann-Fischer Verlag und einen gleichzeitigen Luxusdruck der Pazifischen Presse in Los Angeles freizubekommen; beide erschienen 1944. Im folgenden Jahr konnte auch eine amerikanische Einzelausgabe unter dem Titel *The Tables of the Law* im Verlag Knopf erscheinen. Später, als er den *Erwählten* schrieb, dachte er zuweilen daran, diesen kleinen Roman mit dem *Gesetz* und den *Vertauschten Köpfen,*

analog zu Gustave Flaubert, zu seinen ›Trois contes‹ zusammenzufassen, aber der Gedanke wurde nicht verwirklicht. Thomas Mann schenkte die Handschrift der Novelle der Library of Congress in Washington.

Das *Gesetz* fand vor allem in Amerika »viel Anklang« und trug Thomas Mann eine ungewöhnlich große und weitverzweigte Korrespondenz mit Lesern ein, die ihn mit Interpretationsfragen bestürmten. Ging die Geschichte auf Freuds ›Moses‹ zurück? Hatte Heines Moses-Bild ihn beeinflußt? War dieser Moses nicht eine Kränkung für das Judentum? Spürte man nicht den Geist Voltaires in ihr? Dies und manches andere wollte man wissen. Thomas Mann, dem die Erzählung stets sehr lieb war – »Ihr künstlerischer Vorzug besteht meiner Meinung nach in ihrem knappen und umschweiflosen Draufloserzählen« – antwortete geduldig:

Mit Freud, der »fern von jüdischem Selbsthaß« gewesen, habe seine Geschichte nicht das geringste zu tun. »Ich habe Moses ja auch nicht ›zum Ägypter gemacht‹«, wie ein Kritiker gesagt habe, »sondern ihn den Sohn eines hebräischen Zwangsarbeiters und einer ägyptischen Prinzessin sein lassen, der das schnöde Ägypten von ganzem Herzen haßt und es innerlich ganz und gar mit dem Blut seines Vaters hält«. Über die Herkunft des berühmten Hebräers seien oft voneinander abweichende Hypothesen aufgestellt worden. Daß er von gemischter ägyptisch-hebräischer Geburt gewesen sei, sei kein neuer Gedanke; Freud sei sogar für eine rein ägyptische Abstammung eingetreten. »Die Darstellung, die meine Erzählung von seiner paternity gibt, ist historisch nicht beweisbar, wie ja über dieser ganzen Geschichte natürlich mythische Schleier liegen. Aber für wahrscheinlich halte ich meine Erfindung, und jedenfalls bot sie mir glückliche Möglichkeiten, das zugleich distanzierte und leidenschaftliche Verhältnis des Mannes zu den in Ägypten lebenden hebräischen Stämmen psychologisch zu begründen.«

Eine bedeutende Anregung hat zweifellos Heine gestiftet: die Vorstellung von Moses dem Künstler, der »den Kunstgeist besaß«. In Heines ›Geständnissen‹ heißt es: »Nur war dieser

Künstlergeist bei ihm wie bei seinen ägptischen Landsleuten nur auf das Kolossale und Unverwüstliche gerichtet. Aber nicht wie die Ägypter formierte er seine Kunstwerke aus Backstein und Granit, sondern er baute Menschenpyramiden, er meißelte Menschen-Obelisken, er nahm einen armen Hirtenstamm und schuf daraus ein Volk, das ebenfalls den Jahrhunderten trotzen sollte, ein großes, ewiges, heiliges Volk, ein Volk Gottes, das allen anderen Völkern als Muster, ja der ganzen Menschheit als Prototyp dienen könnte: er schuf Israel!« Und Thomas Manns Schilderung des »traurig-komischen Rückfalls«, des Tanzes um das Goldene Kalb, ist deutlich an Heines Gedicht ›Das goldene Kalb‹ in den ›Historien‹ des ›Romanzero‹ angelehnt: »Doppelflöten, Hörner, Geigen / Spielen auf zum Götzenreigen...«

Nicht leugnen wolle er, heißt es in mehreren Briefen des Dichters, daß in die Geschichte ein Voltaire'sches Element eingedrungen sei, das den Joseph-Romanen noch fremd war. Das habe aber mehr mit dem Erleichterungsgefühl und Übermut nach Vollendung des Mammut-Werkes zu tun, als mit Schadloshaltung nach einem allzu langen Dienst am Judentum. »Es hat außerdem zu tun mit der tiefen Überzeugung, daß man das Legendäre und Mythische ehrerbietig-scherzhaft behandeln darf.« Ganz gewiß, so erklärte Thomas Mann schließlich, habe er nicht gewünscht, die Gestalt des Moses ins Komische zu ziehen – »aber ich habe ihn menschlich anzunähern versucht, so gut wie die Gestalten der Josephs-Bücher, die ja auch, wie zum Beispiel der alte Jaakob, manches Erheiternde an sich haben. Auch ist es im Ganzen unrichtig, meine alt-testamentarischen Bilder unter dem spezifisch jüdischen Gesichtspunkt zu sehen. Es handelt sich dabei immer um allgemein Menschliches, für das das Jüdische nur repräsentativ ist, und wie man in den Josephs-Geschichten ein humoristisch-verschämtes Menschheitslied sehen muß, so ist ›Das Gesetz‹ ein Gedicht auf die menschliche Gesittung selbst, und der Fluch am Schluß der Erzählung richtet sich gegen die verbrecherischen Verneiner dieser Gesittung und ihrer auf dem Sinai gegebenen Gesetze in unserer Zeit. Sehen Sie sich meinen Moses an: er ist gar kein Jude, sondern ich habe ihm ganz deutlich die Züge Michelangelos gegeben, weil ich einen Künstler, einen Bildhauer in ihm sah, den der Geist treibt, aus widerspenstigem Gestein ein reines Gottesbild zu schaffen.«

Daß eine Geschichte sich »im Leben« wirklich zugetragen hat, ist kein Beweis ihrer literarischen Gültigkeit oder dichterischen Authentizität. Die alltäglichste, glaubhafteste Begebenheit kann in ihrer dichterischen Umformung unversehens völlig unglaubwürdig werden, das Unwahrscheinlichste hingegen durchaus überzeugen. Das wußte keiner so gut wie Thomas Mann. Aber den Lesern der *Betrogenen* war es nicht immer klar. Also versicherte er in seinen Briefen und Erläuterungen einmal übers andere, das vermeintlich abstruse, an den Haaren herbeigezogene Vorkommnis sei »eine wahre Geschichte« oder: »Es steht doch Leben hinter der Geschichte, eine wirkliche Anekdote, die ich hörte und die mir sofort produktiven Eindruck machte.« Im Tagebuch heißt es hierzu am 6. April 1952:
»Beim Früh-Kaffee Erinnerung K.'s [Frau Katia Mann] an eine ältere Münchener Aristokratin, die sich leidenschaftlich in den jungen Hauslehrer ihres Sohnes verliebt. Wunderbarer Weise tritt, nach ihrem entzückten Glauben kraft der Liebe, noch einmal Menstruation ein. Ihr Weibtum ist ihr zurückgegeben – es war im Grunde noch nicht tot, denn wie hätte sonst auch dies junge, mächtige Gefühl sie ergreifen können? Zu diesem faßt sie unter dem Eindruck der physiologischen Segnung, Verjüngung, Auferstehung, frohen und kühnen Mut. Alle Melancholie, Scham, Zagheit fällt davon ab. Sie wagt zu lieben und zu locken. Liebesfrühling, nachdem schon der Herbst eingefallen. Dann stellt sich heraus, daß die Blutung das Erzeugnis von *Gebärmutterkrebs* war – auch eine Vergünstigung, da die Erkrankung gewöhnlich nichts von sich merken läßt. Furchtbare Vexation! War etwa die Krankheit der Reiz zur Leidenschaft und täuschte sie Auferstehung vor? (In welchem Stadium des Krebses tritt solche Blutung

ein? Ist der Fall noch operierbar? Tod oder Selbstmord aus tiefster Beleidigung durch die Natur oder Verzicht und Grabesfriede.)«

Dies die »wirkliche Anekdote«. Thomas Mann arbeitete zu dieser Zeit an der Fortführung der *Bekenntnisse des Hochstaplers Felix Krull*, die er vierzig Jahre zuvor um des *Tod in Venedig* willen unterbrochen hatte. Aber es war, wie das Tagebuch unablässig klagt, keine gute Schaffenszeit. Er stand in seinem siebenundsiebzigsten Jahr, fühlte sich erschöpft, anfällig und krank und ohne viel Zuversicht. Hieran war vor allem sein wachsendes Unbehagen in Amerika schuld; die um sich greifende politische Verhetzung, das grassierende Denunziantenwesen, das auch vor ihm nicht halt machte, verleideten ihm das Land, so daß er sehr ernstlich zu erwägen begann, sein schönes, erst vor zehn Jahren erbautes Haus in Kalifornien aufzugeben und für seine letzten Lebensjahre nach Europa zurückzukehren. Die gramvolle Abkehr von Amerika war mehr oder weniger beschlossene Sache, als er in den letzten Apriltagen 1952 die Arbeit am *Hochstapler* unterbrach, das Manuskript beiseite legte und sich der aus der »wirklichen Anekdote« zu machenden Novelle zuwandte: »Ich möchte wieder einmal mit etwas fertig werden.«

Am 3. Mai 1952 notierte er im Tagebuch: »Excerpte über Gebärmutter und Menstruation. Versuche, eine Form für die Geschichte der Betrogenen zu finden.« Und tags darauf: »Äußerte, daß man die Geschichte der ›Betrogenen‹ erzählen sollte.« Er verlor keine Zeit; wie zumeist, nahm er die Vorarbeiten rasch und zielstrebig auf und holte mit geschwindem Griff alles Zweckdienliche heran. Am 5. Mai ging ein langer Brief an Dr. Frederick Rosenthal ab, der um detaillierte medizinische Auskünfte bat und eine bis ins einzelne durchdachte Liste von Fragen enthielt. Dr. Rosenthal, Emigrant aus Berlin, der seine Praxis in Los Angeles hatte, war der Arzt Bruno Franks und Heinrich Manns gewesen und hatte 1946 als erster Thomas Manns lebensgefährliche Lungenerkrankung richtig erkannt, die zu der rettenden Krebsoperation im April 1946 führte. Rosenthal antwortete unverzüglich; sein Brief vom 11. Mai 1952 und eine sieben Seiten umfassende Niederschrift ›Zur Physiologie und Pathologie der Eierstöcke im Zusammenhang mit Erscheinungen in den Wechseljahren‹, die sich im Konvolut der Arbeitsmaterialien zur *Betrogenen* im Thomas Mann-Archiv in Zürich befinden, sind die sachliche Grundlage der Novelle. »Alle Einzelheiten«, versicherte der Dichter später, seien »frei erfunden«.

Nicht alle freilich, und nicht gänzlich. Der Schauplatz Düsseldorf war nicht völlig aus der Luft gegriffen. Thomas Mann kannte die Stadt seit 1903, als seine jüngere Schwester, die Schauspielerin Carla Mann, dort am Stadttheater engagiert war und er sie zuweilen besuchte – das Park-Hotel in Düsseldorf lieferte das Vorbild für das Fürstenschloß in *Königliche Hoheit* –, und er suchte die Stadt auch später, Ende der zwanziger Jahre, mehrfach auf, um einen anziehenden Jüngling, Klaus Heuser, den Sohn des Malers und Akademie-Professors Werner Heuser, dort zu besuchen. Er holte sich bei einer langjährigen Freundin, der Opernsängerin Grete Merrem-Nikisch, einer gebürtigen Kölnerin, Auskünfte über allerlei rheinische Sprach-Besonderheiten und anderes Lokalkolorit. Grete Merrem-Nikisch war eine gefeierte Sängerin an der Dresdner Staatsoper und Gattin von Arthur Nikisch, dem ältesten Sohn des gleichnamigen Dirigenten und Professor der Rechtswissenschaft in Dresden, als Thomas Mann sie dort 1922 kennenlernte und zum ersten Mal bei ihr zu Gast war. Es entspann sich mit ihr, die inzwischen in Kiel lebte, ein lebhafter Briefwechsel über topographische und andere Details für *Die Betrogene*, und sie sandte ihm unter anderem im Mai 1952 ein Heft der Zeitschrift ›Merian‹ über Düsseldorf, in dem Thomas Mann viel Brauchbares fand: außer Abbildungen einen Artikel von Bastian Müller, dem er die historischen Details über Düsseldorf entnahm, welche er den jungen Amerikaner zum besten geben läßt, und ein Romanfragment ›Schloßzauber‹ des Düsseldorfer Erzählers und Essayisten Emil Barth, das einen Besuch in Schloß Benrath schildert. In der Novelle heißt das Schloß Holterhof, und Thomas Mann hat der Schilderung Barths zumindest drei längere Absätze nahezu wörtlich entlehnt und in seine Schilderung des Ausflugs »montiert«. Über einiges wußte Grete Merrem-Nikisch nicht genau Bescheid; sie verwies Thomas Mann an ihren Neffen, den Düsseldorfer Rechtsanwalt Dr. Rudolf Oberloskamp, der ein Buch ›Spaziergänge und Ausflüge im Bereich der Rheinbahn‹ beisteuerte, aus dem zu ersehen war, daß man per Schiff nach Benrath gelangen konnte, wie es der Dichter wünschte. Dr. Oberloskamp wurde zum Dank für seine Dienste, ohne viel zu fragen, zum Arzt der Frau von Tümmler ernannt und mit vollem Namen in die Novelle versetzt, wofür Thomas Mann ihm bei Erscheinen des Büchleins ein Widmungsexemplar mit »lebhaften Entschuldigungen wegen des Mißbrauchs seines Namens zu dekorativen Zwecken« übersandte. Der fiktive Assistenzarzt Dr. Knepperges indessen hat seinen Namen von einer früheren Münchner Haushälterin Thomas Manns, und der Chirurg Professor Muthesius, vermutlich nach dem Jugendstil-Architekten genannt, hat eine ferne, aber unverkennbare Ähnlichkeit nicht nur mit Ferdinand Sauerbruch, sondern auch mit dem *Zauberberg*-Hofrat Behrens.

Die Malerin-Tochter Anna ist, wie Thomas Mann versicherte, frei erfunden; für ihre Mutter hingegen gab es eine bildliche Vorlage. In Thomas Manns Vorarbeiten-Konvolut findet sich der Zeitungsausschnitt eines Porträts der Dichterin Gertrud von Le Fort, die offenbar genau Thomas Manns Vorstellung von der äußeren Erscheinung Rosalies entsprach, denn seine Schilderung des »fraulich lieben Gesichts« mit »schon stark ergrautem, reichlichem, welligen Haar« hielt sich bis ins kleinste an das Porträt der Dichterin, das er wohl aus einer Illustrierten ausgeschnitten hatte; soweit man weiß, ist er ihr nie begegnet. Wohlbekannt hingegen war ihm der junge Amerikaner Ken Keaton, den er ursprünglich Kearney nennen wollte und im Leben Ed Klotz hieß. Er war einer der Studenten, die Golo Mann am Claremont College unterrichtete, hatte Weihnachten 1949 als Hausgast der Manns in

Pacific Palisades verbracht und war danach noch mehrmals dort zu Gast gewesen. Thomas Mann fand an dem heiteren, unbefangenen und enthusiastischen jungen Amerikaner Gefallen und pflanzte ihn, wie er da ging und stand, da der Hauslehrer von der Wirklichkeit ja vorgegeben war, mit allen seinen Charakteristika in seine Novelle ein. So schlich sich auch das Problem Amerika, das Thomas Mann zu jener Zeit so zwiespältig bekümmerte, in die Düsseldorfer Geschichte ein. Am 14. Mai 1952 begann Thomas Mann mit der Niederschrift. Form und Sprachstil hatte er gleich auf Anhieb gefunden: Kleists Novellen, die er in der Woche zuvor aufmerksam wieder gelesen hatte, zeigten ihm, wie die riskante Sache allenfalls zu gestalten war. In seinem Aufsatz *Rückkehr* von 1954 schrieb er hierüber:

»Ich habe mir den Stoff nicht ausgedacht; er kam zu mir als Anekdote aus dem Leben, als Vorkommnis, von dem ich hörte und das mich packte durch die grausame Natur-Dämonie, die sich darin ausdrückt, und da es mich betroffen machte, mich sofort produktiv anzog. Es wird ästhetisch schwer annehmbar zu machen sein, sagte ich mir; aber das eigentlich nicht recht Mögliche dennoch möglich zu machen, hat mich immer gelockt, und so amplifizierte ich die knappe Lebenstatsache, erfand das Notwendige hinzu und machte daraus, was es ist: die Geschichte einer Täuschung, eines bitteren Natur-Truges, erlitten von einem guten Kinde der Natur, danach geartet, ihr ihre Tücke zugute zu halten. – Das ist nun freilich sonderbar erzählt. Die Art des Vortrages scheint manchem zu dem kruden Gegenstand nicht zu passen. Aber so ist es nun einmal: daß die kraß klinische Geschichte gewissermaßen ihrem Charakter entgegen, im Stil der klassischen Novelle erzählt werden müsse, gehörte zur Konzeption, zur Ironie des Gegenstandes, und die unrealistischen Dialoge zwischen Mutter und Tochter wollen dem Peinlich-Vertraulichen Form und eine gewisse ästhetische Höhe verleihen. – Kurzum, es war ein Experiment. Ich war immer novarum rerum cupidus, habe immer experimentiert, und das tut man mit wechselndem Glück.«

Er hatte noch kaum zu schreiben begonnen, als ihm die deutsche Monatsschrift ›Merkur‹ zu Gesicht kam. Sie sei »ja eine Zeitschrift von Niveau, das muß ich sagen«, schrieb er am 26. Mai an A. M. Frey, und so dachte er sogleich daran, ihr die Novelle zum Vorabdruck zu schicken. Hatte er gehofft, die kurze Geschichte in wenigen Wochen noch in Amerika fertigzustellen? Das Tagebuch sagt hierüber nichts, und es gelang auch nicht. Er arbeitete täglich ein wenig an ihr, kam aber nur langsam vorwärts, während in ihm und um ihn herum (vor allen Besuchern verborgen) Aufbruchstimmung herrschte. Er las zur Anregung einige Tschechow-Erzählungen wieder, hatte am 1. Juni die »Düfte der Natur« auf dem Papier, studierte die von Dr. Oberloskamp aus Düsseldorf eingetroffenen Unterlagen – »Dabei läßt der Stil garnicht viel ›Lokalfarbe‹ zu« – notierte am 14. Juni: »Einführung Ken Keatons« und las am 19. Juni nach dem Abendessen den Seinen das Geschriebene »bis zum Auftauchen des Ken« vor. »Schön«, vermerkte er. »Einwand gegen das physiologische Gespräch zwischen Mutter und Tochter.« Er führte anderntags »nach gestrigen Erfahrungen« einige »Bearbeitungen« im Manuskript durch und kam danach nicht mehr viel weiter. Am 24. Juni 1952 nahm er Abschied von seinem kalifornischen Haus, ahnend, vielleicht sogar insgeheim wissend, daß er es nicht wiedersehen würde, und flog mit Frau Katia über Chicago und New York nach Zürich. Von einer Rückkehr nach Amerika war schon bald nicht mehr die Rede.

Es kam eine rast- und ruhelose, unbehauste Zeit, von einem Ort zum nächsten, von einem Hotel zum anderen mit Vorträgen, Reisen, Kuraufenthalten, und weder die Novelle noch irgendeine andere Arbeit gedieh in dieser unglücklichen Seelenverfassung. Zuweilen dachte er an sie, notierte am 7. Juli in Zürich: »Sorge, ob die Erzählung etwas wird. Wort Michelangelos: ›Das Wissen eines großen Mannes erkennt man daran, daß er eine Sache – er verstehe sie noch so gut – mit furchtsamer Sorgfalt malt‹.« In Kandersteg im Juli nahm er die Geschichte wieder vor, es waren inszwischen an die dreißig Manuskriptseiten, also ein Drittel des Ganzen, und schrieb den »Monolog« zu Ende, aber danach kam eine neue Zeit des verdrießlichen Hin und Her zwischen der Schweiz, Deutschland und Österreich; Mitte August in St. Wolfgang heißt es verzagt: »Unlust, die Schwierigkeiten der Novelle zu überwinden. Das Schlimme ist, daß ich weder an Rosalie noch an Ken viel Anteil nehme. Auch noch Unklarheit über den medizinischen Verlauf.« Ende August war er bis zum »Dialog zwischen Mutter und Tochter« gelangt, aber unter »tiefer Unlust« und »Sterbensverdrießlichkeit«. Wieder eine lange Pause, mit Herumreisen und Vorträgen – »ein verfluchter Herbst« – bis endlich zum Jahresende in Erlenbach bei Zürich ein enges kleines Haus gefunden war, das ihm nicht gefiel, in dem er aber doch wenigstens Anfang Januar 1953 den eigenen Schreibtisch wieder aufstellen konnte. Den Januar und Februar hindurch schrieb er mühsam, von schleichender Krankheit geplagt, stockend, zeilenweis weiter – die Fertigstellung der ›Betrogenen‹ war ihm jetzt wichtiger als alle sonstigen Hinderlichkeiten – aber am 23. und 24. Januar gestand er sich, nach einer Vorlesung des späteren Teils der Novelle vor Frau Katia und der Tochter Erika, daß er in eine Sackgasse, eine regelrechte »Krise« geraten war. Im Tagebuch heißt es:

»Bedenken E.'s, für das eigene Gefühl nicht unberechtigt, gegen die Szene Rosalie-Anna nach dem ›Wunder‹, das Versprechen der Frau und den Gang der Handlung nachher. Diese wird abgebogen, kompliziert, geschwächt, die Idee gewissermaßen aufgehoben, da der ›Betrug‹ zu kurz kommt. Auch Härten in Anna's Ernüchterungs- und Zügelungsargumenten. Lange Erörterung und schwere Nachdenklichkeit.« Frau Katia glaubte »die Idee hauptsächlich dadurch gefährdet, daß Rosalie erst als Kranke, angesichts der zugestandenen Untersuchung, ihrer Leidenschaft freien Lauf läßt. Bei eigenen Zweifeln finde immer wieder, daß, wie ich es geführt, eine gewisse Notwendigkeit hat, wenn auch keine glückliche. Die Verwirrung und Sorge hatte gefehlt... beschloß allgemeinen Umsturz des Nachfolgenden.«

Das Gespräch wurde umgearbeitet, die »zugestandene Untersuchung« wieder gestrichen, aber die Stimmung wurde nicht besser. »Dauerndes Heimweh nach dem Haus drüben«, heißt es im Tagebuch, während er unter »quälenden Hemmungen« weiter schreibt »– armselig, wie mir scheint... matt und unzufrieden, ja hoffnungslos (bei den Schwänen)«. Er war, nun der Park, der Schloßbesuch, das »Liebesgestammel« auf dem Papier waren und er dem Schluß zustrebte, hauptsächlich unzufrieden mit der Sprache, deren »Reizlosigkeit«, wie er fand, den Vergleich mit dem *Erwählten* nicht aushielt. Endlich, am 18. März 1953, schloß er das Manuskript ab: »Zehn Monate! Nun denn, auch das ist noch durchgehalten. Die zweite Hälfte ermüdet. Aber neu in meinem Werk ist es auch wieder.« Und nach einer abendlichen Vorlesung des ganzen Restes der Novelle: »Der Schluß wohl gelungen. Zwischendrin Längen und Trockenheiten. Als ganzes dennoch ein schönes, merkwürdiges Werk.«

»Eine Frauengeschichte, die nichts für Frauen ist«, meinte Thomas Mann selbst, als die Novelle gleich nach Vollendung in Fortsetzungen im ›Merkur‹ erschien und eine heftige Kontroverse über ihre künstlerischen Qualitäten entfesselte. »Wild umstritten, wie das späte kleine Machwerk ist«, wurde es »manchmal übel zugerichtet«, auch »vielfach als geschmacklos empfunden, aber das scheint mir doch eine primitive Reaktion«. *Die Betrogene*, schrieb er an Albrecht Goes, »ist sehr kritisierbar, aber vieler Rede nicht wert. Was man eben mit 78 noch so zu bieten hat.« Und in dem Aufsatz *Rückkehr:* »... die erste Erzählung, die ich wieder in Europa schrieb. Nun ja, das ist ein umstrittenes Ding, viel gescholten, von einigen auch wieder herzlich geschätzt,– ich will auf seinen Wert nicht trotzen, bin vielmehr der erste, zuzugeben, daß das ein problematisches Produkt ist. Es sind törichte Vergleiche damit angestellt worden. Mit dem ›Tod in Venedig‹ hat es gar nichts zu tun, weder nach seinem Gewicht noch nach seiner Thematik. Es hat mit ihm nur gemein, daß es eben auch von mir ist, und zwar unverkennbar von mir. Es könnte von keinem anderen sein –«

Einer, dem die »skandalöse Parabel« überschwenglichen Dank und enthusiastische Bewunderung entlockte, war Theodor W. Adorno. Er schrieb am 18. Januar 1954 an Thomas Mann einen langen Brief. In der von Adorno selbst veröffentlichten Fassung heißt es unter anderem:
»Was haben Sie nicht dem Thema der Verschlungenheit von Eros und Tod an Unvermutetem nochmals abgewonnen; wie konkret und bilderreich ist es nicht geraten. Stets lassen Sie den Gleichnischarakter des Ganzen souverän durchschimmern, ohne anzustreben, was man unter deutschen Ästhetikern Symbolik nennt und was meist darauf hinausläuft, eben das Parabolische, den Überschuß des Gedankens über den Stoff, wie er heute nun einmal unvermeidlich ist, zu verschleiern. Des Rühmens wäre kein Ende im Hinblick auf die Subtilitäten und kondensierten Erfahrungen, die in die Sache eingingen ... Selbst ich konnte dieses Mal dem Gedanken an die musikalische Variationstechnik, der Ihnen ja wohl zum Halse herauswächst, mich nicht entziehen – so als hätten Sie Variationen Ihres obstinaten Grundthemas geboten, in denen Licht und Schatten, Forte und Piano und was es sonst an Gegensätzen noch geben mag, genau vertauscht sind; nicht also das todessüchtige Leben kommt hier zu Wort, sondern der lebenssüchtige Tod, und eben dies repräsentiert zugleich das Ungebührliche, Unerfaßte, das die gesellschaftliche Immanenz erschüttert: so sehr, daß vor Ihrem Spätwerk, das dem eigenen Begriff ein Schnippchen schlägt, die Mehrheit Ihrer Leser wie unter dem Stab einer skurrilen Kirke sich in alte Tanten zu verwandeln scheinen und den gladius dei schwingen ... Die Spannung zwischen der Kultur und dem, was darunter west, treiben Sie bis zum Zerreißen oder, wie ich lieber sagen möchte, bis zum dialektischen Umschlag. Die Überlegenheit über die gesamte humanistische Tradition, die Sie als deren eigenster Träger dabei bewahren, ist großartig. Ich glaube, erst allmählich wird das sich entfalten, was in dieser wirklich inkommensurablen Produktion steckt.«
In Thomas Manns Antwort auf diesen »schönen, bedeutenden Brief«, in welcher er nochmals betont, daß es von Anfang

an zur Konzeption gehört habe, diesen krassen Fall von Natur-Dämonie im Stil der klassischen Novelle zu erzählen, heißt es am Schluß: »Es sollte auf unseren Theatern nur gesprochen werden, wie Rosalie (ein absichtlich komischer Name; die Figur ist ja halb komisch) und Anna mit einander sprechen. Da würde man zuhören. Realismus ist kein Genuß mehr.«

Die Betrogene war Thomas Manns letzte Erzählung. Nach ihrer Vollendung schloß er den Ersten Teil des *Felix Krull* ab und wandte sich danach, in den letzten Monaten seines Lebens, anderen Dingen zu.

›LEIDEN UND GRÖSSE DER MEISTER‹

Dieser Band hat nach Form und Inhalt eine Vorgeschichte, die bestimmend darauf eingewirkt hat, daß er sich so darbietet, wie er es tut. Die Vorgeschichte beginnt mit dem Titel. *Leiden und Größe der Meister* hieß das letzte Buch Thomas Manns, das im Frühjahr 1935 noch im alten S. Fischer Verlag in Berlin erschien. Thomas Mann lebte zu dieser Zeit bereits seit zwei Jahren im Exil in der Schweiz; seine sämtlichen Vermögenswerte in Deutschland waren von den nationalsozialistischen Behörden beschlagnahmt, und alle seine Bemühungen um ihre Freigabe waren ergebnislos geblieben; man hatte ihm die Erneuerung seines abgelaufenen deutschen Reisepasses verweigert, und er konnte auch deutschen Boden nicht mehr betreten, denn es lag in München ein Haftbefehl gegen ihn vor. Aber seine Bücher waren nicht verboten; sie wurden vom Hitler-Regime noch geduldet, wenn auch ihr Verkauf häufig behindert war. *Die Geschichten Jaakobs*, der erste Roman der Joseph-Tetralogie, war im Herbst 1933 unbeanstandet in Deutschland erschienen; der zweite wurde für das Frühjahr 1934 vorbereitet. Gottfried Bermann Fischer, der Schwiegersohn S. Fischers und Geschäftsführer des Verlags, gab sich überzeugt, daß er den Verlag gegen den nationalsozialistischen Druck werde halten können, während Thomas Mann nicht zweifelte, daß seine Tage in Berlin gezählt seien. Indessen konnte auch *Der junge Joseph*, der zweite Roman der Tetralogie, ohne Mißhelligkeiten im März 1934 erscheinen.

Zu diesem Zeitpunkt wurde, wie aus ihrem Briefwechsel hervorgeht, zwischen Autor und Verleger die Herausgabe eines neuen Essaybandes besprochen, der die in den letzten Jahren entstandenen und in Buchform noch nicht erschienenen größeren Aufsätze Thomas Manns repräsentativ zusammenfassen sollte. Hierfür waren, in dieser Reihenfolge, vorgesehen: die beiden großen Goethe-Vorträge des Jahres 1932, *Goethe als Repräsentant des bürgerlichen Zeitalters* und *Goethes Laufbahn als Schriftsteller*; der Essay *Leiden und Größe Richard Wagners* von 1933; der Vortrag *August von Platen* von 1930; der Aufsatz *Theodor Storm* von 1930; und die Festrede *An Gerhart Hauptmann* von 1932. Thomas Mann war bei diesem Unternehmen jedoch nicht behaglich zumute. Er hatte in einem langen und grundsätzlichen Schreiben an den Reichsminister des Inneren soeben die ganze Frage seines »Außenbleibens«, seines Reisepasses und der Rückgabe seines beschlagnahmten Eigentums auf höchster Ebene noch einmal zur Sprache gebracht und hielt wohl den Zeitpunkt nicht für günstig. Auch hatte er inzwischen Angebote von verschiedenen Schweizer Verlagen erhalten und hätte den neuen Essayband gern dem Verlag Rascher in Zürich übergeben, der sich darum bewarb. Aber Bermann Fischer wollte nicht zurücktreten. Thomas Mann schrieb ihm am 26. April 1934:

»Sie wollen den Essay-Band also bringen? Rascher wird enttäuscht sein. Aber glauben Sie nicht, daß heute wirklich die Schweiz der richtigere Erscheinungsort ist für diese Aufsätze mit ihrer Wahrheitsliebe und skeptischen Nuanciertheit? Man kann doch beides heute in Deutschland nicht brauchen. Freilich könnte das Erscheinen in der Schweiz als Affront aufgefaßt werden, aber wäre nicht das Erscheinen in Deutschland ein ebensolcher Affront? Es ist eine Taktfrage. Erschiene der Band bei Rascher, der ihn sehr gern haben möchte, so könnte man ihn in Deutschland zwar kaufen, er bliebe aber doch in rücksichtsvoller Distanz und mischte sich nicht so direkt ins deutsche Leben ... Über den Titel des Bandes muß ich noch nachdenken. Er handelt von lauter deutschen Meistern. Diese Eigenschaft müßte den Titel wohl bestimmen, zusammen mit der Andeutung einer gewissen freien Intimität.«

Einige Tage darauf, in einem Brief aus Küsnacht vom 3. Mai 1934, heißt es sodann:

»Wenn Sie es denn wollen, so mag der Essayband also im

Herbst bei Ihnen herauskommen. Man muß ihn gewissermaßen als historisches Dokument behandeln, indem man die einzelnen Aufsätze sorgfältig datiert, damit jeder Leser sieht, welcher Epoche sie angehören. Die beiden Goethe-Vorträge habe ich hier in der letzten Zeit in Zürich und Basel wieder gehalten, und sie haben so stark interessiert, daß ich zu ihrer Herausgabe in Buchform wieder neue Lust bekommen habe. Mit dem Wagner-Aufsatz geht es mir nicht anders, und auch das Übrige hat seine Reize, so daß alles zusammen einen ganz hübschen Band abgeben wird.«
Der Verleger schlug vor, den Band einfach »Deutsche Meister« zu nennen – eine »Resolutheit«, die Thomas Mann amüsierte. »Aber warum eigentlich nicht?« schrieb er. »Es ist gut und richtig, und der Knoten ist durchhauen. Es soll also gelten.« Aber es blieb nicht dabei. Bei seiner Rückkehr von seiner ersten, kurzen Amerikareise fand Thomas Mann Ende Juni 1934 die Korrekturfahnen des Buches vor, und jetzt kam ihm ein anderes Bedenken. »Einige Skrupel«, schrieb er am 21. Juni 1934 an Bermann Fischer, »macht mir offen gestanden die Hauptmann-Rede, die unleugbar etwas zur Unzeit kommt, und deren Aufnahme man mir draußen verübeln wird. Aber schließlich: Was ich geschrieben habe, habe ich geschrieben.« Durch Gerhart Hauptmanns nachgiebig-schwankende Haltung gegenüber dem Hitler-Regime, wie auch sehr abfällige persönliche Äußerungen, die er über Thomas Mann gegenüber gemeinsamen Bekannten getan hatte, war aus der vormaligen Bewunderung eine tiefe Entfremdung geworden, und Thomas Mann ging Hauptmann, als sie in Zürich zufällig beinahe zusammengetroffen wären, vorsätzlich aus dem Weg. Am folgenden Tag, dem 22. Juni 1934, kam er auf seine »Sorgen und Bedenken« zurück; bei näherer Prüfung, schrieb er, hätten sich die Skrupel so verstärkt und sich als so berechtigt erwiesen, daß er sich entschlossen habe, die Hauptmann-Ansprache nicht in den Band aufzunehmen:
»Was ich geschrieben habe, habe ich geschrieben, und später einmal mag auch dies Dokument einer bestimmten Stunde in

meine gesammelten Schriften eingehen. In diesem Augenblick würde die Vorführung des Aufsatzes, seine Einsetzung in dieses Buch zu Mißverständnissen führen, die ich vermeiden muß. Ich habe an H.'s furchtbar schwacher Haltung in jüngster Zeit niemals Kritik geübt und gedenke es nicht zu tun. Auch in Amerika habe ich mich dessen geweigert, trotz mancher Nahelegung und Herausforderung. Ich habe ja überhaupt das Schweigen gewählt, und so auch in diesem Punkt. Gerade darum aber müßte die Reproduktion der Festrede im gegenwärtigen Augenblick den Eindruck erwecken, als stellte ich mich zu ihm, billigte sein Verhalten, hätte nichts daran auszusetzen, und um so mehr würde sie das tun, als die Ansprache, im Gegensatz zu dem psychologisierend kritischen Charakter der vorangehenden größeren Arbeiten, von durchaus positiv verherrlichender Art ist. Ich habe an ein Vorwort gedacht, worin ich mich aufs Dokumentarisch-Historische hinausreden und auffordern könnte, das ganze Buch im Licht seiner Entstehungszeit zu betrachten. Aber dadurch würde ich, zugleich mit dem Schlußstück, auch die übrigen Aufsätze gewissermaßen für überholt erklären und von ihnen abrücken, was nicht meine Absicht ist. Ich könnte auch sagen, daß ich mich, wie in meinem ganzen Weltbild, so arg in der Anschauung der Einzelgestalt durch Aktuelles nicht beirren lassen wolle; aber abgesehen von der Frage, ob eine solche Einschränkung in einem Buch Ihres Verlages statthaft wäre, würde es nicht hindern, daß die Wiedergabe einer solchen Lobrede auf H. in diesem Augenblick verwirrend, irreführend und schädigend wirken müßte, und diese Verantwortung kann ich nicht auf mich nehmen.«

Ohne die Hauptmann-Rede stand nun aber zu befürchten, daß der Band allzu schmal würde. Wäre es unter diesen Umständen nicht doch besser, ihn überhaupt zurückzustellen und zu warten, »bis er einmal durch einen neuen größeren Beitrag, etwa einen Stifter-Aufsatz, ausgefüllt sein wird?« Einen großen Aufsatz über Adalbert Stifter plante Thomas Mann seit langem, er beschäftigte sich bis in seine letzten

Lebensjahre hinein immer wieder mit Stifter, aber der Aufsatz blieb ungeschrieben. Der Essayband »Deutsche Meister« hingegen, über den man sich einige Monate lang nicht schlüssig werden konnte, ließ sich retten durch die inzwischen entstandene, von der Amerikareise angeregte Plauderei *Meerfahrt mit Don Quijote*, die den durch Wegfall der Hauptmann-Rede zu schmal gewordenen Band, wie Thomas Mann meinte, reichlich auffüllte. Aber, so schrieb er am 1. November 1934 an den Verleger, nun habe er das Gefühl, daß das Buch dadurch mehr als je zu einem verlegerischen Problem geworden sei:

»Paßt diese ›Meerfahrt‹ nach Deutschland? Paßt irgendeiner der anderen Aufsätze dorthin? Können Sie es wagen, heute mit diesem Bande hervorzutreten? Ich bin mehr als zweifelhaft und könnte es nicht verantworten, Ihnen auch nur mit einem Wort zu dem Wagnis zuzureden. Vom Auslande habe ich Angebote auf den Band, bin mir aber dessen wohl bewußt, daß es kein bedeutungsloser Schritt wäre, damit hinauszugehen und darf natürlich keinesfalls diesen Vorschlägen näher treten, ohne Sie noch einmal vor die Entscheidung gestellt zu haben. Sagen Sie: ›Ich will und kann das Buch bringen‹, so gehört es Ihnen ... Sagen Sie: ›Es geht nicht‹ (ich glaube kaum, daß es geht), so muß ich mir das Recht wahren, diese Aufsätze, die allgemein für interessant gelten, außerhalb Deutschlands gesammelt vorzulegen.« Der Titel »Deutsche Meister«, fügte Thomas Mann hinzu, sei in jedem Fall durch das neue Schlußstück, die Cervantes-Plauderei, »unpassend« geworden; man müsse einen neuen finden. Er schlug vor: *Meister und Meisterwerke* oder, in Anlehnung an den Wagner-Essay, *Leiden und Größe der Meister.*

Dabei blieb es. Der Verleger war einverstanden, und Thomas Mann bekundete ihm »allen Respekt« vor seiner Civilcourage bei dieser »gewichtigen Entscheidung«. Der neue Titel, so schrieb er am 25. November 1934, sei »ein guter Name, wie mir überhaupt diese Dinge, in ihrer Zusammenstellung mit der ›Meerfahrt‹ am Schluß, recht gut gefallen haben und ich den Eindruck hatte, daß gerade dergleichen im gegenwärtigen Deutschland wohl günstigen Boden finden und mehr Interesse erwecken könnte, als Aufsätze sonst zu tun pflegen«. Es wurde vereinbart, kurze Hinweise auf die verschiedenen Anlässe, aus denen die Arbeiten entstanden, und den Zeitpunkt ihrer Entstehung auf die Rückseite des jeweiligen Titelblattes zu setzen. »Diese Notizen sind wichtig«, meinte Thomas Mann, »weil sie den Aufsätzen und Reden ihren zeitlichen Ort anweisen, so daß man sie, wenn man will, als rein historische Dokumente nehmen kann, was eine gewisse ›Entlastung‹ bedeutet.«

Aber Thomas Mann blieb bis zuletzt skeptisch. Das Erscheinen des Buches verzögerte sich, und er vermutete, daß der Verlag »sich aus guten Gründen nicht damit heraustraut«. Ob es denn »irgendwie wahrscheinlich« sei, fragte er am 24. März 1935 bei Hermann Hesse an, »daß Fischer sich wird halten können?... Warum sollte man gerade Bermann auf die Dauer gestatten, das Volk zu vergiften? Es wäre ja eine Inkonsequenz, die selbst dort unwahrscheinlich ist.« Vier Tage später, am 28. März 1935, erschien das Buch jedoch in Berlin, ein schmucker, schön gedruckter Band von 270 Seiten, und hatte, wie Thomas Mann an Bruno Walter schrieb, obwohl es »zu Hause«, nämlich in Deutschland, »ein wenig die Rolle des trojanischen Pferdes spielt«, sonderbarerweise »dort etwas wie eine gute Presse«. Eine vom Verlag übersandte Besprechung (wir wissen nicht, welche) habe »ja auch etwas Überraschendes und fast Rührendes. Es ist ein scheu gedämpfter Ton der Sympathie, fast der Liebe darin, der mich ergriffen hat. Es scheint, daß der Storm-Aufsatz den deutschen Kritikern, die mir Freundliches erweisen wollen, die günstigsten Möglichkeiten dazu giebt. Merkwürdiger Weise wird, wie mir scheint, sonst gerade der kleine Platen-Aufsatz am meisten akklamiert.« Bermann Fischer hatte eine vorsichtige Erstauflage von viertausend Exemplaren gedruckt und konnte noch im selben Jahr 1935 zwei Neuauflagen von je zweitausend Exemplaren nachdrucken. Dann mußte auch dieses Buch, zusammen mit Thomas Manns ganzem übrigen Werk und allen anderen verbotenen, unerwünschten oder mißliebigen Autoren des Verlags in die Verbannung gehen. In dem 1936 in Wien neu gegründeten Bermann-Fischer Verlag konnte noch eine Neuauflage, das 9.–10. Tausend erscheinen. Aber bei der deutschen Besetzung Österreichs im März 1938 wurden alle Bestände des Verlags beschlagnahmt, und auch *Leiden und Größe der Meister* ging unter.

Vorläufer und Modelle

Dieses, in dieser Form und Gestalt verschwundene Buch bildet den Grundstock, auf dem der vorliegende Band sich aufbaut, und deshalb trägt er eingedenk der ursprünglichen Konzeption seinen von Thomas Mann damals bestimmten Titel.

Es verging fast ein Jahrzehnt seit seinem ersten Erscheinen, bis das untergegangene Buch verwandelt wieder auftauchen konnte. Verwandelt aus zweifachem Grund: es war ja 1938 nicht nur dieser letzte Essayband Thomas Manns vernichtet worden, sondern es gab auch alle seine früheren Aufsatz-Sammlungen, *Rede und Antwort* von 1922, *Bemühungen* von 1925 und *Die Forderung des Tages* von 1930 nicht mehr; und zweitens war seither Jahr um Jahr viel Bedeutendes hinzugekommen, das in deutscher Sprache in Buchform überhaupt noch nicht vorlag. Dem galt es Rechnung zu tragen, als man im Frühjahr 1944 im Stockholmer Bermann-Fischer Verlag mit dem Aufbau einer neuen, der sogenannten Stockholmer Gesamtausgabe der Werke Thomas Manns begann. In ihrem Rahmen sollte natürlich auch das essayistische Werk wieder vorgelegt werden, aber unter den veränderten Umständen konnte man vorerst nur an einen Auswahlband denken. Für ihn ersann Thomas Mann eine neue Konzeption, die ganz vorsätzlich auf *Leiden und Größe der Meister* zurückgriff.

Dieser Band sollte *Adel des Geistes* heißen und »meine Studien über große Künstler und ihre Werke« enthalten. Am 4. Mai 1944 übersandte Thomas Mann dem Verleger einen Entwurf. »Ein Buch, das ich ›Adel des Geistes‹ nenne, und in das ich diejenigen Aufsätze aufnehme, die ich großen Schriftstellern und ihren Werken gewidmet habe (sie sind meine besten), sollte vollständig so aussehen«: Aus dem Band *Rede und Antwort* die Aufsätze *Chamisso* und *Der alte Fontane*; aus dem Band *Bemühungen* der große Essay *Goethe und Tolstoi*; aus dem Band *Die Forderung des Tages* die Rede über *Lessing* und der Aufsatz über *Kleists Amphitryon*; sodann die beiden Goethe-Essays, die Aufsätze über Wagner, Platen und Storm und die Cervantes-Plauderei, die den Band *Leiden und Größe der Meister* ausgemacht hatten; und dies alles ergänzt durch neuere Arbeiten, nämlich die Aufsätze *Schopenhauer* und *Freud und die Zukunft*, die bisher nur als Broschüren in der Reihe »Ausblicke« des Bermann-Fischer Verlags erschienen waren, den Zürcher Vortrag *Richard Wagner und ›Der Ring des Nibelungen‹*, die beiden Princetoner Vorlesungen über Goethes ›Faust‹ und ›Werther‹ und schließlich das Vorwort zu Tolstois ›Anna Karenina‹, von denen es noch keine deutschen Buchausgaben gab. Alles in allem sechzehn, zum Teil sehr umfangreiche Stücke, die einen Untertitel erhielten, der dem Aufsatz *Goethe und Tolstoi* entlehnt war und ihnen einen Generalnenner gab: *Sechzehn Versuche zum Problem der Humanität.*

»Sie sehen«, schrieb Thomas Mann am 4. Mai 1944 an Bermann Fischer, »das ist eine ganze Menge, aber wenn wir meine Essays über große Männer schon sammeln, sollte das Buch wohl so aussehen, selbst wenn es dadurch auf zwei Bände kommen sollte. Wäre dies der Fall, so würde es sich vielleicht empfehlen, die fünf Goethe betreffenden Arbeiten in den ersten Band für sich abzusondern, vielleicht zusammen mit Lessing, Chamisso und Kleist, wenn das das richtige Gleichgewicht ergibt.« Und nach neuerlicher Überlegung, ob eine zweibändige Essay-Sammlung nicht doch ungünstig sei und ob man nicht mit einem Band auskommen könne, am 30. Mai 1944: »Vielleicht enthält mein Programm zu viel Goethe. Es ist schließlich nach ›Lotte in Weimar‹ nicht nötig, daß ich mit allen meinen Studien über ihn herauskomme. Um die Ausgabe zu entlasten, könnten wir uns auf die beiden Stücke beschränken, die schon in ›Leiden und Größe der

Meister‹ standen, nämlich ›Goethe als Repräsentant des bürgerlichen Zeitalters‹ und ›Goethes Laufbahn als Schriftsteller‹. Die beiden Princetoner Vorlesungen über Goethe fielen dann weg.«

Es blieb jedoch bei dem ursprünglichen Entwurf, und man kam auch mit einem einzigen dicken Band von 700 Seiten aus. *Adel des Geistes* erschien im September 1945 im Bermann-Fischer Verlag Stockholm in einer Erstauflage von fünftausend Exemplaren, der 1948 eine ebenso hohe zweite, 1955 eine dritte Auflage folgte. Die Gliederung des Bandes folgte mehr oder weniger Thomas Manns ursprünglicher Aufstellung. Den Auftakt bildeten die drei Aufsätze über Lessing, Chamisso und Kleist; auf sie folgten die beiden Goethe-Reden von 1932, an die *Goethe und Tolstoi* angehängt war, und an diesen, wohl um des Zusammenhangs mit Tolstoi willen, der Aufsatz über ›Anna Karenina‹; hierauf folgten der Schopenhauer-Aufsatz und die beiden Wagner-Reden, danach Platen, Storm und Fontane, und den Beschluß bildeten Freud, Cervantes und als ein letztes Anhängsel die Princetoner Vorlesung über Goethes ›Faust‹, die aus nicht ersichtlichen Gründen außerhalb des thematischen Zusammenhangs, nicht in der Gruppe der übrigen Goethe-Aufsätze, stand. Einzig die ›Werther‹-Vorlesung war, wohl weil sie sich teilweise mit *Lotte in Weimar* überdeckt hätte, weggelassen. Nur zwei der »Meister« waren keine »deutschen Meister«: Tolstoi und Cervantes, und nur einer war kein Schriftsteller, sondern ein Musiker, wenngleich ein dichtender: Wagner. Aber Thomas Mann war in dieser Hinsicht, wie seine Briefe zeigen, nicht streng; er spricht einmal von großen Schriftstellern, ein anderes Mal von großen Künstlern, denen diese seine besten Aufsätze gewidmet seien; nur daß sie allesamt und allemal große Männer und Meister seien, daran gibt es nichts zu zweifeln. Der Leser, der das Inhaltsverzeichnis von *Adel des Geistes* mit der Anordnung des vorliegenden Bandes vergleicht, wird bemerken, daß der Herausgeber die Leitgedanken jenes Bandes nicht übersehen hat.

Adel des Geistes stellte also mit sechzehn Texten über zwölf

Meister mehr als eine Verdoppelung des ursprünglichen Bandes *Leiden und Größe der Meister* dar, der sechs Texte über fünf Meister enthalten hatte, und war, wie man sieht, eine starke Erweiterung der Grundkonzeption jener ersten Essay-Sammlung. Mit Band IX der von Hans Bürgin herausgegebenen Gesammelten Werke Thomas Manns in zwölf Bänden, die 1960, fünf Jahre nach des Dichters Tod erschien, wurde der alte Rahmen abermals kräftig erweitert. In diesem Band sind nun neunzehn Meister mit insgesamt dreißig Texten versammelt. Der Inhalt von *Adel des Geistes* ist vollständig übernommen, und hinzugekommen sind neben einigen älteren, bis dahin vernachlässigten und einigen neuen Studien über Goethe, Kleist und Fontane, die seit dem Erscheinen von *Adel des Geistes* entstandenen großen Aufsätze des letzten Jahrzehntes von Thomas Manns Schaffen, die er gewiß aufgenommen hätte, wenn er den Band selber zusammengestellt hätte, nämlich die Essays über Nietzsche, Tschechow, Schiller, Shaw, Hauptmann und Michelangelo. Der in diesem Band enthaltene Aufsatz über Hauptmann ist freilich nicht der, welchen Thomas Mann 1934 aus politischen Gründen nach reiflicher Überlegung wieder ausschied, sondern die viel später geschriebene große Gedenkrede zu Hauptmanns neunzigstem Geburtstag von 1952, welche unzweifelhaft der umfassendere und bedeutendere Text von beiden ist.
In einer Hinsicht freilich weicht dieser Band IX der Gesamtausgabe von 1960 von seinem Modell, dem er im übrigen getreulich folgt, grundsätzlich ab: in der Anordnung. Der damalige Herausgeber Hans Bürgin ist von Thomas Manns eigenem Herausgeber-Prinzip, Zusammengehöriges auch zusammenzustellen, nämlich die Goethe-, Tolstoi- und Wagner-Aufsätze ungeachtet ihrer Entstehungszeit zu Gruppen zu verbinden, abgegangen und hat die Texte vielmehr in der Reihenfolge ihrer Entstehung präsentiert, so daß der Band mit dem Aufsatz *Der alte Fontane* beginnt und mit dem *Versuch über Schiller* schließt. Der Grund dieser Neuerung ist leicht einzusehen: die übrigen drei Bände *Reden und Aufsätze* dieser Gesamtausgabe sind innerhalb ihrer Abteilungen chronolo-

gisch nach den Entstehungsdaten angeordnet, weil dies für die nahezu unübersehbare Fülle von Thomas Manns nichterzählerischem Werk wohl die einzig sinnvolle Gliederung ist, die es dem Leser erlaubt, das Gesuchte einigermaßen mühelos zu finden. Band IX mit den Meister-Essays sollte diese Einheitlichkeit nicht stören und wurde folglich nach demselben Prinzip komponiert. Dieses Prinzip hat selbstverständlich neben seiner Übersichtlichkeit auch den Vorzug, daß es erlaubt, die Entwicklung des Essayisten Thomas Mann von seinem ersten Versuch bis zur abschließenden reifen Leistung Schritt für Schritt nachzuziehen. Es hat aber auch den nicht unerheblichen Nachteil, daß inhaltlich und thematisch Zusammengehöriges auseinandergerissen und über den ganzen Band verstreut ist. Thomas Manns erster und letzter Fontane-Aufsatz beispielsweise liegen vierundvierzig Jahre auseinander, seine beiden Kleist-Aufsätze entstanden im Abstand von siebenundzwanzig Jahren, seine Aufsätze über Goethe und Wagner verteilen sich über nahezu seine gesamte Schaffenszeit. Dem Leser, der ein möglichst vollständiges Bild von Thomas Manns Goethe- oder Wagner-Auffassung und ihrer Entwicklung zu gewinnen wünscht, wird sein Vorhaben schwergemacht, denn er muß sich das, was er braucht, in dem ganzen Buch von nahezu tausend Seiten zusammensuchen. Wer weiß, ob dem Dichter dies lieb gewesen wäre. Sein Briefwechsel mit seinem Verleger über Zusammenstellung und Anordnung von *Adel des Geistes* erlaubt gewiß Zweifel.

Die vorliegende Sammlung der Meister-Essays verzichtet daher auf das in Band IX angewandte Prinzip und kehrt mit der Neubelebung des schönen alten Titels – der Herausgeber gesteht freimütig, daß er ihn lieber mag als den eher kalten und reservierten *Adel des Geistes* – auch zu Thomas Manns eigenem Anordnungs-Grundsatz zurück. Und dies noch aus anderen als den angeführten Gründen. Die von Bürgin besorgte zwölfbändige Ausgabe der Gesammelten Werke von 1960 strebte keine Vollständigkeit an; nicht nur fehlt in ihr, vor allem unter den Miszellen der *Reden und Aufsätze*, so manches, was der Herausgeber beiseite ließ, weil es ihm allzu unerheblich erschien, sondern es waren auch zahlreiche Texte damals noch gar nicht bekannt oder noch nicht aufgefunden, und jede Zusammenstellung von Thomas Manns essayistischem Werk mußte notwendig den Charakter des Vorläufigen tragen. Ein Nachtragsband zur Ausgabe der Gesammelten Werke von 1960, der 1974 erschien, bemühte sich, diese Lücken im essayistischen Werk, so gut es damals ging, zu füllen, ohne freilich Vollständigkeit beanspruchen zu wollen. Seither sind, vor allem durch Hinweise in Thomas Manns Tagebüchern, so viele neue essayistische Texte aufgefunden oder wiederentdeckt worden, daß mit der Frankfurter Ausgabe der Gesammelten Werke Thomas Manns zum ersten Mal der Versuch gemacht werden kann, dieses Werk in allen Teilen lückenlos vorzulegen. Es ist in hohem Maß unwahrscheinlich, daß dreißig Jahre nach Thomas Manns Tod und nach sorgfältigster Spurensuche in seinen Tagebüchern noch Texte von ihm auftauchen werden, die bisher fehlten oder von denen man überhaupt nichts wußte. Es besteht die gute Aussicht, daß die Frankfurter Ausgabe der »Gesammelten Werke« sich mit einigem Recht auch »Sämtliche Werke« nennen könnte.

Diesem Aspekt versucht der vorliegende Band der Meister-Essays Rechnung zu tragen. Auch hier ist, innerhalb des gegebenen Rahmens, Vollständigkeit angestrebt. Was für die ganze Ausgabe gilt, das gilt auch hier: nichts ist unerheblich oder entbehrlich, es ist alles, dessen der Herausgeber irgend habhaft werden konnte, dingfest gemacht. So kann es nicht verwundern, daß dieser Band wesentlich umfangreicher ist als sein unmittelbarer Vorgänger. Alles, was dieser Vorgänger enthielt, ist ausnahmslos auch in ihm enthalten, und vieles ist hinzugekommen. Die Zahl der Meister hat sich nur geringfügig, von neunzehn auf einundzwanzig erhöht; der Herausgeber hat nur zwei Aufsätze über Heinrich Heine und einen über Gottfried Keller, die bisher anderwärts unter den Aufsätzen standen, hier eingefügt. Die Zahl der Texte hingegen hat sich gegenüber dem Vorgänger von dreißig auf einundsechzig verdoppelt, und der Grund hierfür ist das Bemühen um Vollständigkeit. Auch hierin hat der Herausgeber, wie er meint, den von Thomas Mann selbst eingeschlagenen Pfad lediglich weiter verfolgt. Enthielt *Adel des Geistes* vier Texte über Goethe, so enthält der vorliegende Band ihrer nicht weniger als dreizehn; den zwei großen Wagner-Aufsätzen wurden noch sieben andere Wagner-Texte, dem einen Fontane-Essay noch vier Fontane-Texte angefügt, die alle bisher verstreut in verschiedenen Teilen der Gesammelten Werke wohnhaft waren und jetzt unter einem Dach stehen. So findet der Leser hier zum ersten Mal, was die von Thomas Mann zeitlebens geliebten und bewunderten großen Meister betrifft, alles zusammengetragen, was er im Lauf seines Lebens, aus unterschiedlichen Anlässen über sie gesagt und geschrieben hat. Eine chronologische Anordnung dieser vielen Texte hätte nicht Übersichtlichkeit, sondern ein Chaos gestiftet, das dem Leser, der Zusammenhänge sucht, keinen entschädigenden Gewinn gebracht hätte. Es wurde anders verfahren.

Der Band ist in zwei Teile gegliedert. Die erste Abteilung enthält die deutschen Meister, die zweite die ausländischen. Innerhalb der deutschen Gruppe sind die Texte nun freilich in der Tat chronologisch angeordnet, aber nicht nach den Daten ihrer Entstehung, auch nicht nach den Zeitpunkten, zu denen Thomas Mann den einzelnen Meistern erstmals begegnete – das wäre in manchen Fällen nicht zweifelsfrei bestimmbar –, sondern nach den Lebzeiten der Meister selbst, so daß sich ein Panorama der deutschen Literatur, Philosophie und Musik in historischer Folge ergibt. Den Anfang macht mithin Lessing, der älteste deutsche Dichter, mit dem Thomas Mann sich beschäftigt hat, den Beschluß bildet Hauptmann. Aber diese Folge ist nicht mit letzter Strenge eingehalten: Schopenhauer, Nietzsche, Wagner und Freud sind, obwohl ihre Lebensalter beträchtlich auseinanderliegen, um ihren geistigen Zusammenhang, den sie für Thomas Mann hatten, sinnfällig zu machen, zu einer Gruppe zusammengefügt. Überall dort, wo wir mehrere Texte über einen Meister besitzen, ist der bedeutendste und umfassendste, der die Summe von Thomas Manns Erfahrung mit diesem Künstler enthält, an die Spitze gestellt und das übrige chronologisch angeschlossen. Nicht immer war offenkundig, welches der Hauptessay sei. Bei Goethe wird man die drei zuoberst stehenden großen Essays wohl als gleichgewichtig empfinden. In der zweiten Abteilung sind die nicht sehr zahlreichen ausländischen Meister, denen Thomas Mann Studien gewidmet hat, so zusammengestellt, daß die von ihm über alles geliebten russischen Dichter chronologisch geordnet eine Familiengruppe bilden, als welche er sie empfand.

Der »erzählte« Essay

Was haben diese Meister-Essays gemeinsam, was schließt sie zu einer Einheit zusammen? Das wird man fragen dürfen, wenn man bei Betrachtung dieser Porträt-Galerie die Lücken bemerkt, die hier und dort stutzig machen. Es verwundert, daß Thomas Mann nie einen einzigen Aufsatz über einen französischen Dichter schrieb, obwohl er, vor allem in seinen letzten Jahren, immer wieder zu Balzac griff; daß es von ihm keinen Aufsatz über einen der großen Skandinavier gibt, denen er vor allem in seinen Anfängen so viel verdankte; daß er Shakespeare, dessen Hamlet-Zeile »Thou com'st in such a questionable shape« geradezu ein Wahlspruch für ihn wurde, nie eine eingehende Studie widmete. Es betrübt, daß er den Aufsatz über Stifter, den er sich in seiner zweiten Schaffenshälfte immer wieder vornahm, schließlich doch nicht mehr schrieb, und es ist ein ewiger Jammer, daß in seiner Porträt-Galerie der russischen Meister Turgenjew, Gogol und Leskow fehlen, die er sein Lebtag lang immer wieder las und so genau kannte wie nur einer.

Die Antwort ist sehr einfach, und sie darf den Leser nicht erschrecken oder verstimmen: alle in diesem Band zusammengefaßten Meister-Essays sind ohne Ausnahme, im höchsten und besten Sinne, Gelegenheitsarbeiten. Will sagen, sie wurden geschrieben, als sich eine Gelegenheit für ihre Niederschrift ergab. Hier war es eine Festrede vor einer Akademie oder literarischen Gesellschaft, dort ein hoher Geburtstag, den es zu feiern galt, in anderen Fällen war es eine Einführung oder ein Einleitungsaufsatz zu einer Werkausgabe oder einer Anthologie, in wieder anderen waren es Universitäts-Vorlesungen, die Anlaß oder Anstoß boten, einen womöglich schon seit langem geplanten Aufsatz in Angriff zu nehmen. Zuweilen war es auch überhaupt nur die allgemeine Einladung zu einem Vortrag, ohne ausdrücklich genanntes Thema, die dem Dichter Anreiz war, etwas vorzutragen, was ihm zu dieser Zeit gerade am Herzen lag und was ohne eine solche Aufforderung vielleicht unausgeführt geblieben wäre. Als seine Vaterstadt Lübeck ihn 1921 für ihre Nordische Woche um einen Festvortrag bat und ihm die Wahl des Themas überließ, dachte er sogleich an einen Vortrag über Knut Hamsun, den er damals sehr liebte, und verwarf diesen Plan dann zugunsten von *Goethe und Tolstoi*, ein Thema, das ihn weit dringlicher beschäftigte und auf einen Anlaß wartete, um hervorzukommen. Gewiß hätte sich, wenn es nicht Lübeck gewesen wäre, diese bedeutende Schrift auch eine andere Chance gesucht und gefunden, um sich ins Leben zu rufen. Ebenso zweifelsfrei ist jedoch auch, daß der etwas ungelenke Aufsatz über George Bernard Shaw, über den Thomas Mann eingestandenermaßen nicht gut Bescheid wußte, niemals entstanden wäre, wenn das Dritte Programm der Britischen Rundfunkgesellschaft ihn nicht erbeten hätte. Manche andere Gelegenheit, die sich ihm bot, ließ er nach Überlegung vorübergehen; manchem Vorschlag, den man ihm machte, mochte er nicht folgen. Und für diese oder jene Idee, die in ihm schlummerte und die er vielleicht gern verwirklicht hätte, wie die Aufsätze über Stifter und Turgenjew, fand sich keine Gelegenheit, und so kamen sie nicht an den Tag. Denn zu tun gab es für den rastlos Schaffenden auch ohne sie allzeit mehr als genug. Sein letzter Meister-Aufsatz hätte ein Mozart-Vortrag sein sollen, den er für Mozarts

200. Geburtstag 1956 zugesagt hatte; aber über den Vorstudien auf dem Krankenbett erlosch sein Leben.

Daß sie allesamt Gelegenheitsarbeiten sind, ist nicht das einzige, was diese Aufsätze miteinander verbindet. Sie haben außerdem und vor allem eine Form und Gestalt gemeinsam, die man anderwärts nicht häufig antrifft und die sie unverwechselbar zu Thomas Manns ureigensten Geschöpfen macht. Sie sind keine Essays im strengen Sinn. Sie sind die Essays eines Erzählers. Sie sind »erzählte Essays«. Wäre der Herausgeber bei der Gliederung des Bandes chronologisch, nach der Entstehungszeit der Texte vorgegangen, so hätte der Aufsatz *Der alte Fontane* von 1910 den Anfang gemacht, und dies mit viel Recht, denn er ist in literarischer Hinsicht in der Tat der Anfang. Mit ihm beginnt Thomas Manns Porträtgalerie großer Meister; er ist sein erster Versuch mit dem Genre des literarischen Essays, und in ihm ist bereits das Muster entworfen, an dem er in hundert Abwandlungen bis zum letzten getreulich festhält. Dieses Muster eines aus dem persönlichen literarischen Erlebnis, aus dem anekdotischen Vorkommnis, aus dem autobiographischen Mitteilungsbedürfnis des Erzählers entwickelten erzählten Essays ist Thomas Manns ganz persönliche Spielart; das hat vor ihm kaum jemand gemacht und nach ihm kaum jemand mehr gewagt. Was macht er in *Der alte Fontane*, einem langen Aufsatz, der sich als eine Buchbesprechung gibt und doch alles andere als eine konventionelle Rezension ist? Er baut mit höchst findig gewählten und treffend placierten Zitaten aus den Briefen Fontanes, um die es hier geht, ein Lebens- und Charakterbild des Mannes auf, das rund, plastisch, vielfältig facettiert sich vor unseren Augen gleichsam von selbst zusammensetzt und mit schönster erzählerischer Anmut und schwereloser Grazie, während der Essayist-Erzähler scheinbar vom Hundertsten ins Tausendste gerät, sich geradezu aus sich selbst entwickelt. Zugleich aber – und dies ist nicht minder charakteristisch – läßt dieses Bildnis auf Schritt und Tritt die unmittelbare Affinität des Schilderers zum Geschilderten spüren und mit natürlicher, durchaus unkoketter Selbstverständlichkeit den Erzähler durch das Gewebe des Erzählten hindurchscheinen. Das autobiographische Element ist nirgends auch nur im geringsten vordringlich, aber es ist allzeit gegenwärtig. Im Grunde erzählt Thomas Mann auch hier, und hier besonders, nur von sich selbst – wie er es in allen seinen Romanen und Novellen tut –, und gar dort, wo er selbst sich vielleicht gar nicht bewußt im Fontane-Spiegel sieht, sehen *wir* ihn dort oder vermeinen ihn zu sehen. Der Aufsatz *Der alte Fontane* ist der Anfang von etwas ganz Neuem bei Thomas Mann, nämlich die liebevoll-eingehende Schilderung anderer, früherer Dichter und in ihrem Spiegel die Schilderung seiner selbst. Schon dieser erste Versuch eines autobiographisch durchwirkten, erzählten Essays ist höchst geglückt; später, wenn er von Goethe und Schiller, von Chamisso und Kleist, von Tolstoi, Dostojewski und Tschechow und gar von Schopenhauer, Nietzsche und Wagner erzählt, wird diese Kunstform in seinen Händen vollends unnachahmlich.

Liebe und Bewunderung

Aber auch die Gemeinsamkeit der Gestaltungsform ist es nicht allein, was diese Meister-Essays miteinander verbindet. Es kommt noch ein anderes Element hinzu, das dem Leser vielleicht nicht sogleich, sondern erst nach einer Weile, dann aber um so intensiver spürbar wird und ihn immer stärker gefangennimmt. Diese Aufsätze sind allesamt aus Liebe und Bewunderung geschaffen und trachten danach, diese Liebe und Bewunderung vermittelnd weiterzugeben. Diese Porträts entraten jeglichen polemischen Eifers; in ihnen wird nicht gezankt und gestritten; sie flicken dem Geschilderten nicht am Zeug, sie kommen ohne Besserwisserei und ohne Rechthaberei aus. Ihr Grundton ist bewundernd, ihre Grundhaltung liebevolle Zuneigung. Was keineswegs bedeutet, daß sie ihrem Gegenstand gegenüber unkritisch seien; sie fallen ihm durchaus nicht schwärmerisch um den Hals oder dulden nicht die geringste Bemängelung. So nicht – das wäre keine wahre Liebe, keine echte Sympathie. Als Thomas Mann im November 1937 in Zürich seinen zweiten großen Wagner-Vortrag hielt, verwies er zu Beginn auf den ersten, den im Februar 1933 in München gehaltenen, der ihm von den damaligen Machthabern und ihren Ohrenbläsern so viel Verunglimpfung eintrug, zitierte einige ihn persönlich betreffende Sätze daraus und fügte hinzu, aus ihnen spreche eine Bewunderung, die durch keine Skepsis, auch durch keinen feindseligen Mißbrauch, zu dem ihr großer Gegenstand etwa die Handhabe biete, je im geringsten habe beeinträchtigt oder auch nur berührt werden können. Dann fuhr er fort:

»Glücklicher Weise! Denn die Bewunderung ist das Beste, was wir haben, – ja, wenn man mich fragte, welchen Affekt, welches Gefühlsverhältnis zu den Erscheinungen der Welt, der Kunst und des Lebens, ich für das schönste, glücklichste, förderlichste, unentbehrlichste halte, würde ich ohne Zögern antworten: Es ist die Bewunderung. Wie denn auch anders? Was wäre der Mensch, der Künstler gar ohne Bewunderung, Enthusiasmus, Erfülltheit, Hingegebenheit an etwas, was nicht er selbst ist, was viel zu groß ist, um er selbst zu sein, aber was er als das Hochverwandte und mächtig Zusagende empfindet, dem näher zu kommen, das ›mit Erkenntnis zu durchdringen‹ und sich ganz zu eigen zu machen ihn leidenschaftlich verlangt? Bewunderung ist die Quelle der Liebe, sie ist schon die Liebe selbst – die keine tiefe Liebe, keine Passion und vor allen Dingen ohne Geist wäre, wenn sie nicht auch zu zweifeln, an ihrem Gegenstand zu leiden wüßte. Bewunderung ist demütig und stolz zugleich, stolz auf sich selbst; sie kennt die Eifersucht, die jugendlich herausfordernde Frage: ›Was wißt denn ihr davon?‹ Sie ist das Reinste und Fruchtbarste zugleich, der Aufblick und der Antrieb zum Wettstreit, sie lehrt den hohen Anspruch und ist das stärkste und erzieherisch strengste Stimulans zum eigenen geistigen Beitrag, die Wurzel allen Talentes. Wo sie nicht ist, wo sie abstirbt, da keimt nichts mehr, da ist Verarmung und Wüste.«

Einen besseren Schlüssel zu Thomas Manns Meister-Essays als diesen, seinen eigenen, kann es schwerlich geben. Wo er nicht zu bewundern, nicht zu lieben vermochte, und es mag wohl Meister-Genies gegeben haben, die ihm widerstrebten, zu denen er nicht aufzublicken vemochte, da hielt er sich zurück oder ging wortlos vorüber. Die lieblosen, der Bewunderung nicht fähigen Eiferer indessen, die nur herab und nicht aufzublicken vermögen, und es gab zu seiner Zeit so viele wie heute, sie liebte er nicht und kümmerte sich nicht um sie. Sein eigenes Vermögen, zu bewundern, wurde mit den Jahren eher stärker denn geringer, wie die späten Meister-Essays in diesem Band, vor allem der unvergleichliche *Versuch über Tschechow* zeigen. Er selbst spürte das sehr wohl. Im Zürcher Wagner-Vortrag sprach er es aus:
»Ja, es scheint, daß die Bewunderung für fremdes Schönheitsgut, weit entfernt das Vorrecht aktiver und kämpferischer Jahre zu sein, vielleicht im Alter, nach getanem eigenen Tagewerk, wenn nicht mehr das Ich sich darauf zu beziehen, sich darin zu spiegeln, sich damit zu vergleichen braucht, erst recht frei wird und in lauterer Unbefangenheit walten kann. ›Schön ist‹, sagt Kant, ›was ohne Interesse gefällt.‹ Nun, demjenigen, dem selbst aufgegeben war, gewaltig Schönes hervorzubringen, kann anderes Schönes ganz erst vielleicht ›ohne Interesse‹ gefallen.«
Er meinte es auf Wagner. Wir dürfen es getrost auf ihn selbst meinen. Einem Verehrer, der ihm aus ferner Weltgegend seine Anhänglichkeit mitteilte, schrieb er 1935: »Sie wissen zu bewundern, zu genießen, zu lieben, das ist viel, damit werden Sie leben können.«

Lessing: Dichter und Schriftsteller

Die beiden Aufsätze über Lessing, die diesen Band eröffnen, stammen aus demselben Jahr 1929 und verdanken ihre Niederschrift derselben Gelegenheit, nämlich dem 200. Geburtstag Lessings, der mit einem Festakt in der Preußischen Akademie der Künste in Berlin am 21. Januar 1929 begangen wurde. Thomas Mann, der zu den Gründungsmitgliedern der Sektion für Dichtkunst gehörte, hatte es übernommen, die Festrede zu halten. Der Präsident der Akademie, Max Liebermann, hielt die Begrüßungsansprache, der Berliner Literaturwissenschaftler Professor Julius Petersen folgte mit einem Vortrag und Thomas Manns *Rede über Lessing* beschloß die Feier. »Keine Überfüllung. Schöner Verlauf«, notierte Oskar Loerke in seinem Tagebuch. Die Berliner ›Vossische Zeitung‹ veröffentlichte Teile der Rede am Tag nach der Veranstaltung unter dem Titel ›Der Mythos vom Klassiker‹, und die ›Neue Schweizer Rundschau‹ brachte in ihrem Februarheft 1929 den ganzen Text. Im folgenden Jahr nahm Thomas Mann die Ansprache in seinen Essayband *Die Forderung des Tages* auf. Es stand ihm für die Rede nur eine halbe Stunde zur Verfügung, beengend wenig für ein so weitreichendes Thema, und er dürfte wohl auch, falls er seinen Text ohne Kürzung vortrug, mit dieser knapp bemessenen Zeit nicht ausgekommen sein. Er begann schon vor Weihnachten 1928 mit den Vorbereitungen und schrieb den Aufsatz in der ersten Januarhälfte 1929 nieder. Der Leser wird die Vielfalt der Quellen und Belege bemerkt haben, die er heranzog, von Otto Ludwig über Moses Mendelssohn und Herder bis Heine; besonders wichtig waren ihm Friedrich Schlegels Äußerungen über Lessing, die er noch nicht kannte und sich eigens durch einen befreundeten Bibliothekar aus der Bayerischen Staatsbibliothek besorgte. Wie stets, war nicht annähernd alles, was er herangeschafft hatte und was ihn an dem Thema interessierte, in der Akademie-Rede unterzubringen. Die »Überbleibsel meines Lessing-Studiums« fanden, wie er schrieb, in dem Aufsatz *Zu Lessings Gedächtnis* Verwendung, der sogleich im Anschluß an die Festrede entstand und am 20. Januar 1929 im ›Berliner Tageblatt‹ erschien und ebenfalls in *Die Forderung des Tages* aufgenommen wurde. Dieser kürzere Aufsatz, meinte er, sei »dabei wohl gar besser ausgefallen als die Rede selbst«. Gewiß hängen beide sehr eng zusammen, ergänzen einander und können durchaus als ein Ganzes gelesen werden. In beiden meint Thomas Mann, wenn er von »Druckwerk und Röhren« und von der Unterscheidung zwischen Dichter und Schriftsteller spricht, zwar nebenbei, aber doch ganz unmißverständlich sich selbst. Als seine Übersetzerin Helen Lowe-Porter in ihrem Vorwort zur amerikanischen Ausgabe der Essays sich hinsichtlich Lessings und der »Abneigung des deutschen Publikums gegen Polemik« nicht ganz treffend ausdrückte, schrieb er ihr, das erwecke »fast den Anschein, als ob auch ich mich von der Lessingschen Polemik distanzieren wollte und auf der Seite der deutschen Ablehnung, von der ich spreche, stünde. Das ist etwas irreführend, insofern ich jene Abneigung und despektierliche Einstellung der deutschen Öffentlichkeit gegen das Polemische nur als eine objektive Tatsache, aber eigentlich doch mehr als eine Schwäche der deutschen Mentalität feststelle und meine Sympathie dem Lessingschen Dichtertypus zugehört, der nicht nur erlebt und darstellt, sondern auch urteilt und kämpft. Hierüber, meine ich, sollte man kein Mißverständnis aufkommen lassen.«

Goethe: Unio mystica

Thomas Manns zweite Lebenshälfte steht so nachdrücklich im Zeichen Goethes und der von ihm selbst in späten Tagebuch-Aufzeichnungen mehr als einmal berufenen »unio mystica« mit Goethes Lebensgesetz und Schaffensstil, daß man leicht aus dem Blick verliert, wie tief, bis in seine frühen Jahre hinein, seine Kenntnis und Beschäftigung mit Goethe zurückreicht. Seine bedeutenden Schriften über Goethe, das ist wahr, entstanden fast alle in den Jahren hoher Reife, aber der Leser, der sie in diesem Band erstmals alle vereinigt findet, wird die vielfältigen verstreuten autobiographischen Hinweise auf die langen Wurzeln dieser Goethe-Beschäftigung nicht übersehen haben. Das große Jugenderlebnis Thomas Manns freilich war Schiller, aber er trat bald hinter Goethe zurück, der mit Schopenhauer und

Nietzsche zum bestimmenden Einfluß der frühen Schaffenszeit wurde.

»Ja, ich habe ihn geliebt von jung auf, warum soll ich es hier und heute nicht sagen« – gestand er in seiner Ansprache bei der Einweihung des erweiterten Goethe-Museums in Frankfurt am 14. Mai 1932 – »mit einer Liebe, die die höchste in seiner Verklärung, Idealität, Vollendung war. Es gab kein Vorbild der Geisteswelt, in dessen Anblick ein solches Vertrauen, eine solche rückhaltlose Hingabe, ein so tiefes Einverständnis möglich gewesen wäre wie hier ... Er war das Vor-Bild in einem anderen und letzten Sinn, das Ur-Bild, das Über-Bild, das eigene Wesen ins Vollkommene projiziert ... Man muß kein Dichter und Schriftsteller sein, um sich in Goethe wiederzuerkennen. Man muß dazu nur mit Bewußtsein ein Mensch sein –«

Schon in den letzten Jahren vor dem Ersten Weltkrieg sehen wir Thomas Mann in so vertrautem und intim-kenntnisreichem Umgang mit Goethe, daß er 1911 an eine Goethe-Novelle denken konnte, von der er dann freilich doch als »verfrüht« abstand und statt ihrer den *Tod in Venedig* schrieb. Aber mit der Überwindung der Gedankenwelt der *Betrachtungen eines Unpolitischen*, sogleich nach dem Ende des Ersten Weltkrieges, setzt sich Goethe als großes, unbestrittenes Leitbild in seinem Schaffen durch. Im *Zauberberg* ist Goethes ›Faust‹ allgegenwärtig; von der *Walpurgisnacht* bis zur Rede Peeperkorns am Wasserfall ist der Roman so voll von versteckten Goethe-Zitaten und Goethe-Anspielungen, daß wohl kaum ein Leser sie alle aufzuspüren vermag. Und mit dem großen Essay *Goethe und Tolstoi* von 1921 trägt die lange und liebevolle Beschäftigung mit Goethe zum ersten Mal sichtbarlich Frucht.

Thomas Mann war mitten in der Arbeit am *Walpurgisnacht*-Kapitel des *Zauberberg*, als er am 24. April 1921 im Tagebuch notierte: »Für den Vortrag in Lübeck plane ich seit gestern Abend: ›Goethe und Tolstoi‹.« Das Thema, das auf den ersten Blick, wie es gleich zu Beginn des Essays vorbeugend heißt, wie eine »im höchsten Grade wilde, willkürliche und ungebührliche Kopulation« wirken mochte, beschäftigte ihn schon seit langem. Als Alexander Eliasberg ihm seine deutsche Übersetzung von Dimitri Mereschkowskis ›Ewige Gefährten‹ schickte, dankte er ihm am 14. November 1914 überschwenglich für dieses »bewunderungswürdige« Buch und vor allem den darin enthaltenen Goethe-Essay, den er sogleich in Beziehung setzte zu Mereschkowskis »großer Tolstoi-Analyse« in seinem schon 1903 deutsch erschienenen und ihm wohlbekannten Buch ›Tolstoi und Dostojewski als Menschen und als Künstler. Eine kritische Würdigung ihres Lebens und Schaffens‹ – »wie ich denn glaube, daß Goethe und Tolstoi, die er [Mereschkowski] zwar als Gegensätze sieht, mehr Gemeinsames haben, als Goethe und der unleibliche, unfleischliche Dostojewski«. Er schloß das schwierige *Zauberberg*-Kapitel erst ab und wandte sich am 28. Mai dem Vortrag zu, der ihn sofort »schon fast ausschließlich« beschäftigte. Er las »eifrig mit dem Bleistift« die Tolstoi-Biographie von P. J. Birjukow, gleichzeitig aber auch Maxim Gorkis ›Erinnerungen an Lew Nikolajewitsch Tolstoi‹, die 1920 deutsch erschienen waren und auf die der Essay in Sachen Tolstoi sich hauptsächlich stützt; nahm die Tagebücher und Erinnerungen der Gräfin Alexandra wieder vor, arbeitete die Bücher des von ihm über alle Gebühr bewunderten Mereschkowski noch einmal durch, machte sich Auszüge aus Bielschowskys allbekannter Goethe-Biographie und fand bei dieser »angeregten Beschäftigung«, daß er sich damit durchaus nicht »aus der Welt meiner Motive«, weder vom *Hochstapler* noch vom *Zauberberg* entferne. Am 22. Juni 1921 hatte er »im Zustand einer gewissen euphorischen Angeregtheit« die »ausziehende, entwerfende, notierende Thätigkeit« abgeschlossen und begann »aufs Geratewohl den Vortrag zu schreiben, der novellistisch einsetzt«.

Es war, wenn man von den frühen und weit weniger ehrgeizig angelegten Aufsätzen über Chamisso und Fontane absieht, sein erster Versuch mit einem ausgewachsenen »Meister«-Essay, und er machte ihm große Mühe. Er arbeitete den ganzen Juli »eifrig vorwärtsdrängend« daran, spürte aber schon bald, daß er Gefahr lief, sich ins Uferlose zu verlieren. »Bedenklich bleibt immer die Länge«, notierte er am 2. Juli. Die Komposition machte ihm Sorge, und er arbeitete, wie er am 12. Juli schrieb, »mit dem Bewußtsein kolossaler Kraftvergeudung. Das Bedürfnis und die Gewohnheit, mich *ganz* zu geben, meine Totalität, ferner Mangel an Erfahrung, lassen mich viel zu sehr ausladen. Der eigentliche Vortrag wird erst herauszupräparieren sein. Ratlosigkeit und tägliche Entnervtheit nach 3stündiger Arbeit.« Dazwischen fand er die Arbeit »schön und interessant« und meinte, es wäre gegen den Vortrag »nichts zu sagen, wenn der verzweifelte Umfang ihn nicht problematisierte«. So war es dieses erste Mal, so war und blieb es sein ganzes Leben lang; das Problem der ausladenden Breite, aus welcher der eigentliche Vortrag herauspräpariert werden mußte, wich ihm nicht mehr von der Seite. Es kam der Augenblick, an dem er einsah, daß es so nicht ging. Am 25. Juli 1921 heißt es im Tagebuch: »In der Arbeit an dem Vortrag, die alle diese Tage mit abnehmender Teilnahme gefördert wurde, trat heute eine Krise ein. Einsicht, daß es keinen Zweck hat, den weitläufigen Stoff, wie bisher zum Ende aufzuarbeiten. Der mündliche Vortrag von alldem ist unmöglich, die Zustutzung wäre schwierig und verringernd. Auch ist das Gegebene zu hoch und abstrakt für den Zweck des Vortrags. Beschluß, abzubrechen und, unter Benutzung des Anfangs, mich auf das Thema ›Die Idee der Erziehung bei G. und T.‹ zu beschränken.« Und am folgenden Tag: »Umwälzung des Vortrags... Reiche Gedanken zum Thema der Erziehung, Begeisterung, Liebe und Ernst. Lektüre in den ›Wanderjahren‹. Erstaunen über die eigentlich Goethe'sche Sphäre des ›Zbg.‹ Der Vortrag wird auf diese Weise ein reines, vollständiges Gegenstück zum Roman.« Schließlich am 30. Juli 1921 in einem Brief an seinen Freund Ernst Bertram: »Mit meinem Vortrag sitze ich schön in der Tinte und zwar wörtlich. Ohne jede Erfahrung, habe ich drauf losgeschrieben, in dem Wahn, alles sagen zu können, und meiner Frau neulich 2 Stunden vorgelesen, ohne im

Entferntesten fertig zu sein. Ich habe einfach von vorn anfangen müssen, und das Ding heißt nun bescheiden und beschränkt: ›Die Idee der *Erziehung* bei Goethe und Tolstoi‹.« (Es blieb jedoch bei dem knappen Titel *Goethe und Tolstoi*.) Auch in seiner neuen Form, fand er, sei der Vortrag »noch reich, vielleicht zu reich verzweigt«, und als er am 31. Juli dem Bonner Literaturprofessor Berthold Litzmann das »bisher neu Geschriebene« vorlas, dauerte es fünfzig Minuten, und er war sehr erleichtert, als Litzmann ihm versicherte, »wenn ich überhaupt nicht weiter schriebe, genügte auch das Bisherige vollkommen«. Er arbeitete noch während des anschließenden Ferienaufenthaltes an der Ostsee weiter an dem Manuskript und wurde Ende August mit knapper Not rechtzeitig fertig.

Thomas Mann hielt den Vortrag *Goethe und Tolstoi* am 4. September 1921 im Johanneum in Lübeck, wo er eineinhalb Stunden dauerte, und wiederholte ihn anschließend in Berlin, München, Zürich und anderwärts. Er wurde im Märzheft 1922 der ›Deutschen Rundschau‹ in Berlin veröffentlicht und erschien 1923 als Broschüre in einem kleinen Aachener Verlag, dem Thomas Mann den Text aus Gefälligkeit überlassen hatte. Aber er betrachtete diesen Text durchaus als »unfertig und unpräsentabel«; es waren große Teile des ursprünglich Geschriebenen oder später Ausgeschiedenen ungenutzt geblieben, auch teilweise als Fragmente hier und dort erschienen, und er beabsichtigte, diese Materialien eines Tages zu verwenden, »den Gegenstand, wenn ich einmal Zeit habe, weiter auszuführen und zu einem selbständigen kleinen Buch zu gestalten«. Eine »Gelegenheit« zur »Neu-Komposition« ergab sich, als Thomas Mann seinen zweiten Essayband *Bemühungen* vorbereitete, der im Frühjahr 1925 im S. Fischer Verlag erschien. Der verstreute »Goethe-Tolstoi-Überschuß« wurde jetzt zusammengesucht und geordnet und mit seiner Hilfe der Essay im Januar-Februar 1925 umgearbeitet. »Die Masse war kalt geworden, wird aber wieder warm«, schrieb Thomas Mann. Diese Neufassung bildet unter dem Titel *Goethe und Tolstoi. Fragmente zum Problem der Humanität* den ersten Hauptteil des Bandes *Bemühungen.* Sie wurde abermals überarbeitet, als der Verlag 1932 zum Goethe-Jahr eine »hübsche Separat-Ausgabe« veranstaltete, die als »neue, veränderte Ausgabe« nunmehr den Untertitel *Zum Problem der Humanität* erhielt. »Die Auffrischung«, schrieb Thomas Mann am 25. März 1932 an Hermann Hesse, »wird sich mit Hülfe der Gedenkzeit allgemeiner bewähren, zumal der behandelte Gegensatz, gerade unter dem Gesichtspunkt der Vornehmheitsfrage betrachtet, ganz danach angetan ist, wenigstens für Deutschland, das eigentliche geistige Thema des Goethe-Festes abzugeben.« Die Veränderungen gegenüber der Fassung von 1925 beschränken sich auf die letzten Seiten des vorletzten Kapitels *Unterricht*, die sich mit der politischen Lage in Europa, dem deutsch-französischen Verhältnis und den Zukunftsaussichten beschäftigten. Thomas Mann schrieb diese Seiten neu und aktualisierte sie unter Zuhilfenahme von Formulierungen, die er zum Teil seinem Aufsatz *Das Problem der deutsch-französischen Beziehungen* von 1922 entnahm. Für die Aufnahme des Essays in *Adel des Geistes* stellte er jedoch die Fassung von *Bemühungen* wieder her; sie wurde für alle späteren Drucke beibehalten und auch im vorliegenden Band benutzt.

Der Aufsatz über *Goethe's Wahlverwandtschaften* von 1925 ist gleichsam ein Schrittstein, der von dem ersten großen Meister-Versuch zu den repräsentativen Aufsätzen des Goethe-Jahres 1932 führt. Den Anlaß lieferte die ›Epikon‹ genannte Sammlung klassischer Romane des Verlages Paul List, die für ihre Ausgabe von Goethes ›Wahlverwandtschaften‹ von Thomas Mann ein Nachwort wünschte. Die kleine Arbeit ließ sich leicht einschieben: *Der Zauberberg* war gerade beendet, etwas Neues noch nicht begonnen und die wiedererwärmte Goethe-Masse noch nicht neuerlich erkaltet. In der Tat ist hier, bei näherem Zusehen, das ganze Ideen- und Motive-Material von *Goethe und Tolstoi* in anderem Zusammenhang sehr konzentriert noch einmal aufbereitet: die Mahnung an Schillers »unsterbliche Abhandlung« über das Naive und Sentimentalische – »diesen klassischen Essay der Deutschen« –, die Erörterung des Gleichgewichts von Sinnlichkeit und

Sittlichkeit, von Plastik und Kritik, Unmittelbarkeit und Gedachtheit, das »Ineinander« von Vergeistigung und Verleiblichung, des Dichterischen und Schriftstellerischen, von Heidentum und Christentum, das spinozistische Motiv der »Entsagung« schließlich, der Leitgedanke der »Humanität« – wir kennen es bereits genau aus *Goethe und Tolstoi* und erkennen es hier sogleich wieder. Thomas Mann veröffentlichte das anmutige, wenn auch nicht sehr neuartige Nachwort gleichzeitig im Aprilheft 1925 der ›Neuen Rundschau‹, nahm es aber in keine seiner damaligen Essay-Sammlungen auf, und es kam erst nach seinem Tod in der Gesamtausgabe von 1960 wieder ans Licht.

Das Goethe-Jahr 1932 meldete sich bei ihm schon frühzeitig mit seinen Gelegenheiten, und es fehlte nicht viel, daß es etwas ganz Besonderes hervorgerufen hätte. Am 9. Dezember 1930 schrieb Thomas Mann an S. Fischer und erinnerte ihn an eine gemeinsame Teestunde im voraufgegangenen Mai, bei welcher er dem Verleger eine Idee vorlegte, »die ich schon damals lange mit mir herumgetragen hatte«. Was der Verleger wohl davon hielte, wenn er »gerade jetzt mit der Aussicht auf das kommende Goethe-Jahr ein Buch über Goethe schriebe?« Fischer war »höchst eingenommen« und redete Thomas Mann sehr zu. Der hatte gewisse Bedenken. Es gehe ihm, sagte er, etwas gegen das Gefühl und entspräche nicht recht seiner Natur, ein Buch aus Anlaß eines bestimmten Jahresfestes, »mit Rücksicht also gewissermaßen auf eine bestimmte Konjunktur zu konzipieren und zu schreiben«. Andererseits gehöre »die Idee und der Wunsch, einmal ausführlicher über Goethe zu schreiben, durchaus in mein inneres Programm«, sei seiner Natur »nichts weniger als fremd, wie gewisse schon vorangegangene Studien und Äußerungen über Goethe zeigen«, und das Ganze sei ihm durch die Jubiläumsaktualität des Stoffes »eben nur neu ins Bewußtsein gebracht« worden. So die Überlegungen vom Mai 1930. Anlaß, sie im Dezember in Erinnerung zu bringen, war ein Vorschlag von Adalbert Droemer, dem Inhaber des Verlags Knaur in Berlin, für ihn ein Goethe-Buch zu schreiben, wofür er eine Auflage von einer Million Exemplaren und einen Vorschuß von 200 000 Mark versprach. Der Plan, schrieb Thomas Mann an Fischer, habe große Anziehungskraft für ihn, und er sei »schon mehr als dreiviertel entschlossen, das Buch zu schreiben«, aber sein Entschluß hänge davon ab, ob Fischer, der ja sein angestammter Verleger war, in Droemers Angebot eintreten wolle. Fischer war unverzüglich bereit und schickte einen Vertragsentwurf.

Inzwischen zog Thomas Mann in einem langen Brief vom 29. Dezember 1930 seinen Freund Ernst Bertram zu Rate. Was er davon halte? »Meinen Sie vor allen Dingen, daß ich *kann*, was man mir da zumutet, daß ich der Aufgabe gewachsen bin? Geht sie nicht als *historische* Aufgabe über meine Kräfte und Möglichkeiten? Werde ich sie derart modeln und mir freundlich machen können, daß sie mich nicht verschlingt? Ich werde nicht neu, ich werde höchstens persönlich sein können – und nur dadurch so neu, wie man es immerhin verlangen kann. Ich werde meine ganze Naivität aufbieten müssen, um es nicht mit der Angst zu bekommen, und, der Bildungsvoraussetzungen für ein solches Werk in argem Grade ermangelnd, wird mir nichts übrig bleiben, als aus *Erfahrung* zu reden, – über Goethe aus Erfahrung: eine mythische Identifikations-Hochstapelei, mit der vielleicht die Brücke vom ›Joseph‹ zum ›Goethe‹ geschlagen wäre.« Die Zeit dränge, er müsse bald, zumindest mit den Vorstudien, beginnen, und wie sei in der Eile den mangelnden »Bildungsvoraussetzungen« abzuhelfen? Er besitze Eckermanns ›Gespräche mit Goethe‹ und Riemers ›Mitteilungen über Goethe‹, sowie den »Gräf« (die von Hans Gerhard Gräf herausgegebene neunbändige Sammlung »aller Äußerungen des Dichters über seine poetischen Werke«) und den »Biedermann« (die ebenfalls neunbändige Ausgabe von ›Goethes Gesprächen‹, herausgegeben von Woldemar und Flodoard von Biedermann) – beide Werke befinden sich in Thomas Manns nachgelassener Bibliothek – und »zur Übersicht über das Leben, seine Etappen und Zwischenfälle« habe er Bielschowskys Biographie zur Hand. Fügen wir hinzu, daß er

Goethes Werke in der sogenannten »Weimarer« oder »Sophien-Ausgabe« in 133 Bänden besaß. Was er sonst noch lesen solle? Ob Bertram noch Anregendes wüßte? Bertrams Antwort ist nicht erhalten. Droemer jedoch, dem Thomas Mann eine Absage geschickt hatte, teilte bedauernd mit, nun müsse er sich »leider an eine andere Stelle« wenden, denn ein Goethe-Buch für 1932 müsse er haben. Dies bedeute, schrieb Thomas Mann am 15. Januar 1931 an Fischer, daß »zwei als populär gedachte Goethebücher nebeneinander auf den Markt kämen und beide das Rennen gewinnen müßten, damit keiner der Verleger zu Schaden käme«. Für Droemer hätte er das Buch wohl machen können, aber für Fischer könne er es, »wenn neben mir für Droemer ein anderes geschrieben wird«, nicht machen.

So wurde der Plan fallen gelassen. Die beiden großen Reden, die Thomas Mann 1932 zum Goethe-Jahr beitrug, hatten den Nutzen von den Vorarbeiten. Sie lassen erkennen, welch einzigartiges Dokument der »mythischen Identifikations-Hochstapelei« hier ungeschrieben blieb. Ursprünglich war nur ein Vortrag, und zwar *Goethe als Repräsentant des bürgerlichen Zeitalters* vorgesehen, der als Festansprache bei der Feier zum Gedenken an den 100. Todestag Goethes in der Preußischen Akademie der Künste in Berlin am 18. März 1932 zu halten war. Thomas Mann, der sich mühsam von einer schweren Grippe erholte, mußte ihn im Dezember 1931 und Januar 1932, wie er schrieb, »bei recht reduzierten Kräften diktatweise zustandebringen«, und kaum war er auf dem Papier, kam eine Einladung, auch in Weimar, anläßlich der Goethe-Gedächtniswoche am 21. März 1932 zu sprechen. Das wollte Thomas Mann keinesfalls ablehnen. Da aber die Berliner Funkstunde den Akademie-Vortrag zu verbreiten gedachte, konnte er ihn in Weimar nicht wiederholen. »Ich muß also«, schrieb er am 28. Februar 1932 an Fischer, »für Weimar und für die später folgende Münchner Feier noch einen zweiten Vortrag ausarbeiten.« Dies war *Goethes Laufbahn als Schriftsteller*, der Mitte Februar 1932 entstand. »Ich habe stramm gearbeitet in letzter Zeit«, schrieb er am

12. März 1932 an Ida Herz. »Die beiden Vorträge, die ich diktierend aus meinem Kopfe hervorspann, sind, glaube ich, recht schön geworden, auch der zweite.« Bertram gegenüber freilich gestand er: »Der zweite ist nicht so gut.« Doch hatte dieser »wieder den Reiz eines gewissen Realismus«, er war »ganz einfach und unter einem gewissen realistischen und kollegialen Gesichtspunkt« geschrieben.

Wie schon *Goethe und Tolstoi* war auch der Berliner Akademie-Vortrag viel zu lang geraten. Doch diesmal war die inzwischen sechsundzwanzigjährige Tochter Erika zur Hand, die »ihre Kürzungskunst« bewährte und das Manuskript »fürs Mündliche« auf 25 Seiten zusammenstrich, »eigentlich ohne daß wesentliche Substanz verloren gegangen wäre – eine achtbare Leistung«. Der vollständige Text von *Goethe als Repräsentant des bürgerlichen Zeitalters* erschien im Aprilheft 1932 der ›Neuen Rundschau‹ und gleichzeitig in einer hübschen, von Hans Meid ausgestatteten Buchausgabe im S. Fischer Verlag, *Goethes Laufbahn als Schriftsteller* im Februarheft 1933 der Zeitschrift ›Corona‹ und als Einzelveröffentlichung in der Reihe der ›Schriften der Corona‹. In ihrer Vortragsform trat Thomas Mann mit beiden Aufsätzen noch viele Male auf, allein im Goethejahr mit dem ersten in Bern, Luzern, Prag und Wien, mit dem zweiten außer in Weimar in München, Nürnberg, Essen und Wien. In Weimar ging an jenem Abend ein fürchterliches Regen- und Hagel-Unwetter nieder, so daß Thomas Mann später von seinem »ins Wasser gefallenen Vortrag« sprach, in München hingegen, am 8. Juni 1932 strömten siebzehnhundert Menschen ins Auditorium maximum der Universität. »Die Leute«, schrieb er an Bertram, »viele junge Leute, zeigten sich leidenschaftlich angetan. Man stelle mit Deutschland auf, was man wolle, – meinesgleichen wird nie allein sein.«

Er werde nicht neu, er werde höchstens persönlich sein können, hatte Thomas Mann für sein geplantes Goethe-Buch vorausgesehen, und das hätte er wohl auch für die beiden repräsentativen Goethe-Essays von 1932 gelten lassen, die an die Stelle des Buches traten. Aber die »freie Intimität«, mit welcher er mit dem längst und innig vertrauten Material schaltete und den Äußerungen Goethes wie den Zeugnissen seiner Zeitgenossen neuartige Bedeutungen entlockte, indem er sie in überraschenden Zusammenhängen aufzeigte, das machte sie doch durchaus neu. Und was das Persönliche anging, soweit es sich nicht gerade in dieser Neuartigkeit bereits ausdrückte, so konnte man beide Essays, einen jeden in seiner Art, als eben das nehmen, was sie so nachdrücklich hervorhoben – als autobiographische Konfessionen und Zeugnisse der Selbsterziehung. Heute hebt sich dem Leser dieses Charakteristikum womöglich noch stärker heraus als vor einem halben Jahrhundert, als Thomas Mann die bekennerischen Riesenwerke seiner zweiten Schaffenszeit noch vor sich hatte. Wir begreifen es sogleich: Mit Goethes Bürgerlichkeit in allen ihren besonderen Aspekten, vom Allerhäuslichsten bis zum Weltfähigsten, schildert Thomas Mann seine eigene Verwurzelung im bürgerlichen Zeitalter, die zu betonen er in allen diesen Meister-Essays nicht müde wird; mit Goethes Schriftstellertum definiert er, gleichsam kollegial, wie er selbst sagt, sein eigenes Verhältnis als Autor zu seiner Zeit und Umwelt. Es ist nicht das geringste Vergnügen, welches diese Aufsätze bereiten, daß man in ihrer interpretatorischen Schilderung auf allen Wegen, beinahe auf Schritt und Tritt ihrem Autor begegnet, der dem Leser verschmitzt kleine Zeichen der Identifikation macht. In der Goethe-Studie *An die japanische Jugend*, ebenfalls 1932, für eine »ostasiatische Festpublikation«, ein Goethe-Sammelwerk hervorragender japanischer Gelehrter geschrieben, sind alle diese vielfältigen Strähnen von Thomas Manns Goethe-Betrachtung zu einem festen Leitseil zusammengefaßt.

Goethe blieb im Vordergrund von Thomas Manns Interesse auch in den folgenden Jahren und füllte sein Schaffen mit dem Roman *Lotte in Weimar*, der 1936–1939 entstand, mehrere Jahre lang sogar fast ausschließlich aus. Noch während er an dem Goethe-Roman arbeitete und indes die Übersiedlung aus der Schweiz in die Vereinigten Staaten vor sich ging,

schrieb er die erste der beiden Goethe-Vorlesungen, die er an der Universität Princeton zu halten hatte. Was die erste *Über Goethes Faust* betraf, eine zweiteilige Vorlesung, mit welcher er in englischer Sprache zu debütieren hatte, so war er sich nicht ganz klar, was man von ihm erwartete und fragte am 28. Juli 1938 aus Küsnacht bei Dekan Gauss in Princeton an, ob er über die Tragödie als Ganzes oder nur über ihren Ersten Teil sprechen solle. Man scheint es ihm freigestellt zu haben. »Man will es mir freundlicher Weise leicht machen«, heißt es in einem Brief, »und wenn ich um Direktiven bitte, ermahnt man mich immer, es doch ja nicht zu schwer zu nehmen. Was nicht ausschließt, daß ich es eben doch mache, so gut ich kann, und nicht nur so gut, wie es allenfalls nötig wäre.«
Er nahm sich die Arbeit während der Sommerferien in Sils Baseglia vor, zog Karl August Meissingers ›Helena‹, Konrat Zieglers ›Gedanken über Faust II‹ und auch das von Max Morris herausgegebene, 1909 im Insel-Verlag erschienene sechsbändige Werk ›Der junge Goethe‹ heran und begann am 15. August 1938 mit der Niederschrift, an der er beharrlich, Tag für Tag fortarbeitete, in Sils und anschließend in Küsnacht, bis die Möbelpacker, die den Umzug nach Princeton zu besorgen hatten, ihm im bereits »verwüsteten Zimmer« buchstäblich den Schreibtisch unter den Händen wegzogen. Er schrieb an einem Behelfstisch noch ein paar Tage weiter, dann, am 14. September 1938 mußte er unterbrechen, weil am selben Abend die Reise begann. Aber schon auf der ›Nieuwe Amsterdam‹ im Deckstuhl auf dem Promenadedeck arbeitete er wieder. »Am Faust-Colleg mit Bleistift geschrieben, bis Nachbardame mir hineinsah«, heißt es im Tagebuch. Oder: »Auf Deck etwas zu schreiben versucht, bis Stuhlnachbarn mich einengten.« Also schrieb er in der Kabine »im Fauteuil am Bett« weiter und notierte am 23. September, dem Tag vor der Ankunft in New York: »Begierig, baldmöglichst meinen Faust-Sack komponiert ausgeräumt zu haben« – eine Anspielung auf Goethes »Walpurgissack«, in welchem er allerlei literarische Geheimnisse hütete, von denen Thomas Mann gleich zu Beginn des Aufsatzes sehr

lustig-tiefsinnig erzählt. Im Hotelzimmer in New York und schließlich im neuen Arbeitszimmer in Princeton ging die Niederschrift weiter; hier war jetzt auch die Goethe-Literatur wieder zur Verfügung, er las noch rasch, vor dem Abschluß, im Riemer nach und konsultierte des Philosophen Eugen Kühnemann zweibändigen ›Goethe‹ von 1930, der eine einzige, sehr detaillierte ›Faust‹-Untersuchung ist. Am Vormittag des 4. Oktober 1938 schloß er das zweiundvierzig handschriftliche Seiten lange Manuskript ab.

Thomas Mann hielt die beiden Vorlesungen, die öffentlich waren, an den Abenden des 28. und 29. November 1938 in der Alexander Hall der Universität Princeton und berichtete, sie hätten ihm »von Jung und Alt viel Freundliches eingetragen«. Er wiederholte das ›Faust‹-Kolleg noch einige Male: am 25. April 1939 in einer von Golo Mann gekürzten Fassung in Baltimore und am folgenden Tag im ›Club der Advanced‹ der Universität Princeton, und schließlich am 10. April 1940 noch einmal, ebenfalls in Princeton, diesmal für die Studenten des Literaturprofessors Harvey Hewett-Thayer. »Lieber Gott«, schrieb er am 2. August 1939 an Karl Kerényi, »meine Faustlectures waren recht harmloser Art, für boys bestimmt, und höchstens war das ›inkommensurable‹ Werk mit leidlich frischem Auge gesehen – was man das Amerikanische daran nennen kann.« Immerhin waren sie ihm für die Veröffentlichung im Mai/Juni-Heft 1939 seiner Zeitschrift ›Mass und Wert‹ gut genug, und er nahm sie auch in *Adel des Geistes* auf.

Die Princetoner Vorlesung über *Goethes Werther* im selben Jahr ging Thomas Mann wesentlich leichter von der Hand und war viel rascher hergestellt. Sie war für die Schüler von Professor Thayer bestimmt – »das mußte sein, es gehört zum business« –, und im Tagebuch verhehlt Thomas Mann nicht, daß er die »Schreiberei an der Werther-Lecture« widerwillig betrieb und daß sie ihn langweilte. Er arbeitete vom 28. Oktober bis zum 4. November 1939 an der Niederschrift, hielt die Vorlesung am Vormittag des 17. November 1939, diesmal in einem regelrechten Hörsaal, und notierte im Tagebuch:

»Sehr lebendiger und akklamierter Verlauf.« In einem Brief vom Tag danach heißt es: »Es schien den boys Vergnügen zu machen.« Das will man gern glauben, denn der Werther-Vortrag ist, trotz der schlechten Stimmung, in der er geschrieben wurde, eine ausgesprochen heitere, fröhliche und anmutige Arbeit, ein bei aller sachlichen Genauigkeit sehr graziöser »erzählter Essay«. Er spreche, sagt er, auf halber Strecke sich unterbrechend, »zu Leuten, die das außerordentliche Büchlein gelesen haben und die ich mit dem zuverlässigsten gelehrten Kommentar dazu versehen weiß. Was mir allenfalls übrigbleibt, ist, auf ein paar Schönheiten und Feinheiten der Komposition hinzuweisen oder daran zu erinnern, die ich mir selbst beim Wiederlesen angemerkt.« Dies vorsorglich eingefügt, erlaubt sich der Dichter am Schluß den hübschen Scherz, auf die Geschichte vom späten Wiedersehen zwischen Lotte und Goethe 1816 in Weimar zu verweisen und anzufügen: »Ich meine, daß sich auf diese Anekdote eine nachdenkliche Erzählung, ja ein Roman gründen ließe, der über Gefühl und Dichtung, über Würde und Verfall des Alters manches abhandeln und Anlaß geben könnte zu einem eindringlichen Charakterbilde Goethe's, ja des Genies überhaupt. Vielleicht findet sich der Dichter, der es unternimmt.« Der Dichter hatte sich in Wahrheit längst gefunden; es gab den Roman bereits. Aber das wußten die Princetoner »boys« nicht und konnten sie auch nicht wissen. Die deutsche Ausgabe von *Lotte in Weimar* erschien zwei Wochen nach dieser Vorlesung im fernen Europa; die amerikanische erst im folgenden Jahr.

Die beiden letzten großen Arbeiten Thomas Manns über Goethe entstanden ebenfalls in Amerika. *Phantasie über Goethe*, im Herbst 1947 in Pacific Palisades geschrieben, war der Einleitungs-Essay zu einer Goethe-Anthologie, deren Herausgabe Thomas Mann für den New Yorker Verlag Dial Press im Rahmen seiner ›Permanent Library Series‹ übernommen hatte und die unter dem Titel ›The Permanent Goethe‹ im Herbst 1948 erschien. »Was soll ich machen?« schrieb er am 22. Oktober 1947 in einem Brief. Dank *Lotte in*

Weimar gelte er nun einmal als der einzige, der so etwas machen könne. Er schrieb nicht nur die Einführung, sondern besorgte als Herausgeber auch die Auswahl der Goethe-Texte und ihre Zusammenstellung und Gliederung in dem umfangreichen Band von 650 Seiten, wobei sein Sohn Klaus ihm helfend zur Seite stand; er wählte aus der großen Fülle vorhandener englischer Goethe-Übersetzungen die besten, vor allem von Carlyle und Longfellow, aus und gab in anderen Fällen Neuübersetzungen, unter anderem bei Stephen Spender, in Auftrag. Der Band gibt einen Überblick über Goethes gesamtes Schaffen: Lyrik, Drama, erzählende Prosa, Autobiographie, literarische Aufsätze, Sprüche und Briefe. Thomas Mann begann mit der Niederschrift des Essays, der im Englischen einfach *Introduction* heißt, am 6. Oktober 1947, bald nach seiner Rückkehr von der ersten Europareise nach dem Krieg, während er mit Hangen und Bangen auf das Erscheinen des *Doktor Faustus* in der Schweiz und die europäische Reaktion auf dieses gewagte Buch wartete. Er befand sich, wie er im Tagebuch notierte, in einem »traurigen Leidenszustand«, schrieb aber, wenn auch zögernd und widerstrebend, täglich ein Stück weiter, mußte sich bald wieder mahnen, nicht zu breit zu werden – »Auslassen, auslassen!« heißt es am 12. November 1947 im Tagebuch –, fand dann aber doch, er habe »eine gute Seite über Faust II geschrieben«, hatte die »Goethe-Kompilation« am 23. November auf der 45. Seite schließlich fertig auf dem Papier »und las sie nicht ganz ohne Zufriedenheit durch«. Eine »Kompilation von Älterem, allenfalls mit ein paar neuen Lichtern«, so erschien es ihm, »altes Zeug, etwas neu arrangiert und aufgeputzt« – »und sitze ich denn und plündere etwas gelangweilt mich selbst«, hatte er noch während der Arbeit geschrieben. Aber als viele Jahre später, 1954, seine italienische Übersetzerin Lavinia Mazzucchetti sich entzückt über den Aufsatz äußerte, schrieb er ihr: »Was die ›Phantasie über Goethe‹ betrifft, so teile ich tatsächlich Ihre Sympathie für das kleine Ding, es ist das Leichteste und zugleich Zusammenfassendste, was ich über Goethe geschrieben habe, und es schadet meiner Vorliebe dafür nicht, daß kleine Überschneidungen mit anderen Goetheaufsätzen von mir vorhanden sind. Ich glaube, daß Sie den Essay richtig beurteilen, wenn Sie meinen, daß er sich für ein nicht Goethe-vertrautes Publikum besonders eignet –«

Das Goethe-Jahr 1949 rief, wie nicht zu verwundern war, den inzwischen Vierundsiebzigjährigen ein letztes Mal zu repräsentativen Pflichtleistungen auf. »Daß ich 1949 würde daran glauben müssen, war vorauszusehen« – »Warum habe ich mir auch den Ruf eines Spezialisten zugezogen? Nun muß ich die Rolle durchführen. Wüßte ich nur schon, wie ich *noch* einmal etwas halbwegs Hörenswertes über den Alten zusammenkratzen soll! Er ist zwar unerschöpflich, aber ich bin es nicht.« – »Mein Gott, j'ai vidé mon sac, muß ihn aber noch einmal schütteln« – »Käme darauf an, einen speziellen approach und point of view zu finden, irgend ein ›und‹. ›Goethe and Democracy‹ wie wäre das? Man könnte die Angelsachsen in hübsche Verwirrung damit bringen.« So Thomas Manns Briefe an die unterschiedlichsten Adressaten während des ganzen Herbstes 1948. Alle Welt verlangte und erwartete einen Goethe-Vortrag von ihm, beiderseits des Atlantik. Den Anfang mußte die Library of Congress in Washington machen, wo Thomas Mann auf Grund seiner offiziellen Stellung an der Bibliothek alljährlich zu einem großen öffentlichen Vortrag verpflichtet war. Anschließend wollte er den Vortrag in New York, London, Oxford, Stockholm, Kopenhagen, Lund, Zürich, Bern, München und im Herbst 1949 in Berkeley und San Diego, Kalifornien, wiederholen. Er stand mitten in der Arbeit an dem kleinen Roman *Der Erwählte*, den er Anfang Januar 1949 unterbrach, um sich der »Erörterung des Goethe'schen Verhältnisses zur Demokratie« zuzuwenden. »Goethe and Democracy«, meinte er am 4. Januar in einem Brief an Ida Herz, »darüber läßt sich schon eine Stunde hin und her reden«, und in einem Brief an Erich von Kahler, zwei Tage später: der Vortrag werde sehr an die alte Stutzuhr erinnern, die er zu Weihnachten bekommen habe und an der statt eines Perpendikels »vier blanke

Kugeln immer einmal rechts herum und einmal links herum gehen«.

Er trug einige Tage lang Material für *Goethe und die Demokratie* zusammen – »Möchte es ein *bißchen* originell machen«, notierte er im Tagebuch – und begann am 12. Januar 1949 »gewaltsam« mit der Niederschrift, »erzürnt über die gewohnte Verkrampfung. Möge das Domino sich glücklich fügen.« Die »Kugel-Uhr« übrigens, die in seinem Arbeitszimmer stand, ging schlecht, wurde reguliert und ging jetzt zu langsam. Er arbeitete beharrlich, wie stets, mit oder ohne Lust, weiter und notierte, als er nach zehn Tagen auf der fünfzehnten Seite stand: »Lächerlich viel zu viel.« Aber nach weiteren zehn Tagen, am 2. Februar 1949, schloß er das Manuskript auf dem 30. Blatt ab. Nun mußte Tochter Erika wegen der unumgänglichen Kürzungen zu Rate gezogen werden. Thomas Mann schrieb ihr am 8. Februar 1949:

»Ob Du es gut findest, mag ich garnicht fragen. Es ist halt der obligate Vortrag, olle Kamellen im Wesentlichen, mit etwas neuer Zutat und unter einem für das Publikum zweier Welten vielleicht nicht uninteressanten Gesichtspunkt neu geordnet. Zeitweise wurde mir angst und bange, ob ich den Alten nach soviel aristokratischer Kompromittierung noch wieder würde demokratisch heraushauen können. Aber ich denke, es ist gegangen, und am besten gefällt mir das ›to make a success of things‹ als demokratisches Symbol. Wie denkst Du über die Rußland-Hypothese?«

Dies war ein längerer Absatz auf dem 28. Manuskriptblatt, in dem Thomas Mann den »Argwohn« aussprach, »ob nicht heute Goethe's Blick eher auf Rußland gerichtet wäre als auf Amerika« und diese These auf eher sophistische Weise begründete. »Es ist so versuchsweise ganz hübsch«, meinte er, aber da der Sohn Golo strikt widersprach und auch Klaus und Frau Katia »halb und halb« dagegen waren, wurde der Absatz gestrichen. Er dachte »nicht hoch« von seiner Plauderei, wie es in einem Brief vom 2. November 1949 heißt, als die große Vortragsreise hinter ihm lag. Sie könne kaum bestehen, »neben vielem Bedeutenderen und Gewichtigeren, das dieses

Jahr über den großen Gegenstand beigebracht worden ist«. Reiz und Vorzug seiner Studie lägen höchstens in einer gewissen »kollegialen« Vertraulichkeit, »deren Keckheit mir wohl bewußt ist«. Es sei ja ganz klar, schrieb er am 10. November 1949 an seinen alten Freund Otto Basler, »Goethe war kein Demokrat. Er war nur ein Humanist. Was ich da treibe, ist nur das vertraute Spiel mit dem Lebens- und dem Todesgedanken, wobei jenem ein demokratischer, diesem ein aristokratischer Nimbus verliehen wird. On revient toujours ...« Außerdem, fügte er am 6. März 1950 in einem Brief an einen unbekannten Korrespondenten hinzu, sei Goethe ein Mephistopheles gewesen, »der sehr erfreut war über die Deutung des Faust durch Ampère, weil dieser ›nicht bloß das düstere und unbefriedigte Streben der Hauptfigur, sondern auch den Hohn und die halbe Ironie des Mephistopheles als Teil meines Wesens bezeichnete‹. Es hat mir einfach Spaß gemacht, ihn erst eine halbe Stunde lang als Undemokraten schwer zu kompromittieren und ihn schließlich doch noch mit Hilfe seiner Gutmütigkeit und des Christentums, das selbstverständlich in ihm lebendig war, herauszuhauen.«

Die drei Gewaltigen, ursprünglich *Goethe, das deutsche Wunder* genannt, wurde in der zweiten Aprilwoche 1949 für das ›New York Times Magazine‹ geschrieben und erschien in deutscher Sprache erstmals im Augustheft 1949 der Berliner Zeitschrift ›Der Monat‹. »Ich glaube sogar«, schrieb Thomas Mann am 3. September 1949, »es ist der beste Beitrag, den ich zum Goethe-Fest geliefert habe: ein dreifaches Portrait des Großen Mannes deutscher Nation, Luther, Goethe, Bismarck; Goethe mit Auszeichnung an den Schluß gestellt.« Thomas Mann übernahm mehrere Abschnitte dieses Aufsatzes, von dem er sagte, er könnte durchaus ein Kapitel aus den *Betrachtungen eines Unpolitischen* sein, wörtlich in die *Ansprache im Goethejahr*, die er am 25. Juli 1949 in der Frankfurter Paulskirche hielt. Sie war in der Hauptsache ein autobiographischer Bekenntnisbericht und beschäftigte sich nur in ihrer zweiten Hälfte allgemein mit Goethes Persönlichkeit. Der

Leser wird sie an passenderem Ort, unter Thomas Manns autobiographischen Schriften, finden.

Von Schiller zu Heine

Der *Versuch über Schiller* ist Thomas Manns letzter Meister-Essay. Er schrieb ihn in seinem letzten Lebensjahr, unmittelbar nach der Vollendung des *Versuch über Tschechow*, in müder, erschöpfter und wenig unternehmungslustiger Stimmung. Er hatte ein Versprechen abgegeben, dessen Erfüllung, wie seine Briefe und das Tagebuch bekunden, ihm die größte Sorge machte, nämlich am 8. Mai 1955 bei der offiziellen Schiller-Feier zum Gedenken des 150. Todestages in Stuttgart die Festrede zu halten. »Ich konnte das nicht ablehnen«, schrieb er an Erich von Kahler, »so unmöglich die Aufgabe eigentlich ist.« Und an Emil Preetorius am 6. September 1954: »Die Leute sprachen und insistierten ... ich allein war der Mann dafür und kein anderer, und da ich am Leben bin, mußte ich einwilligen. Nun steht die Aufgabe vor mir, und ich muß sie lösen, bevor ich an irgend etwas anderes denken kann. Wie schwer es mir fällt, sie mir leicht zu machen, ist nicht zu sagen. Denn leicht, naiv-persönlich und herzlich will sie gelöst sein, um damit frei bestehen zu können gegen die Gebirge von literarhistorischem Schrifttum über den Gegenstand, von dessen tausend und einem Verfasser jeder einzelne würdiger, qualifizierter, berufener wäre, als ich, im Stuttgarter Großen Theater diese Rede zu halten. Dennoch wählte man mich, und vielleicht wird es mir gut tun und mich zur Energie zurückrufen, von einem Leben höchster Energie zu sprechen.« Und im Tagebuch unter dem 30. Juli 1954 der Stoßseufzer: »So muß ich mich in meinem Alter also auf ein großes literarisches Abenteuer einlassen.«

»Die Aufgabe ist so verantwortungsvoll und repräsentativ«, schrieb er am 21. Juli 1954 an Preetorius, »daß ich bald mit den Vorbereitungen beginnen muß. Denn ich kenne die Langsamkeit, mit der sich meine Gedanken für eine solche

Arbeit entwickeln und mit der ich die kompositionellen Schwierigkeiten überwinde.« So machte er sich bereits während der Sommerferien im August 1954 in Sils Maria an die Vorarbeiten. Er hatte eine recht genaue Vorstellung, *was* da zu machen war. Man müsse, schrieb er an Kahler, die Aufgabe »naiv und persönlich anfassen und versuchen, in seine Aussagen etwas von der glanzvollen Hochherzigkeit und der enormen Intelligenz dieses Dichtertums eingehen zu lassen. Die Verbindung von geistigem Stolz und Volkstümlichkeit ist fast einzigartig.« Was Goethe und den »komischen Einschlag in seine Majestät« betraf, so fand er: »Nicht daß übrigens Schiller ganz ohne Komik gewesen wäre. In gewisser Weise aber war er ›größer‹, großmütiger als der andere, und der wußte es auch.« Das Problem war weit eher, *wie* es zu machen sei, noch dazu in den ihm eingeräumten fünfzig Minuten Sprechzeit. »Sehr schwierig sind Beschränkung, Form, Komposition; und wie schwierig, Schillers Gestalt zu dieser Zeit in irgendwelche Beziehung zu bringen! Die einzige Hilfe mag sein, daß sie auch zu ihrer eigenen in keiner anderen als einer *emporreißenden* Beziehung stand. Aber wie komme *ich* nun wieder dazu, vom Emporreißenden zu sprechen!« So an Preetorius. Und an den Freund Hans Reisiger: »Man muß für *etwas* Amüsement sorgen.«

Einen Schlüssel, einen Zugang besaß er gewiß, hatte er sein Leben lang besessen. »Ich muß mich«, schrieb er an Max Rychner, »in meine fünfzehn Jahre zurückversetzen, als ›Semele‹ und ›Don Carlos‹ mich die erste Sprachbegeisterung lehrten.« Man hatte ihm zu Weihnachten 1890 Schillers Werke geschenkt, und wir wissen durch ihn selbst von den »behaglich begeisterten Stunden, die ich nach der Schule bei einem Teller voll belegter Butterbrote mit der Lektüre Schillers verbrachte«. Professor Baethcke, sein alter Lehrer am Lübecker Katharineum, hatte ihm mit einer stehenden Redensart Schillers Balladen als unvergleichliche Lektüre angepriesen: »Das ist nicht das erste-beste, was Sie lesen, es ist das Beste, was Sie lesen können.« Das hatte er nicht vergessen. Seine eigenen ersten Versuche standen unter Schillers Einfluß, und welch großes Erlebnis für ihn ›Don Carlos‹ war, hat er in *Tonio Kröger* erzählt. Schiller war schon für den Knaben zugleich ein künstlerisches und ein menschliches Erlebnis gewesen, und diese zwiefache Erschütterung fand, außerordentlich erhöht, verstärkt und verdichtet, in einem mächtigen Konzentrat, der Schiller-Studie *Schwere Stunde* von 1905, ihren Ausdruck. Dieser Versuch des Dreißigjährigen – der Leser findet ihn in dem Band *Frühe Erzählungen* dieser Ausgabe –, »bei aller Betreuung des Speziellen und Einmaligen sich über dieses zu erheben und der Schilderung eine symbolische Gültigkeit für die einsamen Nöte alles Schöpfertums zu verleihen«, war jetzt, ein halbes Jahrhundert später, eine praktische Hilfe. Er entsann sich, wie er jene Arbeit mit »viel biographischer Lektüre« vorbereitet hatte, und holte »zur Stütze meines historischen Gedächtnisses dieselben Bücher wieder hervor, die mir vor fünfzig Jahren dienten, um in größerem Rahmen zu wiederholen, was ich damals tat«. Aus diesen Notizen, dem Tagebuch und den Briefen sind wir über die »Hausbibliothek mit Schiller-Literatur«, die er nach Sils-Maria mitnahm, gut unterrichtet.

Da ist vor allem ein »altes Schiller-Buch von E. Müller, lange mitgeführt«, nämlich ›Schiller: Intimes aus seinem Leben‹ von Dr. Ernst Müller, das er schon 1905 vorgemerkt hatte; des weiteren Karl Heinrich von Steins ›Goethe und Schiller‹, Thomas Carlyles ›Schiller‹ und das Schiller-Buch seines Freundes Fritz Strich; sodann ein »merkwürdiges Büchlein über Schillers Bestattung und Gebein – höchst sonderbar«, das ihm Ida Herz geschickt hatte, nämlich Julius Schwabe, ›Schillers Beerdigung und die Aufsuchung und Beisetzung seiner Gebeine (1805, 1826, 1827). Nach Actenstücken und authentischen Mittheilungen aus dem Nachlasse des Hofraths und ehemaligen Bürgermeisters von Weimar Carl Leberecht Schwabe‹, Leipzig 1852, dem der Essay seinen eindrucksvollen Anfang verdankt. Des weiteren Hermann Nohls ›Friedrich Schiller‹, ›Schillers Selbstcharakteristik‹ von Johannisthal, alle Äußerungen Goethes über Schiller bei Eckermann, die er sorgfältig exzerpierte, ein nicht näher bezeichnetes »Marbacher Schillerbuch«, Otto Falckenbergs ›Schillers Dramaturgie‹ von 1911, sowie Rankes Wallenstein-Aufsatz, Tiecks Wallenstein-Kritik und den Aufsatz Wilhelm von Humboldts über Schiller, welche er in Hans Mayers ›Meisterwerke deutscher Literaturkritik‹ fand. In der ›Neuen deutschen Literatur‹ stieß er auf einen »merkwürdigen Aufsatz über das Historisch-Gesellschaftliche in ›Wilhelm Tell‹« und notierte dazu: »Sch.'s Kompromisse«. Fritz Strich hatte ihm Hinweise gegeben, was er allenfalls noch lesen sollte, aber plötzlich wurde er der ganzen Sekundär-Literatur überdrüssig und notierte am 5. September 1954: »Lektüre, wenig fruchtbar. Täte besser, Schiller selbst zu lesen.« In Wahrheit war aber »Schiller selbst«, wie das Tagebuch ausweist, die ganze Zeit über nebenher gegangen; er hatte ›Semele‹ und ›Don Carlos‹, die beiden Jugendeindrücke, ›Kabale und Liebe‹ – »mit amüsierter Verwunderung über die Rhetorik« –, ›Wilhelm Tell‹, ›Die Räuber‹ und »von Jugenderinnerungen bewegt« auch ›Die Jungfrau von Orleans‹ wieder gelesen und sich besonders eingehend mit ›Wallenstein‹ befaßt, anscheinend aber ›Maria Stuart‹, ›Fiesco‹ und ›Die Braut von Messina‹ beiseite gelassen. Die beiden großen historischen Werke ›Geschichte des Dreißigjährigen Krieges‹ und ›Geschichte des Abfalls der Vereinigten Niederlande‹ – »prachtvoll geschrieben«, notierte er – machten ihm beim Wiederlesen tiefen Eindruck, aber in seinem Essay fand er dann merkwürdigerweise über Schillers Prosa kaum etwas zu bemerken.

Er hatte mit den Vorarbeiten, Lektüre und Exzerpten, Ende Juli 1954 in Sils Maria begonnen und notierte am 15. August: »Ungefähre Konzeption des Sch.-Vortrags.« Aber als er drei Wochen später, wieder in Kilchberg, sein Material ziemlich beisammen hatte, verließ ihn aller Mut. »Lesen, Brüten, Mattigkeit, Leiden unter meinem Zustand, dem alle Produktivität abhanden gekommen scheint«, heißt es am 6. September im Tagebuch. »Scham, Kummer, Müdigkeit. Bin ich wirklich am Ende? Wie fang ich es an, mir die Schiller-Aufgabe leicht zu machen? Dies eben ist die Aufgabe, die mir so schwer wird.« Und einige Tage darauf: »Komme zu nichts. Fange nicht an mit dem Vortrag.« Aber am 13. September begann er, wenngleich »bedenkenvoll«, doch mit der Niederschrift und brachte sie nun täglich ein Stück, zuweilen nur einige Zeilen weiter. »Es handelt sich darum, in ein paar großen Worten das Bild der erstandenen Gestalt zu umreißen, wozu Stimmung gehört.« Die Komposition, fand er, lag »noch sehr im Dunklen«. Am 7. Oktober notierte er: »Mangelnde Fähigkeit, die Konzeption zu überblicken. Es geht so nicht. Eine skizzierte Vorformulierung des Materials, nur erst hingeworfen in einzelnen Teilen, ist notwendig, die sich dann ruhiger ordnen u. zum Ganzen fügen mag. Zeit ist reichlich gegeben. Ich muß es diesmal so anstellen –« Also wurde vorerst einmal nur »skizziert«, und so ging es besser. »Die Schluß-Wendung und -Phraseologie des Vortrags skizziert«, heißt es am 23. Oktober, und drei Tage später kehrte er zum Hauptmanuskript zurück.

Kummer und Trauer, Not und Mühsal im Schaffensprozeß des nahezu Achtzigjährigen, der Außenwelt nicht sichtbar, teilen sich dem heutigen Leser dieser Aufzeichnungen beklemmend mit, und er spürt die freudige Erleichterung, die der überraschende große Erfolg des *Felix Krull* bringt, der eben in diesen Tagen erscheint. Sogleich wird alles ein wenig heller. Am 4. November 1954 notiert Thomas Mann: »Ich schreibe an dem regulären Vortragsmanuskript jeden Vormittag weiter, füge das Vorgesehene aneinander und lasse es rücksichtslos wachsen.« Plötzlich, in der ersten Novemberhälfte, weist das Tagebuch eine große Lücke von vierzehn Tagen auf, und die Erklärung findet sich am 19. November: »Ich unterlasse die morgendlichen Tagebuch-Notizen, um alle Schreibfrische zu sparen für den ›Schiller‹, auf den ich mich jeden Morgen werfe, um bis ¾ 1 daran zu arbeiten. Bin vollkommen besessen davon, nicht weil es gut wird, sondern weil ich die ausgedehnte Schrift so bald wie möglich beendet haben möchte. Dieser Wunsch geht bis zur Gehetztheit. Erst wenn alles vorliegt, ist aus der Masse die Rede herauszupräparieren, und ich sehe nicht, wie das geschehen kann, ja verzweifle daran. Nur erst zu Ende kommen. Es werden ja dann Partieen und Formulierungen zu brauchen sein.« Am 22. November las er Frau Katia und Tochter Erika (die wieder die Kürzung zu besorgen haben würde) die ersten zwanzig Seiten »in sonderbarer Bewegtheit« vor. »Der Eindruck war sehr gut.« Er schrieb weiter über ›Tell‹ und gelangte endlich zu dem, was ihm neben der ›Wallenstein‹-Interpretation wohl am meisten am Herzen lag: das Verhältnis Schiller–Goethe. Für den ›Wallenstein‹-Abschnitt hatte er mit einem ganzen langen Absatz auf die *Schwere Stunde* zurückgreifen können, und für das »Verhältnis Schiller–Goethe und seine Ironie« war natürlich viel gut und brauchbar Vor-Formuliertes in den Goethe-Aufsätzen von 1932 und 1949; dennoch fand er gerade dies »schwer und in der Form unbefriedigend«. Aber am 23. Dezember 1954 brachte er den Aufsatz mit neunzig Manuskriptseiten zu Ende. »Bin doch ein braver Alter, daß ich so etwas, wenn auch mit Ach und Krach, immer noch einmal hinbringe!« So in einem geradezu fröhlichen Brief an Käte Hamburger.

Freilich war er »noch nicht definitiv« fertig. Der Schluß wollte noch einmal überholt werden, und der ›Wallenstein‹-Abschnitt war noch nicht das Rechte. »Ich bin verhetzt, überfordert und stehe immer noch unter der Spannung der Schiller-Schrift, mit der ich mir natürlich nicht genug tue«, schrieb er am 2. Januar 1955 an Otto Basler. »Einen guten Schluß habe ich, die Meinen waren ganz glücklich.« Mit den »feierlichen Schlußseiten« des Schiller-Vortrags, so fand er nach der Vorlesung für Frau Katia, Erika und Golo, erfülle er »wirklich in großem Stil und ein für allemal die Forderungen, die man beständig an mich stellt«. »Aber eine Erweiterung mitten drin, über den ›Wallenstein‹«, so heißt es im Brief an Basler, »liegt mir noch ob und ist Ehrensache.« Auch im Tagebuch heißt es: »Gefühl der Verpflichtung, mich über den Wallenstein näher auszulassen.« Er nahm sich Rankes Schrift und Tiecks ›Wallenstein‹-Kritik noch einmal vor, »die auch im Negativen wohl wahr ist«, war noch »unzufrieden, daß ich versäumte, mich auf des älteren Piccolomini Charakter einzulassen«, half auch diesem Mangel noch ab und las die ›Wallenstein‹-Einschaltung im Familienkreis vor. Golo Mann, der über die Wallenstein-Literatur gearbeitet hatte und es wissen mußte, »meinte, er kenne nichts so Gutes über das Werk«. Am 11. Januar 1955 endlich notierte er, er habe »gestern in Gottes Namen *mit der Schillerschrift Schluß gemacht*. Kommt mir unneu und hausbacken vor, möge aber nun zusehen, wie sie besteht. Die Mühe war groß.« Seiner italienischen Übersetzerin Lavinia Mazzucchetti jedoch gestand er: »Den Schiller-Versuch habe ich, nach neuem Durcharbeiten des Gesamtwerkes, namentlich des ›Wallenstein‹, mit wahrer Liebe und Bewunderung geschrieben. Natürlich gibt es bei ihm Einschläge rührender Komik. Aber weh jedem, der seine spezifische Größe verkennt!« Doch ganz fertig war er auch jetzt noch nicht. Anfang Februar schickte der Freund Hans Reisiger einen Brief Schillers an Wilhelm von Humboldt aus dem Jahr 1795, der ihm unbekannt gewesen war, den er dann freilich auch in dem Buch von Nohl fand. Dieser Brief, »die Hochzeit des Herakles mit Hebe im Olymp betreffend«, mußte »unbedingt noch der Schrift einkomponiert werden. Das Unirdische.« Er nahm die »Einschaltung über die ›Olympische Idylle‹« am 18. Februar vor, weil sie, wie er Reisiger schrieb, »seelisch so sehr wichtig und charakteristisch ist. Ich brauche nicht zu sagen, warum«. Dieser »ätherische« Werkplan Schillers – »Er hat etwas nicht mehr Irdisches, von einem Lebenden Unausführbares, einem seligen Geiste Vorbehaltenes« –, eine Einfügung von zwei Manuskriptseiten, findet sich im vorletzten Abschnitt des Essays.

Nun, da er wirklich mit der Arbeit fertig war, nicht ahnend freilich, daß sie die letzte größere war, die er vollendete, betrachtete er den *Versuch über Schiller* mit Gleichmut. Er wisse ja doch, schrieb er an Max Rychner, »daß ich mit meinem Gegenstand nicht fertig geworden bin – wie sollte ich auch, ich konnte es garnicht vorhaben und mit den Schönen Wissenschaften und gelehrter Kritik in Konkurrenz treten. Nur ein bißchen aus persönlicher Erfahrung konnte ich sprechen, und wohl nie hat ein ›Versuch‹ seinen Namen mehr verdient. Möge er mehr solche nachsichtigen Richter finden, die die Liebe spüren und aus Eigenem nachzuhelfen wissen!« Die Kürzungen für den Stuttgarter Festvortrag machten danach noch unsägliche Mühe. Es mußten aus den zweiundachtzig Seiten des Typoskriptes zweiundzwanzig für die Rede »herauspräpariert« werden, die dennoch »nicht gar zu verarmt wirken« durften. Er plagte sich damit noch bis Mitte April, mußte vieles »zusammenziehend« neu schreiben und notierte am 9. April: »Träumte nachts, daß überhaupt nichts übrig bliebe.« Schließlich hatte er volle acht Monate mit der Arbeit zugebracht, aber als er sie in Stuttgart sprach, wirkte sie, auch in ihrer »verarmten« Form, auf die Zuhörer so wie aus einem Guß, daß niemand hätte vermuten können, was er mit ihr ausgestanden hatte. Zu seiner Erleichterung erschien der ungekürzte Text gleichzeitig als ein schmales Büchlein im S. Fischer Verlag.

»Dichter sind versatilen Gemüts«, heißt es im Aufsatz über *Heinrich von Kleist und seine Erzählungen* von 1954. Das Wort »versatil« gibt es im Deutschen wohl schwerlich, Thomas Mann hatte es aus Amerika mitgebracht. Es bezeichnet mehreres: vielseitig, wendig, beweglich, unbeständig und wandelbar, und mit den meisten dieser Bedeutungen ist Thomas Manns Verhältnis zu Kleist gut ausgedrückt. Der Leser, der die beiden, fast drei Jahrzehnte auseinanderliegenden Kleist-Aufsätze zusammenfügt, kann sich des Eindrucks nicht erwehren, daß Thomas Mann zeit seines Lebens nie ganz wußte, wie er mit Kleist eigentlich stand, und seine übrigen Äußerungen bestätigen diesen Eindruck. Er verabscheute Kleists ›Penthesilea‹ seit eh und je, aber er ging doch immer wieder hin, um sich das Scheusal auf der Bühne anzusehen. Im Aufsatz über Kleists Novellen, der in der Zeit zwischen dem 28. April und dem 14. Mai 1954, unmittelbar nach dem Einzug ins neue Haus in Kilchberg entstand, konnte er sich nicht genug tun über die »mänadische Mord-Erotik und Menschenfresserei« des Stücks, die er rundweg »entsetzlich«

fand, aber einige Monate später, im Dezember 1954, ging er doch wieder ins Zürcher Schauspielhaus, um Maria Becker in der Titelrolle zu sehen, und notierte im Tagebuch: »Völlig entnervt von dem heillosen, mir nach seinem ganzen Vorwurf widerwärtigen Stück. Albernheiten der Verwirklichung. Die Hauptdarsteller gut – aber je besser die Aufführung, desto gräßlicher ist's.« Er las während der Arbeit an dem Aufsatz zwar nicht die Erzählungen, wohl aber fast alle Dramen Kleists wieder und notierte im Tagebuch seine Reaktionen in Stichworten: »Beendete mit Grauen die ›Hermannsschlacht‹. ›Thuschen und die Bärin‹. Ehrlose Hysterie. Doch legt er, als Dramatiker, den Römern die rechten Worte über die ›Hunde‹ in den Mund.« Oder: »Las viel in ›Kätchen v. Heilbronn‹. Kindliche Hysterie, merkwürdig in seiner Art.« Oder: »Las den ›Prinz von Homburg‹ zu Ende, gewiß bewundernd, auch mit innerem Widerspruch.«

Als der amerikanische Germanist Hans Matthias Wolff ihm einige Jahre zuvor, 1949, sein Buch ›Heinrich von Kleist als politischer Dichter‹ schickte, schrieb er ihm, ernst könne er sich wohl damit beschäftigen, aber »liebevoll« nicht, »da mir vieles an diesem Dichter, gerade in Ihrer eindringlichen Darstellung, doch recht entsetzlich ist und ich mir zu seinem Genius unter dem Eindruck dieser Lektüre weniger als je ein Herz fassen kann. Gewiß ist der Kohlhaas eine mächtige Erzählung, und die Empörung, die sie erregt, ist heiß. In der ›Hermannsschlacht‹, wo der furor nationalistisch wird, merkt man dann, welches hysterischen (Goethe sagte: hypochondrischen) Geistes er im Ganzen ist und zieht erschrocken die Fühler ein. Ich kann weder das Mein-hoher-Herr-Käthchen noch die rasende Penthesilea leiden und war zeitweise wirklich verliebt nur in das freilich auch quälerische, aber höchst geistreiche Amphitryon-Spiel – nicht unwissend über die im Grunde auch verdächtige Sphäre nach- und gegenrevolutionärer Mystik, der es angehört.« »Zeitweise wirklich verliebt« – das meint den Aufsatz *Kleists ›Amphitryon‹. Eine Wiedereroberung*, den er im September und Oktober 1927, ursprünglich als Vortrag vor einer Festaufführung des Stücks im Münchner Schauspielhaus, schrieb. Aber schon 1921 hatte er den ›Amphitryon‹ in einem Brief an Philipp Witkop »das Theaterstück meiner Seele« genannt, und zur Zeit der Niederschrift war es, in einem Brief an Ernst Bertram, rundweg »mein Lieblingstheaterstück«. Als der Kritiker Julius Bab die Charakteristik Jupiters im ›Amphitryon‹-Aufsatz nicht ernst genug fand, meinte Thomas Mann: »Bei allem Mitgefühl, das ich in die Kennzeichnung der Rolle Jupiters gelegt habe, bleibt bei mir eben immer eine Neigung zur humoristischen Vermenschlichung, die dem metaphysischen Bedürfnis nicht an jeder Stelle Genüge tun mag.« Das, so will es scheinen, reicht doch um einiges tiefer als eine nur zeitweilige Verliebtheit.

In der Hauptsache freilich hält er es mit Goethe. »Die abweisende Antipathie Goethe's gegen dies wilde Phänomen ... wie begreife ich, wie *teile* ich sie!« Er gesteht ohne weiteres zu, was ja auch nicht bestreitbar ist, daß nämlich Goethe den ›Zerbrochenen Krug‹ durch seine Einteilung in drei Akte »zugrunde richtete«, aber er findet Kleists Duellforderung »eine groteske Ungehörigkeit«. Wieso eigentlich? War es etwa keine »groteske Ungehörigkeit«, das ›Käthchen‹ wegen »verfluchter Unnatur« in den Ofen zu werfen? Aber Thomas Manns Goethe-Identifikation hat gottlob ihre Grenzen. Er nimmt es sich heraus, in Sachen Kleist dem »Allgeliebten« im Aufsatz über die Erzählungen zweimal entschieden mißbilligend auf die Finger zu klopfen: einmal, als er Goethes Urteil zitiert, der ›Kohlhaas‹ sei »zwar artig erzählt und geistreich zusammengestellt«, und dazu bemerkt: »Halten zu Gnaden, hier gibt's weder Artigkeit noch Geistreichigkeit«; das andere Mal, als der »liebe alte Herr« Theodor Körners Pfuscherei bei Hofe vorliest, während er Kleists Novelle ignoriert, und Thomas Mann bemerkt: »Die Begünstigung des Mittelmäßigen durch geistige Majestät bleibt eine Erscheinung von ärgerlicher Komik.« Das hätte er mit einiger Berechtigung auch auf sich selbst sagen können, dem der Vorwurf der »Begünstigung des Mittelmäßigen« nicht selten gemacht wurde.

Was immer er später von dem ›Amphitryon‹-Essay denken mochte, zur Zeit seiner Niederschrift hielt Thomas Mann große Stücke auf ihn. Die »genaue Studie über Kleists geliebte Amphitryon-Dichtung«, so schrieb er im *Lebensabriß* von 1930, sei »eine analytische Huldigung, wie sie in Deutschland, das keinen Sainte-Beuve besessen hat, so ziemlich ohne Muster war. So sehr ich mich in jungen Jahren auf Muster angewiesen fühlte und ohne steten Kontakt mit bewunderten Beispielen keinen Schritt zu tun wagte, so ganz ist mir mit der Zeit das eigensinnig Vorbildlose und durchaus Gewagte, die persönliche Ermöglichung von etwas *Neuem* zum Inbegriff der Kunst geworden ... Ich will die wochenlange Liebesvertiefung in Kleists Lustspiel und die Wunder seines metaphysischen Witzes nicht müßig nennen, da allerlei unterirdische Beziehungen diese kritische Arbeit mit dem ›Hauptgeschäft‹ verbanden und Liebe niemals unökonomisch ist.« Das »Hauptgeschäft« war zu jener Zeit der erste Joseph-Roman, und dieses Meisterstück der »humoristischen Vermenschlichung« des Mythos scheint im ›Amphitryon‹-Essay bereits kräftig durch. Überdies erklingt im ersten Absatz des Essays ein ganz persönlicher, innig intimer Ton. Es ist das Jahr 1927, in dem Thomas Mann seine große Liebe zu dem siebzehnjährigen Klaus Heuser erlebte, dem Sohn eines Düsseldorfer Akademie-Professors. Als er siebenundzwanzig Jahre später in Düsseldorf seinen Namen wieder hörte, notierte er, inzwischen nahezu achtzig: »Was von dieser Liebe unsterblich, sind die Anfangssätze des Amphitryon-Aufsatzes.«

Thomas Manns zwei Studien über Adelbert von Chamisso, frühe Beispiele des von ihm erfundenen »eigensinnig Vorbildlosen und durchaus Gewagten«, des erzählten Essays, gehören zusammen, und wenn hier auch der größere und bedeutendere an erste Stelle gesetzt ist, so ist er doch auf dem Umweg über den kleineren entstanden. Das ›Berliner Tageblatt‹ hatte sich für seine Weihnachtsnummer 1910 von Thomas Mann, wie schon häufiger zuvor, einen Beitrag erbeten, und dieser, offenbar in Verlegenheit, griff auf etwas Älteres zurück: die schon 1908 bei Hans von Weber in München erschienene Luxusausgabe von Chamissos ›Peter Schlemihl‹ mit den Illustrationen des damals fünfundzwanzigjährigen Emil Preetorius. Es war Preetorius' erste Arbeit auf dem Gebiet der Buchillustration, sie machte ihn sofort bekannt, und Thomas Mann lernte ihn bald darauf bei Hans von Weber kennen und freundete sich mit ihm an. Preetorius' ›Schlemihl‹-Ausgabe, so schrieb er, habe ihn verlockt, Chamissos »unsterbliche Erzählung« wieder zu lesen, sie eigentlich überhaupt zum ersten Mal zu lesen, »denn ich war zu jung, als sie mir vordem in die Hände fiel«, und so wolle er die Gelegenheit nutzen, um an die Schönheiten »dieses kleinen Meisterwerkes deutscher Erzählungskunst zu erinnern«. Der kleine Aufsatz, der unter dem Titel *Peter Schlemihl* am 25. Dezember 1910 im ›Berliner Tageblatt‹ erschien, ist eine anmutig verknappte Nacherzählung des Hergangs der Novelle, in der Thomas Mann seine Lieblingsstellen besonders pointiert hervorhebt, und man spürt, daß die Gestalt, die ihn am meisten interessiert, doch der »Graue«, der Teufel ist. Den kannte er längst aus dem Steinsaal im italienischen Bergstädtchen Palestrina, wo er ihm im Spätsommer 1897, auf dem Sofa sitzend, erschienen war – ein halluzinatorisches Erlebnis, aus dem ein halbes Jahrhundert später das Teufels-Gespräch in Palestrina im *Doktor Faustus* wurde. Hier, bei Chamisso, fand er es vorgebildet: »Ich erinnere an die phantastische, auch von Preetorius sehr fein geschilderte Szene im Garten, wo Schlemihl mit dem Grauen unsichtbar – nur die beiden Schatten sind sichtbar – auf der Bank sitzt und die Gespräche zwischen den Forstmeistersleuten und Minna belauscht, wobei der Kampf zwischen Gut und Böse so heftig sein Inneres zerreisst, daß er ohnmächtig wird.«

Der kleine Aufsatz, im November oder Dezember 1910 geschrieben, war ein Vorspiel. S. Fischer dürfte ihn in der Zeitung gelesen haben, denn er bat den Autor kurz darauf für seine eigene Ausgabe, die er in seiner Pantheon-Bibliothek vorbereitete, um ein ausführlicheres Vorwort. Thomas Mann schob diese Arbeit im Juni 1911 in Tölz ein, ehe er sich an die

Niederschrift des *Tod in Venedig* machte. Er nahm die für den Fontane-Aufsatz im Vorjahr gefundene Form des »erzählten Essays«, der autobiographisch durchleuchteten Analyse wieder auf und entwickelte sie in raunendem Märchenton zu einer Zauberei von glitzernder Versponnenheit weiter. Man sehe, wie das gemacht ist: Mit frühen Kindheitserlebnissen beginnt es, dem ›Deutschen Lesebuch‹, in dem der Knabe die ersten Chamisso-Geschichten fand; mit dem Chamisso-Band im Glasschrank des Elternhauses geht es fort und fast unmerklich aus dem eigenen Jugenderlebnis in das Erlebnis des Dichters über, das mit ernster Anmut anhand seiner Poesien locker aufgerollt wird, um ebenso unmerklich in die gerafft-pointierte Fabel des ›Schlemihl‹ einzumünden. Zum Schluß kehrt die kunstreiche Komposition, gleichsam mit umgekehrten Vorzeichen, wieder in den autobiographischen Bezug zurück. Eben noch meint der Erzähler seinen Helden, wenn er daran erinnert, Schlemihl sei »durch frühe Schuld von der menschlichen Gesellschaft ausgeschlossen«, aber schon zwanzig Zeilen weiter spricht er, ohne daß man sich's versieht, indem er den Dichter zitiert, von sich selbst: »›Ich habe‹, sagt er, ›seitdem, was da hell und vollendet im Urbild vor mein inneres Auge trat, getreu, mit stillem, strengem, unausgesetztem Fleiß darzustellen gesucht, und meine Selbstzufriedenheit hat von dem Zusammenfallen des Dargestellten mit dem Urbild abgehangen.‹ Hier wird die phantastische Improvisation dichterischer Einbildungskraft zum Bekenntnis. Und wird sie es wirklich erst hier?«

Kein lose-unterhaltsames Geplauder dies, sondern in all seiner Grazie solide Arbeit! Thomas Mann kennt nicht nur seinen ›Schlemihl‹, er kennt seinen ganzen Chamisso, weiß im Werk so gut Bescheid wie im Leben des Dichters und findet überall seine eigenen Fußspuren. Er führt aus Chamissos autobiographischem Abriß diese Stelle an: »So stand ich in den Jahren, wo der Knabe zum Manne heranreift, allein, durchaus ohne Erziehung; ich hatte nie eine Schule ernstlich besucht. Ich machte Verse...« und meint dies dazu: »Er kannte die Qualen der jugendlich problematischen Existenz, die, ohne regelrechte Laufbahn und ohne regelrechte Zukunft, sich nicht auszuweisen vermag und mit wundem Ichgefühl überall Hohn und Verachtung spürt...« Der Schatten ist nicht etwa, wie viele meinen, das Vaterland, sondern »das Symbol aller bürgerlichen Solidität und menschlichen Zugehörigkeit« – darüber weiß Thomas Mann Bescheid, und so erzählt er, indem er von Chamisso spricht, wieder einmal von sich selbst, und es ist kein Taschenspieler-Kunststück, es ist echte Zauberei. Er beendete die Chamisso-Studie am 3. Juli 1911; sie erschien als Vorabdruck im Oktoberheft 1911 der ›Neuen Rundschau‹ und gleich darauf als Vorwort zu Fischers Pantheon-Ausgabe des ›Peter Schlemihl‹.

Von den rund dreihundert Gedichten, die Thomas Mann auswendig wußte und gern zitierte und rezitierte, waren, wie seine Tochter Erika versicherte, wenigstens fünfzig von Platen. Wenn er gleich im ersten Satz seiner kurzen Platen-Huldigung von 1926 sagt, er habe Platen »von jung auf geliebt«, so ist es die reine und rührende Wahrheit. Platen begleitete ihn auf allen seinen Lebenswegen; er fand stets das, was seinen Geist und seine Seele bewegte, in Zeilen von Platen am sichersten und genauesten ausgedrückt. *Buddenbrooks* sollten ursprünglich ein Motto aus Platens ›Romanzen und Lieder‹ erhalten; die Verszeilen sind bereits auf dem ersten Blatt des Erstmanuskripts vom Oktober 1897 eingetragen, später aber wieder weggestrichen. Seinem Schul- und Jugendfreund Otto Grautoff zitierte der Dreiundzwanzigjährige in einem Brief vom 25. Oktober 1898 vier längere Versstellen von Platen und schrieb dazu: »Diese virtuosen Verse geben mit einer solchen Schönheit, Klarheit und Knappheit meinen jetzigen Zustand wieder, daß ich, anstatt jeder sonstigen Ausführung, nicht die Mühe gescheut habe, sie Dir abzuschreiben.« Platens »Wer die Schönheit angeschaut mit Augen / Ist dem Tode schon anheimgegeben« durchweht den ganzen *Tod in Venedig* und vieles mehr von Thomas Mann. Die Grabschrift, die er für seinen geliebten Hund Bauschan entwarf, war einem Platen-Gedicht entnommen. Im ersten Exiljahr 1933 stärkten ihn Platens zwei Dreizeiler »Denn wer aus ganzer Seele haßt das Schlechte –« in ihrer kompromißlosen Unbedingtheit immer wieder das schwankende Herz und das gepeinigte Gewissen. Und 1939 ließ er in seiner Princetoner Dankrede Platen für sich sprechen: »Wie leicht ist es, die Heimat aufzugeben / Allein wie schwer zu finden eine zweite.« Stets, fast in jeder Lebenslage, »drängen sich meinem Gedächtnis ein paar Verse des Grafen August von Platen auf, die mit Vollendung alles hierüber sagen...«

Sein ganzes Leben lang wünschte er sich, einen großen »Meister«-Essay über Platen zu schreiben, für den sich dann nie die rechte Stunde und Gelegenheit fand. Die beiden Platen-Studien, die wir von ihm besitzen, verdanken wir wohl Hans von Hülsen, einem betriebsamen Literaten, den Thomas Mann schon als Zwanzigjährigen, seit 1910 kannte. Hülsen war ein großer Platen-Verehrer; er veröffentlichte 1919 einen Platen-Roman ›Den alten Göttern zu‹, dem Thomas Mann allerdings nicht viel abgewinnen konnte, und war in den zwanziger Jahren Präsident der Platen-Gesellschaft. Von ihm angeregt, schrieb Thomas Mann 1926 die Huldigung, die im August 1926 in den ›Blättern der Platen-Gesellschaft‹ erstmals erschien, und seiner Aufforderung folgend im September 1930 den größeren Aufsatz *August von Platen*, der ihm als Vortrag am 4. Oktober 1930 auf der Tagung der Platen-Gesellschaft in Ansbach, der Heimatstadt des Dichters, diente. »Was ich werde bieten können«, schrieb er am 7. Juli 1930 an Hülsen, »wird bestimmt noch nicht das sein, was ich eines Tages zu geben hoffe, der Versuch über Platen, den ich längst zu schreiben wünsche. Es kann und wird natürlich nur etwas Vorläufiges sein, eine Skizze höchstens von dem, was ich geben möchte. Es wäre mir lieb zu hören, daß man nichts anderes von mir erwartet, als mein persönliches Bekenntnis zu dem Dichter –« Indessen war auch das »Vorläufige« ihm so lieb und wert, daß er den Ansbacher Vortrag unter dem Titel *Platen – Tristan – Don Quichotte* im Januarheft 1931 der ›Neuen Rundschau‹ ver-

öffentlichte und ihn 1935 in den Essayband *Leiden und Größe der Meister* aufnahm.
Sollte es verwundern, daß die beiden kurzen Texte Thomas Manns über Heinrich Heine in der Reihe der großen Meister-Essays stehen, so wäre erklärend zu bemerken, daß sie den Platen-Aufsätzen insofern ähnlich sind, als in ihnen alle Keimzellen zu einem großen, umfassenden Heine-Aufsatz enthalten sind. Es ist gewiß wahr, daß Thomas Mann nirgends die Absicht zu einem solchen großen Aufsatz angedeutet hat, der dann ungeschrieben blieb; aber dessen ungeachtet ist offenkundig, daß in diesen beiden Skizzen, wie vorläufig auch immer, alles angelegt ist, was für ein liebevoll-kritisches, gewißlich bewunderndes Bildnis eines »der anmutigsten, freiesten, kühnsten und künstlerischsten Geister, die Deutschland hervorgebracht hat«, benötigt würde. Es hatte nicht des »schmutzigen, giftigen und untergeordneten« Pamphlets gegen den geliebten Platen bedurft, um Thomas Mann nachdrücklich auf Heine hinzuweisen. Das war schon viel früher geschehen. Der Gymnasiast in Lübeck bereits hatte von seinem Bruder Heinrich eine große Bewunderung für Heine gleichsam »geerbt«, der er achtzehnjährig, 1893, in der von ihm herausgegebenen Schülerzeitschrift ›Der Frühlingssturm‹ eifernden Ausdruck verlieh. Dort veröffentlichte er unter dem Pseudonym Paul Thomas einen polemischen Aufsatz *Heinrich Heine, der »Gute«*, in dem er gegen einen gewissen Dr. Conrad Scipio zu Felde zog, der im ›Berliner Tageblatt‹ dargelegt hatte, »das lockere Privatleben Heine's müsse man demselben unbedingt verzeihn, weil er doch im Grunde ein guter Protestant und ein guter Patriot – und was der Komplimente noch mehr waren – gewesen sei«. Er könne, erklärt Paul Thomas, den Ausdruck »ein guter Mensch« nicht ausstehen und würde sich »geradezu beleidigt fühlen, wollte mir jemand dies Prädikat aufhängen«. Die Wörter »gut« und »schlecht« seien als »soziale Aushängeschilder ohne jede philosophische Bedeutung«, und ihr theoretischer Wert als Begriffe sei nicht größer als derjenige der Begriffe »oben« und »unten«. Der Leser findet diesen frühen

jugendlichen Versuch im Band *Die Forderung des Tages* dieser Ausgabe. Die *Notiz über Heine* war Thomas Manns Antwort auf eine Rundfrage, die erstmals in einer »Festgabe des Literarischen Vereins Phoebus« in München zu seiner Heine-Feier am 19. Januar 1908 erschien und später in den Band *Rede und Antwort* aufgenommen wurde; die Huldigung *Über Heinrich Heine* erschien erstmals in der ›Frankfurter Zeitung‹ vom 3. Januar 1927 im Rahmen von Adolf von Hatzfelds ›Deutsche Dichter über Heine‹.

Storm, Keller, Fontane

Theodor Storm und Gottfried Keller gehörten für Thomas Mann zusammen. Zumindest standen sie in seiner Dichterwelt sehr nah beieinander, was allein schon der von ihm immer wieder studierte und gern zitierte Briefwechsel bezeugt, und dabei war doch der eine, Storm, eine frühe Jugendliebe und der andere, Keller, eine Freundschaft der reifen Jahre. Ihre Zusammengehörigkeit hat Thomas Mann sogleich zu Beginn des Aufsatzes über *Theodor Storm* erklärt: Kellers »goldige Schnurrigkeit« war »doch nur eine andere, volkstümlich-südlichere Abwandlung jenes deutschen Meistertums, das auch Storm verkörpert«. Anders als Keller, war ihm Storm jedoch eine Vaterfigur. Der junge Dichter, den er gleich zu Beginn des zweiten Absatzes des Essays anführt, ist natürlich er selbst, und die lyrische Novelle, welche dieser »zu Anfang unseres Jahrhunderts« schrieb, leicht erkennbar als *Tonio Kröger.* Daß der »junge Verfasser« bei der Schilderung des Vaters seines Helden, des Konsuls Kröger, entschieden vom »autobiographisch Wirklichen« abgewichen war, konnte man schon damals, 1903, bemerken, aber daß in dem Herrn mit der Feldblume im Knopfloch zumindest zur Hälfte der Dichter aus Husum steckte, dessen Tonfall Thomas Mann mit sechzehn und siebzehn »so anhing«, das verrät er erst jetzt, siebenundzwanzig Jahre später, im Juni 1930, als die vielbesprochene »Gelegenheit« sich bietet und er für den

Verlag Knaur eine Einleitung zu dessen Ausgabe von Storms Werken zu schreiben hat. ›Immensee‹ und die Gedichte, so erfahren wir nun, bestimmten »das Bild des Dichters, das ich in mir trug, als ich jung war«; daß der Spruch »Was du immer kannst, zu werden ...« ihm schon, als er ein Knabe war, ins Blut ging, konnten wir uns denken, denn er zitierte ihn »mit Sohnesdankbarkeit« sein Leben lang immer wieder.
Nichts unterhaltender als die kurzen zwei Druckseiten des Storm-Aufsatzes, auf denen Thomas Mann das briefliche Zwiegespräch zwischen dem »weinseligen alten Hagestolz in Zürich« und seinem »nördlichen Freund« schildert. Dabei hatte er Keller erst vergleichsweise spät kennengelernt, und gründlich sogar noch wesentlich später als er in *Ein Wort über Gottfried Keller* angibt. Diese kurze Huldigung wurde auf Veranlassung von Eduard Korrodi, des Feuilletonredakteurs der ›Neuen Zürcher Zeitung‹, zum hundertsten Geburtstag Gottfried Kellers geschrieben und erschien in dieser Zeitung am 19. Juli 1919. Wie wir aus seinen Tagebüchern wissen, repetierte Thomas Mann bei dieser Gelegenheit Kellers Werk nur flüchtig; er las hauptsächlich ›Martin Salander‹ wieder, der ihm »auch wieder Lust zum Grünen Heinrich« machte; aber es scheint damals bei der Lust geblieben zu sein. Das große Keller-Lese-Erlebnis, von dem der Aufsatz spricht, lag einige Jahre vorher, in den »warmen heiteren Sommertagen«, die er in seinem Landhaus in Bad Tölz verbrachte. Die Offenbarung, welche ›Der grüne Heinrich‹ für ihn war, kam erst ein Vierteljahrhundert später, 1946, in der Klinik in Chicago, nach der Lungenoperation, als seine Tochter Elisabeth Borgese ihm für die »langen Liegestunden« die vier Bände des ›Grünen Heinrich‹ brachte, »der mir sonderbarer-, ja skandalöserweise bis zur Stunde so gut wie unbekannt geblieben war«. So in der *Entstehung des Doktor Faustus*. Der »hochkomische Konflikt« Kellers, der mit dem Roman ewig nicht fertig wurde, hatte Thomas Mann »sehr gefallen«, als er von ihm in dem Briefwechsel Kellers mit seinem Verleger Vieweg las, »und doch hatte ich mich nie bemüßigt gefühlt, mit einem in so großer Tradition stehenden, meiner Sphäre

so verwandten Werk eine mehr als oberflächlich versuchende Bekanntschaft zu machen... Nun las ich mit wohligster Anteilnahme, mit immer wachsender Bewunderung für den reinlich ausgebreiteten Lebensreichtum des Buches, die köstliche Akkuratesse seiner aufs selbständigste an Goethe gebildeten Sprache –« Heimgekehrt nach Pacific Palisades, beschäftigte ihn, obwohl er sogleich die unterbrochene Arbeit am *Doktor Faustus* wieder aufnahm, der ›Grüne Heinrich‹ weiter. »Kellers Roman«, so notierte er im Tagebuch am 31. Mai 1946, »mir neu, beeindruckt mich tief und ist höchlich zu bewundern.« Eine Verwandtschaft mit Stifters ›Nachsommer‹ auf dem Weg über Goethe fällt ihm auf, und daß der Held einiges nicht nur mit Wilhelm Meister, sondern auch mit Hans Castorp gemeinsam hat, ist unleugbar. »Man sollte denken«, heißt es im Tagebuch, »daß das Meine *[Der Zauberberg]* unter dem Einfluß dieses Werkes entstanden wäre. Es war mir aber unbekannt, und bloße Verwandt- und Gemeinschaft der Kultur ist im Spiel.« Er beendete die Lektüre des ›Grünen Heinrich‹ an seinem einundsiebzigsten Geburtstag und studierte voller Erstaunen die beiden Fassungen des Schlußbandes. Hier ist, so meint man, ein ganz einzigartiger autobiographisch durchwobener Meister-Essay ungeschrieben geblieben.

Als Storm und Keller starben, 1888 und 1890, ging Thomas Mann noch zur Schule. Theodor Fontane hätte er gut noch kennen können. Sein erstes Buch, der Novellenband *Der kleine Herr Friedemann*, erschien im Mai 1898, und als später einmal ein Leser ihn fragte, ob er es denn nicht Fontane übersandt habe, antwortete er: »Den alten Fontane habe ich nicht mehr gekannt. Ist ›Der kleine Herr Friedemann‹ wirklich noch zu seinen Lebzeiten erschienen? Ich wüßte es nicht zu sagen. Jedenfalls bin ich nicht auf den Gedanken gekommen, ihm ein Exemplar zu schicken.« Fontane starb am 20. September 1898; er hätte das Buch noch kennen können, und vielleicht hätte er es ebenso enthusiastisch gefördert wie zehn Jahre zuvor Gerhart Hauptmanns Erstling. (Richard

Dehmel hatte dem Zwanzigjährigen, der erst zwei oder drei kleine Novellen geschrieben hatte, schon 1895 gesagt: »Sie könnten der Nachfolger Fontanes werden!«) Als *Buddenbrooks* erschien, rief Fontanes Tochter: »Ach, das müßte Papa noch erlebt haben!« Denn dieses Buch verdankt ja nicht nur höchstwahrscheinlich seinen Namen Fontanes ›Effi Briest‹, das Thomas Mann erstmals im Februar 1896 und danach, gleich dem ›Stechlin‹, sein Leben lang immer wieder mit unvermindertem Entzücken las, sondern noch unvergleichlich viel mehr. Fontanes vorletzter Roman, ›Poggenpuhls‹, war gerade erschienen, als Thomas Mann *Buddenbrooks* zu schreiben begann, und diese beiden Familienpanoramen sind nahe Verwandte, wie schon die gespiegelte Lautmalerei mit denselben Vokalen in umgekehrter Reihenfolge und den parallelen Doppelkonsonanten der ersten Silbe des dreisilbigen Namens andeutet. Der Aufsatz *Der alte Fontane,* im Juli–August 1910 geschrieben, war eine Besprechung der zweibändigen, von Otto Pniower und Paul Schlenther herausgegebenen »Zweiten Sammlung« der ›Briefe Theodor Fontanes‹, die 1910 im Verlag von Fontanes Sohn in Berlin erschienen war. Thomas Mann fragte vorher bei Maximilian Harden an, ob ihm ein solcher Aufsatz für seine Zeitschrift ›Die Zukunft‹ willkommen sei. Aber als Harden den Aufsatz gelesen hatte, kamen ihm Zweifel. Er hatte Fontane persönlich gekannt, war aber – was Thomas Mann nicht wußte – seit seinem Tod anderen Sinnes über ihn geworden, mochte ihn sowohl charakterlich wie als Schriftsteller nicht mehr leiden und fand nichts wie Tadelnswertes an dem »alten Knaben«. Ob Thomas Mann wohl auf Grund der Briefe ein zutreffendes Bild von ihm gezeichnet habe? Hauptsächlich gingen ihm Fontanes abschätzige Äußerungen über Bismarck, die Thomas Mann ausführlich zitiert, gegen den Strich. Harden tue Fontane Unrecht, erwiderte dieser, wenn er sein Verhältnis zu Bismarck falsch und lügnerisch nenne. »Fontanes nur auf den ersten Blick zweideutiges Verhältnis zu Bismarck ist mir – seien Sie nicht böse – sympathisch; denn ich finde, daß die Größe nicht nur verehrungswürdig, sondern vor allem auch interessant ist, und ich finde, daß man lieben, verehren und dabei zweifeln kann, ja daß diese Art Liebe und Verehrung die tiefste ist...« Sätze, die auch als Motto über dem vorliegenden Band stehen könnten und die auch Harden überzeugt haben mögen. Denn der Aufsatz erschien in der ›Zukunft‹ vom 1. Oktober 1910. Jahrzehnte später, in Kalifornien, als er »wieder einmal den alten Fontane« las, ›Poggenpuhls‹ gerade beendet, ›Effi Briest‹ angefangen hatte, schrieb er am 8. September 1949 an Hans Reisiger: »Es ist ein stets sicheres Entzücken. Ich stehe zu allem, was ich als junger Mensch in Hardens ›Zukunft‹ darüber sagte.« Und zwei Jahre später, am 7. Februar 1951, an Henry Remak: »Mein eigener Versuch über ihn [Fontane] ist, glaube ich, noch immer das Beste, was ich kritisch zustande gebracht habe; und oft im Leben habe ich daran gedacht, daß Richard Dehmel mir als ganz jungem Menschen meine Fontane-Schülerschaft auf den Kopf zusagte –« Wie am Anfang, so am Ende. Auch der Aufsatz *Noch einmal der alte Fontane* ist eine Rezension eines Fontane-Briefbandes, nämlich der Briefe an Georg Friedlaender, die, herausgegeben und erläutert von Kurt Schreinert, 1954 in Heidelberg erschienen, und er ist einer der letzten Essays Thomas Manns, vierundvierzig Jahre nach dem ersten am 5. Februar 1954 in der Zürcher Wochenschrift ›Die Weltwoche‹ veröffentlicht. Fast möchte man meinen, Thomas Mann habe beide Aufsätze in einem Zug hintereinanderweg oder doch nur mit geringstem zeitlichem Zwischenraum geschrieben – so perfekt ergänzen sie sich und fügen sich zu einem Ganzen zusammen. Herr von Briest und Herr von Stechlin sind damals wie jetzt die »beiden alten Knaben«, mit denen er am liebsten plaudert, mit denen er sich am besten versteht, und unversehens setzen sich auch Keller und Storm dazu, und es ist, als sei es gestern gewesen, daß er uns von dem seltsamen Kleeblatt erzählt.

›Effi Briest‹ und ›Der Stechlin‹ sind es auch, um die es im wesentlichen in der Besprechung von Conrad Wandreys Fontane-Buch geht, die Thomas Mann, mehrmals durch kurze Reisen unterbrochen, zwischen dem 16. November und 18. Dezember 1919 schrieb und unter dem Titel *Zum hundertsten Geburtstag Theodor Fontanes* am 25. Dezember 1919 im ›Berliner Tageblatt‹ veröffentlichte. Der damals zweiunddreißigjährige Literaturhistoriker und George-Schüler Conrad Wandrey hatte Thomas Mann noch während seiner Arbeit aufgesucht, ihm das Kapitel über ›Irrungen, Wirrungen‹ vorgelesen, das Thomas Mann »akademisch, aber nicht ohne Eindringlichkeit« fand »und jedenfalls neue Liebe für den alten Sänger weckend«, und ihn gebeten, das Buch bei S. Fischer unterzubringen. Das gelang nicht, wohl unter anderem, weil Fischer, inzwischen Fontanes Verleger geworden, damals gerade ein von Ernst Heilborn herausgegebenes ›Fontane-Buch‹ vorbereitete, das auch Thomas Manns Essay von 1910 enthielt. Das Buch erschien anderwärts, und Thomas Mann, der sich mehrfach darin zitiert fand, mochte es nicht sehr. Vieles darin, so notierte er im Tagebuch, sei »steif und ledern, anderes besser«; er brauchte verhältnismäßig lange zu dem Artikel und meinte schließlich: »Er enthält ein paar gute Dinge«, und diese sind gewiß, wiewohl er es nicht sagt, die Stellen, an denen er dem »jungen Gelehrten« seine Naseweisheiten vorhält. Oder meint er vielleicht doch seine eigene, bezaubernde Analyse des ›Stechlin‹ am Schluß des Aufsatzes? Sein Vergnügen an diesem Werk ist unerschöpflich. Die kleine Kontroverse mit Otto Pniower – *Über einen Spruch Fontanes*, unter dem Titel *Der gerettete Fontane* erstmals in der ›Vossischen Zeitung‹ vom 8. Juni 1920 erschienen – ist nicht mehr als eine Marginalie hierzu. Der Berliner Literarhistoriker Otto Pniower hatte in der ›Vossischen Zeitung‹ vom 5. Mai 1920 in einem Aufsatz ›Der verballhornte Fontane‹ erklärt, Joseph Ettlinger habe in dem von ihm 1908 herausgegebenen Nachlaß Fontanes die vierte Zeile des Gedichtes ›Das Leben‹ unrichtig wiedergegeben. Dies bestritt Thomas Mann in seiner Replik. Die Streitfrage wurde nie zweifelsfrei geklärt. Fontanes Original ist unauffindbar, zwei Abschriften hingegen geben Pniower recht, und auch die neueste Fontane-Forschung hält Pniowers Änderung für berechtigt und Thomas Manns Einwand für unhaltbar. Ettlinger, mit dem Thomas Mann sich in Verbindung setzen wollte, war bereits 1912 gestorben. Viel später, 1949, als ihn ein amerikanischer Leser darauf ansprach, gab Thomas Mann zu, er sei seiner Sache »nicht mehr ganz so sicher« und halte es inzwischen »im Stillen für möglich«, daß »der alte Fontane doch nur gemeint haben mag, es sei gut zu wissen, daß alles einmal ein Ende nimmt. Aber bei der Aufnahme des mir lieb gewordenen Aufsatzes in die Sammlung ›Adel des Geistes‹ habe ich an der Form festgehalten, an die ich damals glaubte, und von der ich noch heute wünschte, Fontane hätte sie gemeint und gewählt.«

Gerhart Hauptmann

Bis zu Thomas Manns großer Gedächtnisrede, die er zu Gerhart Hauptmanns neunzigstem Geburtstag 1952 in Frankfurt hielt, war es ein langer, verschlungener und streckenweise holpriger Weg gewesen. Hauptmann war dreizehn Jahre älter als Thomas Mann, und das empfand der Jüngere, als er ihm im Oktober 1903 in Berlin im Haus ihres gemeinsamen Verlegers S. Fischer zum ersten Mal begegnete, als eine beträchtliche Spanne. Er kannte und liebte Hauptmanns Werk seit seinen Jugendtagen, bezeichnete die Begegnung als »ein Erlebnis ersten Ranges« und hoffte, wie er an Fischer schrieb, der »Siegreiche« werde aus ihm, dem Anfänger, dessen *Buddenbrooks* eben sich durchzusetzen begannen, »auch das Gute herausgefühlt« haben; »sein letztes Wesen ist ja Güte«. Es dauerte indessen lange, bis sie einander näher kamen. Bei Ausbruch des Ersten Weltkrieges bezogen sie politisch ähnliche Stellungen, aber bei der Gründung der Weimarer Republik war Hauptmann Thomas Mann um einiges voraus; der brauchte länger, um sich auf die Seite des neuen Staates zu stellen. Von etwa 1922 an waren sie politisch gleichgestimmt, und nun wurde der persönliche Umgang häufiger und lebhafter, wenn auch stets, wie Thomas Mann später gestand, mit einem Gran Ironie untermischt. Sie traten nun nicht selten bei offiziellen Gelegenheiten gemeinsam auf, erstmals Ende Februar 1922, als sie an der Goethe-Woche in Frankfurt als Repräsentanten der deutschen Geisteswelt mit Eröffnungsreden teilnahmen. Der Reichspräsident war anwesend, und sie saßen selbdritt mit ihm beim privaten Abendessen. Das wurde beachtet. Hauptmanns mehr oder weniger bewußte innere und äußere Indentifikation mit Goethe war damals schon auf gutem Wege und wurde vielerorts schon sarkastisch belächelt; Thomas Mann begann um eben diese Zeit, sich Goethe zu nähern und ein Verhältnis zu ihm zu entwickeln, das zu einer echteren, viel tiefer reichenden Affinität führen sollte. Sein Frankfurter Goethe-Vortrag war dem Abschnitt über Bekenntnis und Erziehung in *Goethe und Tolstoi* entnommen.

Auf jenen ersten gemeinsamen repräsentativen Akt in Frankfurt nahm Thomas Mann direkten Bezug im ersten Satz eines Huldigungsaufsatzes, den er zu Hauptmanns sechzigstem Geburtstag für die ›Neue Rundschau‹ vorbereitete: »Sie waren unter meinen Zuhörern, Gerhart Hauptmann, darf ich Sie erinnern ...« Doch noch ehe dieser Aufsatz geschrieben, der Geburtstag gefeiert werden konnte, fielen am 24. Juni 1922 die Schüsse, die Walther Rathenau ermordeten. Dieser »Strahl aus tiefster Nacht« traf Thomas Mann nicht weniger heftig als Hauptmann, der mit Rathenau befreundet gewesen war. Er beschloß, den Geburtstagsartikel »zu einer Art Manifest zu gestalten, worin ich der Jugend, die auf mich hört, ins Gewissen rede –« So entstand der Hauptmann-Aufsatz *Von deutscher Republik*, der am 15. Oktober 1922, einen Monat vor Hauptmanns Geburtstag, in einem Vortrag im Berliner Beethovensaal »mündlich mitgeteilt« wurde; er erschien in dem Hauptmann gewidmeten Novemberheft 1922 der ›Neuen Rundschau‹ und anschließend auch als Broschüre und wurde danach, mit Anrede und Geburtstagswidmung an Hauptmann, in den Essayband *Bemühungen* aufgenommen; so findet der Leser ihn jetzt auch im Band *Appell an die Vernunft* dieser Ausgabe. Thomas Mann nannte darin Hauptmann ausdrücklich seinen »Eideshelfer«, auf den er sich mit seinem Bekenntnis zur liberal-humanen Republik berufen wolle. So ließ er keine Gelegenheit vorbeigehen, um Hauptmann hervorzuheben, zu rühmen und seiner liebenden Hochschätzung zu versichern.

Dann trat Peeperkorn zwischen sie. Diese wunderliche Geschichte der Abbildung Hauptmanns in *Der Zauberberg* hat Thomas Mann selbst in seiner Frankfurter Gedächtnisrede auf Hauptmann erzählt, und was darüber hinaus nachzutragen war, findet sich hinlänglich detailliert in den Nachbemerkungen des Herausgebers zum *Zauberberg* in dieser Ausgabe. Das schwere Zerwürfnis zwischen ihnen, von dem Thomas Mann schon fürchtete, es werde sich nicht heilen lassen, wurde schließlich von Hauptmann mit einer großherzigen Geste aus der Welt geschafft, und bald darauf, am 6. Mai 1925, trafen sie sich in München bei offizieller Gelegenheit wieder; Thomas Mann berichtete seiner Tochter Erika: »Wir haben uns viel die Hände gedrückt, und alles ist wieder in der Reihe. Er ist ein so gutes Format, ich liebe ihn sehr.« Als Hauptmann im November 1926 zur Erstaufführung von ›Dorothea Angermann‹ wieder in München war, hielt Thomas Mann die Festansprache, darin er ihn »Mein großer Freund« nannte. Sie wurde unter dem Titel *Zur Begrüßung Gerhart Hauptmanns in München* in der Sammlung *Die Forderung des Tages* erstmals gedruckt und findet sich ebenso betitelt im vorliegenden Band. Im Juli 1929 trafen sie bei der Eröffnung der Heidelberger Festspiele erneut zusammen, und die Stadt gab ihnen beiden zu Ehren ein Festbankett, und als am 12. November 1929 Thomas Mann den Nobelpreis für Literatur erhielt, war dies »nicht zuletzt und vielleicht vor allem« Hauptmanns Werk. Hauptmann teilte es ihm als erster mit, und »ich antwortete ihm, die Auszeichnung solle mir desto lieber sein, je mehr ich sie ihm zu verdanken hätte«.

»Ich will hoffen, daß der kleine Aufsatz die rechte Mischung von Festlichkeit und Wahrhaftigkeit darstellt.« So Thomas Mann an S. Fischer über den *Herzlichen Glückwunsch*, den er Anfang August 1932 als Beitrag für das Novemberheft 1932 der ›Neuen Rundschau‹ zu Hauptmanns siebzigstem Geburtstag schrieb. Er tat noch ein übriges. Obwohl Hauptmanns schwankende und wenig profilierte politische Haltung während der letzten Jahre der Weimarer Republik ihm längst Kummer machte, versuchte er auch jetzt, wie er es schon zuvor getan, den großen Freund zu mahnen, ihn auf seine Repräsentanz zu verpflichten. Auf der Geburtstagsfeier für Hauptmann im Münchner Nationaltheater am 11. Dezember 1932 sprach er noch einmal zu ihm und zugleich für ihn. Dies ist die Ansprache *An Gerhart Hauptmann*, geschrieben Anfang Dezember 1932, die damals in der ›Vossischen Zeitung‹ vom 15. Dezember 1932 erschien, und um die es, wie eingangs berichtet, bei der Zusammenstellung des Bandes *Leiden und Größe der Meister* von 1935 ging. In ihr klingt ein Ton von Wehmut, von Resignation, von Abschied mit. Er verstand ihn gut, begriff sein Wesen durchaus, aber er ließ bei aller Behutsamkeit spüren, daß hier die Wege auseinanderstrebten. Es war denn auch ihr letztes Zusammentreffen. Als die Diktatur wenige Wochen später die »Dichter-Akademie« in Berlin von allen Mitgliedern »säuberte«, die sich irgend mit der Republik von Weimar identifiziert hatten, blieb Hauptmann als einziger zurück, ohne die geringste Geste der Solidarität mit seinen verjagten Freunden und Kollegen. Das verübelte Thomas Mann ihm tief. Am 22. März 1937 hätte es in Zürich zu einer Wiederbegegnung kommen können. Thomas Mann notierte im Tagebuch: »Mittags im London House zur Anprobe. Meldung des Besitzers, daß unten G. Hauptmann einen Einkauf mache. Gegenseitige Ablehnung – von seiner Seite mit der Einschränkung ›bis andere Zeiten kommen‹ – worin er sich irrt.« Die Nachricht von Hauptmanns Tod, 1946, erreichte Thomas Mann in Amerika zur Zeit, da er am *Doktor Faustus* schrieb, und in der Schrift *Die Entstehung des Doktor Faustus*, die sich in dem Band autobiographischer Schriften dieser Ausgabe findet, hielt er fest, wie sein Hinscheiden ihn traf. Einiges davon ist in die Festansprache *Gerhart Hauptmann* zu Hauptmanns neunzigstem Geburtstag eingegangen, die Thomas Mann am 9. November 1952 in Frankfurt hielt. Es war eine ungünstige

Zeit: Thomas Mann war erst kürzlich aus Amerika nach Europa zurückgekehrt, war noch unbehaust, ohne eigenen Schreibtisch, ohne seine Bücher, müde, bekümmert und arbeitsunlustig. Aber Margarete Hauptmann, die Witwe des Dichters, die ihm versichert hatte, die Figur des »hochseligen Peeperkorn« sei das schönste Denkmal, das irgendwer dem Dahingegangenen errichtet habe, hatte ihn sehr gedrängt, die Ansprache zu übernehmen, und er fühlte, daß er es dem Andenken Hauptmanns wohl schuldig sei – »konnte dieser Verpflichtung aus persönlichen Gründen nicht ausweichen«, heißt es in einem Brief; und in einem anderen, an Hans Reisiger: »Die Witwe wünschte es dringend, das Theater, die Stadt wünschten es, und ich konnte mich nicht entziehen, so beschwerlich und störend die Aufgabe mir ist... Mit ehrerbietiger Ironie war es leicht, über diesen merkwürdigen und ja auch *liebenswerten* Fall von nicht recht fertig gewordener, irgendwie steckengebliebener Größe gelegentlich zu schreiben; es zu feierlicher Gelegenheit, als Festredner zu tun, ist sehr schwer und quält mich –«

Er begann mit der Niederschrift in Zürich am 19. September 1952 mit »widersetzlichem Kopf«, bemerkte alsbald, daß es ohne Unterlagen nicht ging, daß ihm allzu viel über Hauptmanns Werk und Leben unbekannt oder entfallen war, ließ sich von Reisiger schicken und sagen, was er brauchte – es war ein ansehnlicher Fragebogen –, und las auch die Peeperkorn-Kapitel des *Zauberberg* noch einmal wieder. »Sein bestes Portrait! Davon zu sprechen«, notierte er im Tagebuch. Und an Reisiger am 26. 9. 1952, mit Hilfe seiner Auskünfte werde er »schon irgend etwas ›herauswürgen‹, – was übrigens, wie mir immer deutlicher vorkommt, auf eine Apologie meines Hauptmann-Portraits im Zbg. hinauslaufen wird. ... ich habe die 3 Peeperkorn-Kapitel nachgelesen und bin *erstaunt* über die seltsame innere Getroffenheit dieses Grotesk-Bildnisses. Das ist keine Verhöhnung und kein Zerrbild, das ist, als Produkt ehrlicher Ergriffenheit von dem menschlichen Phänomen, eine wahrere Überlieferung seines Wesens – Gethsemane und Heidenpriester – an die Nachwelt, als alle

Hans von Hülsen-Bücher.« (Hülsen war mit Hauptmann befreundet gewesen und hatte mehrere, nicht sehr gewichtige Bücher über ihn veröffentlicht.) Er arbeitete zwei Wochen lang an der »verfluchten Rede«, wie er sie zwischenhin im Unmut auch einmal nannte, und schloß sie am 5. Oktober 1952 ab. »Der Vortrag wird eine gute halbe Stunde dauern«, schrieb er an Reisiger. »Die sollen nur lauschen auf das Werk zweier so bedeutender Köpfe!« Zu guter Letzt war es ihm doch recht, daß Frankfurt ihm die »Gelegenheit« geboten hatte. Golo Mann berichtet, er habe seinen Vater einmal sagen hören, »in einem Moment des Stolzes, der mit seiner Bescheidenheit, den Zweifeln an der eigenen Leistung sehr wohl Hand in Hand ging: ›Der war doch eigentlich der einzige Pair, der einzige Ebenbürtige.‹«

»Mir behagt an Wagner, was mir an Schopenhauer behagt: Die ethische Luft, der faustische Duft, Kreuz, Tod und Gruft« – dieser Satz des jungen Nietzsche, der ihn um sein zwanzigstes Jahr zum ersten Mal packte, ließ Thomas Mann sein Leben lang nie gänzlich los. »Es ist die geistige Lebensluft der zweiten Hälfte des neunzehnten Jahrhunderts – Jugend- und Heimatluft für uns, die wir heute die Sechzig überschritten haben.« So heißt es im *Schopenhauer* von 1938. Diese drei Meister waren das größte geistige Erlebnis seiner Jugend, ihre bedeutendste formende Kraft, die seine ganze Auffassung von Welt und Leben bestimmte. Über die Erlebniskette gibt es keinen Zweifel: das Wagner-Erlebnis stand am Anfang, es lag vor dem Nietzsche-Erlebnis, und dies wiederum vor dem Schopenhauer-Erlebnis. In dieser Reihenfolge tauchen die drei Leitsterne kurz vor der Jahrhundertwende an Thomas Manns Jugend-Firmament auf und fügen sich um die *Buddenbrooks*-Zeit zu einem »Dreigestirn« zusammen, das, wie er selbst wieder und wieder versichert hat, für seine geistige und künstlerische Entwicklung entscheidend war und, wie er im *Schopenhauer* sagt, seine »Spur tief eingedrückt« hat, »haltbar für das ganze Leben«. Er hat auch wiederholt erläutert, wie alle drei, vor allem aber Nietzsche und Schopenhauer, bei ihm ineinander wirkten und eine eigentümliche, seinem Denken sehr gemäße Osmose eingingen. Das wurde ihm selber wohl erst in der Rückschau, aus der Sicht der reifen Jahre, ganz deutlich und mag erklären, warum die Essays über diese drei Meister, zu denen er zeitlebens bewundernd aufblickte, sämtlich Alterswerke sind: die drei bedeutendsten von Thomas Manns Wagner-Aufsätzen stammen aus den Jahren 1933, 1937 und 1940, während der Schopenhauer-Essay von 1938, der Nietzsche-Essay von 1947 ist. Sie gehören alle ungefähr in sein siebentes Lebensjahrzehnt.

Schopenhauer und Nietzsche

Betrachten wir Schopenhauer als den Ältesten vorerst. Thomas Mann hat die erste Begegnung mit seinem Werk mit Sicherheit in das Jahr 1899 datiert, auf den Zeitpunkt, da im Roman *Buddenbrooks* das fünfte Kapitel des Zehnten Teils zu Papier zu bringen war. Im *Schopenhauer*-Essay erzählt er kurz, wie Senator Buddenbrook an ›Die Welt als Wille und Vorstellung‹ gerät und im Zweiten Teil das Kapitel ›Über den Tod und sein Verhältnis zur Unzerstörbarkeit unseres Wesens an sich‹ ihn zutiefst erschüttert. Das war ein authentisches Erlebnis. 1915 berichtete er in ganz anderem, selbstprüfend-autobiographischen Zusammenhang den tatsächlichen Hergang: »Das kleine, hochgelegene Vorstadtzimmer schwebt mir vor Augen, worin ich, es sind sechzehn Jahre, tagelang hingestreckt auf ein sonderbar geformtes Langfauteuil oder Kanapee ›Die Welt als Wille und Vorstellung‹ las. Einsam-unregelmäßige, welt- und todsüchtige Jugend – wie sie den Zaubertrank dieser Metaphysik schlürfte, deren tiefstes Wesen Erotik ist und in der ich die geistige Quelle der Tristan-Musik erkannte! So liest man nur einmal. Das kommt nicht wieder. Und welch ein Glück, daß ich ein Erlebnis wie dieses nicht in mich zu verschließen brauchte, daß eine schöne Möglichkeit, davon zu zeugen, dafür zu danken, sofort sich darbot, dichterische Unterkunft unmittelbar dafür bereit war! Denn zwei Schritte von meinem Kanapee lag aufgeschlagen das unmöglich und unpraktisch anschwellende Manuskript... welches eben bis zu dem Punkte gediehen war, daß es galt, Thomas Buddenbrook zu Tode zu bringen.« So in den *Betrachtungen eines Unpolitischen* des Vierzigjährigen.

Es gibt andere Hinweise, die das äußere wie das innere Erlebnis noch genauer fixieren. So im *Lebensabriß* von 1930, wo es heißt, das Wort »Erkenntnisekel«, das im *Tonio Kröger* steht, bezeichne recht eigentlich »die Krankheit meiner Jugend, die, so glaube ich mich zu erinnern, meiner Empfänglichkeit für die Philosophie Schopenhauers, die mir erst nach einiger Bekanntschaft mit Nietzsche entgegentrat, nicht wenig Vorschub leistete. Ein *seelisches* Erlebnis ersten Ranges und unvergeßlicher Art – während dasjenige Nietzsche's eher ein geistig-künstlerisches zu nennen wäre. Es ging mir mit diesen Büchern ein wenig so, wie ich es meinem Thomas Buddenbrook dann mit dem Bande Schopenhauer ergehen ließ... Die Brockhausausgabe war ein Okkasionskauf beim Buchhändler gewesen, geschehen mehr um des Besitzes als um des Studiums willen, und Jahr und Tag hatten die Bände unaufgeschnitten das Bort gehütet. Aber die Stunde kam, die mich lesen ließ, und so las ich denn, Tage und Nächte lang, wie man wohl nur einmal liest.«

Die erste Begegnung könnte aber auch schon ein wenig früher gelegen haben, 1898 statt 1899, denn es findet sich bereits manches Schopenhauerische fast zitatenhaft in den Novellen *Der kleine Herr Friedemann* und *Der Kleiderschrank*. Aber das mag indirekt, auf dem Weg über Nietzsche, sich eingeschlichen haben. Nietzsche war zweifellos Thomas Manns Schopenhauer-Vermittler, so wie er zuvor, unbewußt, manches »Schopenhauerische« von Wagner empfangen hatte. Sein Notizbuch Nr. 1 enthält bereits lange vor 1899 eine Reihe von Schopenhauer-Zitaten, woraus man schließen könnte, daß der Zwanzigjährige bereits Nietzsche und Schopenhauer mehr oder minder gleichzeitig las. Aber sie stammen höchstwahrscheinlich nicht aus »erster Hand«; es sind sämtlich Sätze, mit denen Nietzsche seinen Lehrmeister zitiert und die Thomas Mann vermutlich bei Nietzsche und nicht an der Quelle gefunden hatte. Sie machten ihn jedoch fraglos auf Schopenhauer aufmerksam, und es ist wohl denkbar, daß er sich daraufhin die billige Brockhaus-Ausgabe anschaffte. Die Spuren dieses »stärksten Lese-Erlebnis meiner Jugend« finden sich nicht nur in *Buddenbrooks*, nicht nur in *Tonio Kröger* und den frühen Novellen; sie durchziehen das große Bekenntniswerk *Betrachtungen eines Unpolitischen* und haben sich auch, worauf Thomas Mann in seinem Essay eigens hinweist, in den *Zauberberg* eingegraben. Der große Essay über Schopenhauer indessen wartete, bis eine Gelegenheit ihn hervorrief. Sie kam im Dezember 1937.

Er hatte die Arbeit an *Lotte in Weimar* unterbrochen, um den Vortrag *Vom kommenden Sieg der Demokratie* herzustellen, den er im nächsten Frühjahr in Amerika zu halten hatte, als er am 2. Dezember 1937 im Tagebuch notierte: »Die Angelegenheit einer amerikanischen Schopenhauer-Condensation mit Vorwort, für das 750 Dollars geboten ...« Es war der bedeutende New Yorker Verlag Longmans, Green & Co., der für seine ›The Living Thoughts Library‹ einen Band ›The Living Thoughts of Schopenhauer‹ plante und Thomas Mann die Herausgabe und den Einführungsessay antrug. Er zögerte. »Gequält von Unentschlossenheit, ob den Schopenhauer-Aufsatz zu übernehmen oder nicht.« So im Tagebuch am 9. Dezember. Tags darauf schloß er den Demokratie-Vortrag ab und sagte den *Schopenhauer* zu. Von der Universität Harvard traf telegraphisch eine Einladung zu drei Goethe-Vorträgen für 1000 Dollars Honorar ein. »Das Geschäft blüht oder könnte es tun.« Diese Goethe-Vorträge schob er von sich. Beginnend mit dem 18. Dezember meldet das Tagebuch täglich: »Studien zum ›Schopenhauer‹.« Er suchte in seinen eigenen *Betrachtungen eines Unpolitischen* auf, was er dort über Schopenhauer geschrieben hatte, trug »Daten zu Schopenhauers Biographie« zusammen, las in Julius Frauenstädts ihm wohlbekannten Arbeiten über Schopenhauer nach, und schrieb am 21. Dezember aus Küsnacht an den Freund Kuno Fiedler: »– lese jetzt wieder Schopenhauer systematisch, mit größter Freude und Bewunderung: Was er lehrte, ist abgetan, aber wie er es lehrte, das bleibt bestahn« (ein Nietzsche-Zitat, das fortfährt: »Seht ihn nur an/Niemandem war er unterthan!«) Am gleichen Tag jedoch verzeichnete er den »Beschluß, bei reichlich angesammeltem Material, den Beginn zu vertagen und zunächst wieder zu ›L.i.W.‹ überzugehen. Seltsame, etwas verwirrende Umstellung.« Er nahm auch tatsächlich das unterbrochene »August-Kapitel« des Lotte-Romans wieder vor, packte aber dann das ganze Schopenhauer-Material doch für die alljährlichen Winterferien ein und nahm es nach Arosa mit, entschlossen, den Schopenhauer-Aufsatz dort zu schreiben. In Arosa notierte er am 11. Januar 1938: »Die Wendung zur Schopenhauer-Arbeit ist vielleicht jetzt das Richtige, und ›Lotte‹ ruht besser.« Zwei Tage später begann er mit der Niederschrift: »Zu hoffen, daß der Aufsatz nun seinen Weg nimmt.«

Das tat er. Das Tagebuch verzeichnet den stetigen täglichen Fortschritt, gelegentlich »mühsam«, aber zumeist »eifrig«, aber die Arbeitskommentare sind knapp. »Über Schopenhauer und seine Mischung aus Voltairianismus und Dunkelheit, Klassik und Romantik. Schelling, als Naturphilosoph, mehr Mut zur Mystik. Immerhin der Versuch über das Geistersehen und auch sonst Natur-Mystik bei Schopenhauer.« So am 14. Januar. Am 27. Januar las er im Familienkreis und im Beisein Ferdinand Lions zum erstenmal aus dem »bisher Geschriebenen« vor; tags darauf notierte er nach der Lektüre von einigen Seiten in Hegels Ästhetik: »Die Rückkehr zur Welt als Wille und Vorstellung sehr wohltuend. Widerspenstigkeit gegen das Heraustreten aus meiner Welt, vor allem auf Wunsch.« Am letzten Januartag kehrte er nach Küsnacht zurück, fuhr dort ohne Aufenthalt in der Arbeit fort und notierte: »Mit Golo über Schopenhauer, seine Angefochtenheit von Fachseite, sein europäisches Literatentum, Juden seine Freunde, das halb Außerdeutsche, die Starrheit, immer das Eine, ausgebaut und belegt, nichts von Entwicklung.« Der Leser findet manchen Widerschein dieses Gesprächs mit dem Sohn in dem Aufsatz, vor allem in seinem zweiten, dem persönlichen und »erzählten« Teil. Am 3. Februar schloß er »die Darstellung des Systems« ab und »begann mit dem ›Commentar‹«. Er arbeitete – eingestandenermaßen »ohne die Composition zu übersehen« – noch zwölf Tage weiter, bis zum Tag der Abreise nach Amerika, meinte, der *Schopenhauer* werde »für unterwegs nicht mehr viel zu tun übrig lassen« – und vermerkte fragend, als er das Manuskript verpackte: »Wann wieder? Vielleicht bälder, als bei einem anderen wahrscheinlich.«

Es vergingen jedoch volle drei Monate, in denen er nicht dazu kam, auch nur einen Blick in die unvollendete Arbeit zu werfen. Erst am 14. Mai 1938 notierte er im Hotel Bedford in New York: »Vormittags Beschäftigung mit dem Schopenhauer-Aufsatz, Lektüre des Geschriebenen, Notizen«, und tags darauf nahm er die Arbeit wieder auf. Vier Tage später, am 18. Mai, war der Aufsatz mit 64 Seiten abgeschlossen. Es blieb noch das »Problem der Kürzung für seine Aufgabe als Einleitung«, denn der Verlag hatte zwanzig, nicht sechzig Seiten bestellt. »Warum setzt man mich auf die Fährte!« schrieb er am 6. August 1938, wieder in Küsnacht, an seinen Bruder Heinrich. »Nun muß das Vorwort erst wieder aus dem Überfluß herauspräpariert werden – Golo hat auch das schon gemacht.« Der »Überfluß«, nämlich der volle, ungekürzte Text des Essays erschien deutsch im Herbst 1938 als Broschüre in der Schriftenreihe ›Ausblicke‹ des Bermann-Fischer Verlags in Stockholm. »Ich sollte«, schrieb Thomas Mann aus Princeton an Hermann Hesse, »zwanzig Seiten schreiben für eine amerikanische Kurz-Ausgabe, und dann wurde es dies Büchlein. Der ersten Hälfte merkt man, fürchte ich, den ursprünglichen Zweck etwas an: die Darlegung des Systems ist etwas dürftig. Nachher geht es wärmer zu.« Er brauchte, wie er viele Jahre später an Ferdinand Lion schrieb, »kaum zu Schopenhauer ›zurückzukehren‹«, denn er hatte »ihn doch eigentlich nie verlassen und verloren«.

Auch Nietzsche, in jungen Jahren gewonnen, hat er nie verlassen oder verloren. Die frühe Begegnung mit ihm wirkte in immer neuen Spiegelungen durch sein ganzes Leben und sein ganzes Werk fort. Wahrscheinlich kam er schon in seinem letzten Schuljahr in Lübeck, 1894, mit ihm in Berührung. In seinem Notizbuch 9 bemerkte er um 1908: »Nichts von brennenderem Interesse, als die Kritik der Modernität: Das fühlte ich schon mit neunzehn, als ich zum ersten Mal Nietzsche's Wagner-Kritik las...« Daß ein junger Wagner-Enthusiast zu Beginn der neunziger Jahre auf den 1888 erschienenen ›Fall Wagner‹ stieß, dazu bedurfte es keiner schwierigen Umwege. Wahrscheinlich machte der ältere Bruder ihn auf Nietzsche aufmerksam; Heinrich Mann war schon seit etwa 1890 ein eifriger Nietzsche-Leser. In Thomas Manns erstem erhaltenen Notizbuch finden sich bereits aus dem Jahr 1895 zahlreiche Zitate aus ›Jenseits von Gut und Böse‹, dem ›Fall Wagner‹ und anderen Schriften, und wir wissen aus demselben Notizbuch, daß er um 1896 alles von Nietzsche zusammenkaufte, dessen er habhaft werden konnte. Die Nietzsche-Kenntnis des Einundzwanzigjährigen war gut, gründlich und leidenschaftlich, und er frischte sie während seines ganzen Lebens immer wieder auf. »Sprache und Musik waren das Feld seiner Erlebnisse, seiner Liebes- und Erkenntnisabenteuer und seiner Produktivität« – diesen Satz aus dem *Vorspruch zu einer musikalischen Nietzsche-Feier* aus dem Jahr 1924 darf man getrost auch rein autobiographisch verstehen: dies war seine direkteste Affinität mit Nietzsche.

Zweifellos, bekannte er im *Lebensabriß* von 1930, sei der geistige und stilistische Einfluß Nietzsches schon in seinen ersten veröffentlichten Prosa-Versuchen kenntlich; er wiederholte nachdrücklich: die Berührung mit Nietzsche sei in hohem Grad bestimmend für seine sich bildende Geistesform gewesen. Aber die Untersuchung, »welche Art von organischer Einbeziehung und Umwandlung Nietzsche's Ethos und Künstlertum in meinem Falle gefunden hat«, wolle er einer Kritik überlassen, die sich dazu bemüßigt fühle. Das hat sich die bemüßigte Kritik nicht zweimal sagen lassen; die Zahl der Untersuchungen über Nietzsche und Thomas Mann ist schier unübersehbar. Er selbst hat sich dazu im *Lebensabriß* – der Leser findet ihn im Band *Über mich selbst* dieser Ausgabe – sehr bündig geäußert.

Seine Art der Aneignung und Umwandlung Nietzsches, so heißt es dort, sei auf jeden Fall eine komplizierte Art gewesen, die »sich zur Mode- und Gassenwirkung des Philosophen, allem simplen ›Renaissancismus‹, Übermenschenkult, Cesare Borgia-Ästhetizismus, aller Blut- und Schönheitsgroßmäuligkeit, wie sie damals bei groß und klein im Schwange war, durchaus verachtungsvoll verhielt. Der Zwanzigjährige verstand sich auf die Relativität des ›Immoralismus‹ dieses großen Moralisten; wenn ich dem Schauspiel seines Hasses auf das Christentum zusah, so sah ich seine brüderliche Liebe zu Pascal mit und verstand jenen Haß durchaus moralisch, nicht aber psychologisch, – ein Unterschied, der sich mir auch in seinem – kulturkritisch epochalen – Kampf gegen das bis in den Tod Geliebteste, gegen Wagner zu bewähren schien. Mit einem Wort: ich sah in Nietzsche vor allem den Selbstüberwinder; ich nahm nichts wörtlich bei ihm, ich *glaubte* ihm fast nichts, und gerade dies gab meiner Liebe zu ihm das Doppelschichtig-Passionierte, gab ihr die Tiefe... Mochte doch die persönliche Verwandlung, die Nietzsche in mir erfuhr, Verbürgerlichung bedeuten. Diese Verbürgerlichung schien mir und scheint mir noch heute tiefer und verschlagener als aller heroisch-ästhetische Rausch, den Nietzsche sonst wohl literarisch entfachte. Mein Nietzsche-Erlebnis bildete die Voraussetzung einer Periode konservativen Denkens... zuletzt aber hat es mich widerstandsfähig gemacht gegen alle übel-romantischen Reize, die von einer *inhumanen* Wertung des Verhältnisses von Leben und Geist ausgehen können und heute so vielfach ausgehen.« Im übrigen, so betont er, sei dieses Erlebnis nicht Sache einer »einmalig raschen Entdeckung und Rezeption« gewesen, sondern habe sich auf Jahre verteilt und in Schüben vollzogen. Seine früheste Wirkung sei »eine psychologische Reizbarkeit, Hellsichtigkeit und Melancholie« gewesen, deren Wesen er sich später »kaum noch recht klarzumachen« wußte.

So 1930, zwölf Jahre nach dem Erscheinen der *Betrachtungen eines Unpolitischen*, in denen es kaum eine Seite ohne Nietzsche gibt, die eine einzige Demonstration der Anverwandlung und Verbürgerlichung Nietzsches sind. Dreizehn Jahre danach setzt Thomas Mann zu seinem Musiker-Roman *Doktor Faustus* an, der – wie er rundheraus feststellt – ein »verkappter Nietzsche-Roman« ist. Wie weit und wie sehr bis in viele kleine Details hinein dies zutrifft, ist in den Nachbemerkungen des Herausgebers zum *Doktor Faustus* in dieser Ausgabe berichtet. Der Essay *Nietzsches Philosophie im Lichte unserer Erfahrung* hängt mit diesem Roman aufs engste zusammen, ist gleichsam aus ihm hervorgegangen und wurde unmittelbar im Anschluß an den Roman geschrieben. Die Absicht, das ganze Phänomen Nietzsche außerhalb aller fiktiven Verkleidung einmal bündig darzulegen, regte sich bereits während der Niederschrift des *Doktor Faustus*. Für das Frühjahr 1946 war wieder ein großer öffentlicher Vortrag in der Library of Congress in Washington vorgesehen, und schon in einem Brief Thomas Manns vom Ende Dezember 1945 heißt es: »Ich denke zuweilen daran, daß ich über Nietzsche sprechen werde, denn das ist ein geistiges, literarisches Thema, wie ich es liebe und einem ausgesprochen politischen vorziehe, aber es hat natürlich auch politische Implikationen und wäre so gut wie der letzte Vortrag [*Deutschland und die Deutschen*] ein Beitrag zur Psychologie des Deutschtums.« Nur freilich dachte er jetzt an einen großen Vortrag, den er nicht nur in Washington und New York, sondern auch anschließend auf seiner ersten großen Europareise nach dem Krieg halten konnte. War Nietzsche für die »Wiederbegrüßung Europas« geeignet? Er zweifelte, aber »immerhin, andererseits«, meinte er, »steckt nicht in dem Nietzsche-Thema auch wieder die ganze Zeit-Thematik und -Problematik, mit der *jeder* Vortrag sich zu beschäftigen hätte?« Er dachte an den Titel *Nietzsche und das deutsche Schicksal* und erläuterte in

einem Brief an Ernst Heimeran am 23. März 1946, was ihm vorschwebte:
»Eine erneute direkte Beschäftigung mit den Nietzscheschen Schriften hat mich der Continuität und Einheit sowohl wie der unzweifelhaften Entartung seines Denkens recht innewerden lassen. Von Anfang an ist die Idee von der alleinigen Rechtfertigung des Lebens als eines *ästhetischen* Phänomens und von seinem notwendig perspektivischen, illusionären Charakter bestimmend, die den ganzen späteren Anti-Moralismus in sich schließt und, sicher unter dem Einfluß des Hirngiftes, in eine hektische und jammervolle Verherrlichung des Bösen ausartet, – ganz unmöglich und oft geradezu lächerlich für uns Heutige, die wir das Böse in seinem ganzen ordinären Schwachsinn kennen gelernt haben.« Und am 3. April 1946 an Heinz Politzer: »... ich bin im Begriff, einen Vortrag über Nietzsche auszuarbeiten, des Sinnes, daß er, der nicht genug den ›theoretischen Menschen‹ schmähen konnte, jeder Beziehung zur Wirklichkeit entbehrte und im leeren Raum ein mythisches Lebensschauspiel zur Aufführung brachte und sich in ästhetizistischen Kühnheiten unverantwortlichster Art erging.«
Dies die Grundthese. Der nachmals gewählte Titel *Nietzsches Philosophie im Lichte unserer Erfahrung* machte sie vollends deutlich. Thomas Manns schwere Erkrankung im April–Mai 1946 erzwang eine Verschiebung des ganzen Vorhabens um ein Jahr, aber er hielt an dem Plan fest. Am 29. Januar 1947 hatte er den »verkappten Nietzsche-Roman« abgeschlossen, und schon zwei Tage darauf meldet das Tagebuch, er gedenke jetzt alle »journalistischen Zumutungen abzuwehren« und sich ganz dem Nietzsche-Vortrag zu widmen. Er brauchte noch einige Tage für geringfügige *Faustus*-Umarbeitungen, aber am 9. Februar 1947 wandte er sich endgültig dem Nietzsche-Vortrag zu. Die Materialsammlung machte keine Schwierigkeiten: es war alles noch frisch in seinem Kopf und in den Material- und Notizen-Mappen zum *Doktor Faustus* zur Hand. Eine knappe Woche ging mit den Vorarbeiten hin – das Tagebuch vermerkt lediglich »Gelesen und geschrieben.

Lektüre und Notizen« –, und am 17. Februar begann er mit der Niederschrift. Sie beschäftigte ihn genau einen Monat lang und ging vergleichsweise glatt und ohne Stockung von der Hand. Freilich heißt es schon am 1. März: »viel zu lang!«, aber im übrigen meldet das Tagebuch nur lakonisch täglich »eifrige« oder »angestrengte« Arbeit, und am 17. März 1947 war alles, neununddreißig seiner großen handschriftlichen Seiten, auf dem Papier.

Nun galt es, wie stets, das Geschriebene auszuprobieren. Am 25. März 1947 las er den ganzen Nietzsche-Aufsatz in zwei Stunden, unterbrochen von einer Souper-Pause, einem kleinen Kreis vor: den Ehepaaren Adorno und Ludwig Marcuse, dem Schriftsteller Wilhelm Speyer, Frau Katia und dem Schwager Klaus Pringsheim, und notierte: »Erheblicher Eindruck«. Am 2. April wiederholte er die Vorlesung in derselben Weise, vor anderen Gästen: dem Ehepaar Horkheimer, Dr. Albrecht Joseph, den Freundinnen Eva Herrmann und Liesl Frank, sowie der Tochter Erika und dem »jungen Pringsheim«, dem Sohn des Schwagers. Diesmal weiß das Tagebuch mehr zu berichten: »Viel Bewunderung, wenig Kritik, außer daß Fascismus und Sozialismus eben doch keine reinen Gegensätze bilden. Lob der Diktion: *›Wo wird noch so geschrieben?‹* In Alt-Europa schon. Aber dort fehlt die Vielschichtigkeit des deutschen Wortes.« Der von den Zuhörern gemachte Einwand taucht kurz darauf, in einem Brief an die Freundin und Gönnerin Agnes E. Meyer in Washington vom 6. April 1947, noch einmal auf: »Ein schwacher Punkt ist die strikte Opponierung von Fascismus und Sozialismus, wo doch auch der Fascismus sozialistische (oder pseudo-sozialistische) Elemente enthält und manche anti-kapitalistische Äußerung N.'s ebenso gut fascistisch gedeutet werden kann.«

Natürlich war er auch in anderer Hinsicht nicht zufrieden; das lag wieder einmal, wie mit allen diesen Vorträgen, die aus Essays »herauspräpariert« werden mußten, in der Natur der Sache. »Ich habe«, heißt es in dem Brief an Agnes E. Meyer weiter, »möglichst viel von dem, was zu sagen wäre, im

Fluge berührt, aber das Schlimme ist nun, daß ich von dem Geschriebenen knapp die Hälfte mündlich werde vorbringen können. So muß beim Vortrag ›das Unzulängliche Ereignis‹ werden.« Erika Mann hatte, wie stets, die Kürzungsarbeit übernommen und vorerst vierzehn Seiten gestrichen, »wobei es noch ziemlich ohne Blutvergießen abgegangen ist. Aber es müssen fünfundzwanzig sein, und nun beginnt das Morden!« Und an Fritz Strich schrieb er, den Nietzsche habe er »doppelt so lang geschrieben als ich ihn aufsagen kann – und das Doppelte ist die Hälfte von dem, was zu sagen wäre. Erwarten Sie also in der Stunde nur ein Süppchen!«
Thomas Mann hielt den auf die Hälfte gekürzten Vortrag in englischer Sprache in Washington und New York und anschließend in London, auf deutsch in Zürich, Bern und Basel und nach seiner Rückkehr noch einmal auf englisch in San Francisco. Der ungekürzte deutsche Text erschien noch im Herbst 1947 in der Stockholmer ›Neuen Rundschau‹ und im Januar 1948 auch als Lizenzausgabe im Suhrkamp Verlag in Berlin. Thomas Mann war, nach Amerika zurückgekehrt, mit dem Erfolg des Vortrages zufrieden, mit der Arbeit selbst aber nicht glücklich. Er hatte »versucht, zwischen Kritik und Ehrerweisung das Gleichgewicht zu halten«, aber er blieb dabei, daß der *Doktor Faustus* »erst der richtige Nietzsche-Roman« sei, »gegen den jener Aufsatz nur small talk, ein kleines Geplauder ist«. Der Nietzsche-Vortrag, schrieb er an Walter A. Berendsohn, »ist eine von der Stunde bestimmte Improvisation und keineswegs die Erfüllung dessen, was ich mir von einer solchen Arbeit wohl erträumt habe. Den Nietzsche-Aufsatz, den ich meinte, bin ich schuldig geblieben. Der ›Faustus‹ mag als ein gewisser Ersatz dafür gelten.« Es bekümmere ihn, heißt es in einem Brief an Hermann E. Hinderks, einen Nietzsche-Fachmann, daß der Aufsatz zu *Leiden und Größe Richard Wagners* »kein würdiges Gegenstück bildet, wie er das, wenn ich mein ganzes Erlebnis eingesetzt hätte, durchaus hätte tun müssen. Schuld war die historische Stunde, in der ich schrieb, und die meine Kritik politisch schärfte, aber von Wissen und Gefühl vieles vergessen ließ.

Auch war es mir wohl besser gegeben, einen Künstler, als einen Denker, darzustellen.«

Wagner und Freud

Mit Wagner stehen wir am Anfang von Thomas Manns jugendlicher Erlebniskette. »Ich werde eben wieder jung, wenn es mit Wagner anfängt«, schrieb er 1949 an Preetorius. Mit Wagner fing es in der Tat an, als der halbwüchsige Schüler im Lübecker Stadttheater den gefeierten Emil Gerhäuser als Stolzing, als Tannhäuser und vor allem als Lohengrin hörte. Sechzig Jahre später war er vom ersten Akt des ›Tristan‹ noch immer »vollständig begeistert«, und das Vorspiel zum ›Lohengrin‹ galt ihm, wie er im selben Brief bekennt, als das Wunderbarste, was Wagner überhaupt geschrieben habe – »es ist eine echte, bleibende, bei jedem Kontakt sich erneuernde Jugendliebe«; er war »jedesmal helles Entzücken wie mit achtzehn Jahren«. Die »Passion für Wagners zaubervolles Werk« begleitete sein Leben, »seit ich seiner zuerst gewahr wurde und es mir zu erobern, es mit Erkenntnis zu durchdringen begann«, und tiefer noch als Nietzsche hat dieses Werk sich in Thomas Manns eigenes Schaffen eingegraben. »Parfümierter Qualm, in dem es blitzt!« Das ist Herrn Pfühls Auffassung von ›Tristan und Isolde‹, ehe es der geduldigen Gerda Buddenbrook gelingt, die »Liebe zu dieser Kunst« in ihm zu erwecken. »Junge Leute, die das Nothung-Motiv pfeifen«, wandern durch das leuchtende München der frühen Novelle *Gladius Dei*; um dieselbe Zeit entsteht die Erzählung *Tristan*, in der sich, von Wagner angezettelt, sehr Kummervolles begibt; einige Jahre darauf stiftet Wagner von Anfang bis Ende die verruchte Zwillingsnovelle *Wälsungenblut*; die *Betrachtungen eines Unpolitischen* sind über lange Strecken eine einzige Erörterung des Phänomens Wagner; die von Wagner entlehnte und ins epische Schaffen übertragene Leitmotivik zieht sich als ein unentbehrliches Schilderungsmittel durch Thomas Manns gesamtes Erzählwerk, das »Verweben von Mythos und Psychologie« der Joseph-Romane kommt eingestandenermaßen von Wagner her, und ihre Tetralogie-Gliederung entspricht der des ›Ring‹. Dies nur die hervorragendsten Beispiele einer unablässigen, lebenslänglichen Anregung und Befruchtung, die ihre Wurzel in der »erkennenden Hingabe« und »hellsichtigen Liebe« des Jünglings hat.

»Auf jeden Fall«, so versicherte er Ernst Bertram in einem Brief vom 4. Juni 1920, »bleibt Wagner der Künstler, auf den ich mich am besten verstehe und in dessen Schatten ich lebe«. Dies bedeutete jedoch nicht, daß sein Verhältnis zu Wagner durch sechzig Jahre stetig und gleichbleibend auf dieselbe Höhe gestimmt gewesen wäre. Ein Blick auf die in diesem Band versammelten Aufsätze zeigt, welch großen Schwankungen dieses Verhältnis immer wieder unterworfen war. »Meine Redeweise über Wagner hat nichts mit Chronologie und Entwicklung zu tun«, schrieb er 1942 an Agnes E. Meyer. »Es ist und bleibt ›ambivalent‹, und ich kann heute so über ihn schreiben und morgen so –« Und Preetorius gegenüber, einem ausgepichten Wagner-Kenner, meinte er: »Wir würden uns gut verstehen in unserem Enthusiasmus, – und in seinen skeptischen Brechungen.« So machte sein Enthusiasmus um das Jahr 1911, zur Zeit der Niederschrift des *Tod in Venedig*, eine ausgesprochene Krise durch, wovon sein frühester selbständiger Wagner-Aufsatz zeugt: *Über die Kunst Richard Wagners*, für die Wiener Zeitschrift ›Der Merker‹ im Juni 1911 geschrieben und in ihr unter dem aggressiven Titel *Auseinandersetzung mit Wagner* veröffentlicht. Der Aufsatz, schrieb Thomas Mann an Bertram, sei eine »eigentlich unverantwortlich skizzenhafte und journalistische Abfertigung eines Gegenstandes, den auf eine gründliche und entscheidende Weise zu behandeln eigentlich der Augenblick gekommen wäre«, und von der Krise, in der er, Thomas Mann, sich gegenüber dieser Kunst befinde, gebe das »Aufsätzchen« keine Vorstellung. »Ich hörte letzten Montag probeweise die ›Götterdämmerung‹ – mein innerer Widerstand gegen diese wüste Schau-Spielerei mit menschlicher Leidenschaft und menschlicher Tragik ging bis zur halblauten Empörung. Dieser Produktion Tempel bauen, dachte ich in meiner Bitterkeit, kann nur eine barbarische und geistig halbblinde Nation. Gut, daß ich dergleichen nicht geschrieben habe; mit der Zeit werde ich wohl ruhiger und gerechter denken lernen.« Und an den Kritiker Julius Bab, ebenfalls 1911: »Die Deutschen sollte man vor die Entscheidung stellen: Goethe oder Wagner. Beides zusammen geht nicht. Aber ich fürchte, sie würden ›Wagner‹ sagen. Oder doch vielleicht nicht? Sollte nicht doch vielleicht jeder Deutsche im Grunde seines Herzens *wissen*, daß Goethe ein unvergleichlich verehrungs- und vertrauenswürdigerer Führer und Nationalheld ist, als dieser schnupfende Gnom aus Sachsen mit dem Bombentalent und dem schäbigen Charakter? Quaeritur.« Und vier Jahre später, im November 1915, mitten im Krieg, als er die *Betrachtungen eines Unpolitischen* in Angriff nahm, erklärte er in einem Brief an einen Frager, der sich nach dem ›Merker‹-Aufsatz erkundigte: »Wagner, – das ist, mit dem alten Briest zu reden, der mir zuweilen lieber ist, als Wotan, ›ein weites Feld‹. Er ist riesengroß, vielleicht der *stärkste* Künstler aller Zeiten. Aber als Geist und Charakter – auch als künstlerischer Charakter – so problematisch, daß es mir immer Einfalt schien, diesen Zauberer mit dem Großen, Reinen, Wahren, Guten, mit Goethe etwa, zusammen zu nennen, – immer, auch als ich jünger und für seine unerhörten Wirkungen noch empfänglicher war, als heute.«

Den kurzen Aufsatz *Wie stehen wir heute zu Richard Wagner?* von 1927, der genaugenommen ein Brief an einen Münchner Opernregisseur ist, nahm Thomas Mann trotz seiner fast aphoristischen Knappheit in den Essayband *Die Forderung des Tages* mit gutem Grund auf, denn er ist wie alles, was er über Wagner schrieb, eine höchst persönliche, nur für ihn selbst verbindliche Aussage und als solche eine Station auf dem Wege zu jener »ruhigeren und gerechteren« Auffassung Wagners, die er sich erhoffte und in dem großen, umfassenden Essay *Leiden und Größe Richard Wagners* von 1933 schließlich vorlegte. Von diesem Aufsatz sagte er bald nach seiner Niederschrift: »Er war eine Lebensangelegenheit; alle Motive meines Denkens und Dichtens klingen darin an.« In der Tat bezeichnet der französische Satz von Maurice Barrès, der ihm als Motto vorangestellt ist, genau das, was dieser Essay ist, nämlich Summe einer Lebenserfahrung mit dem Werk Wagners, geordnete, ausgewogene und wohltemperierte Gesamtschau und Zusammenfassung von vier Jahrzehnten intensiver und stets ambivalenter Auseinandersetzung mit diesem Werk, seinem Schöpfer und seiner Zeit. So versteht es sich, daß vieles vor Jahr und Jahrzehnt Gedachte und Formulierte zum Teil wörtlich, zum Teil umgeformt in den Essay eingegangen ist; der Leser kann ihm ohne viel Mühe nachspüren. Im *Versuch über das Theater* von 1908 finden sich erste Bausteine. Das umfangreiche Notizenkonvolut mit der zugehörigen Materialsammlung zu dem unvollendeten *Litteratur-Essay* von 1909–1912, der sich in seinen ersten Teilen sehr ausführlich mit Wagner beschäftigt, wurde herangezogen und alles Dienliche darin verwertet. Eingeschmolzen wurde auch *Die Kunst Richard Wagners*, die sich ihrerseits auf die Notizen zum Literatur-Essay stützt, wörtlich übernommen wurden mehrere Absätze aus den *Betrachtungen eines Unpolitischen* von 1918, und neu formuliert viel anderes, auf Wagner bezügliches Gedankengut in demselben Buch. Auch dem Aufsatz *Ibsen und Wagner* von 1928, erstmals in der ›Vossischen Zeitung‹ veröffentlicht, wurden Motive entnommen, die in den neuen Zusammenhang gehörten. Die Wesensunterscheidung zwischen Goethe und Wagner, zwischen Werk und menschlichem Format, die Thomas Mann vormals so scharf akzentuierte, ist auch hier wieder ein entscheidendes Element der Schilderung.

In diesem Zusammenhang der persönlichen Lebens- und Kunsterfahrung sind in dem Essay ausgesprochen und unausgesprochen mancherlei autobiographische Bezüge enthalten: auf das »Lebensplanmäßige« im eigenen Werk, die bürgerliche Arbeitsdisziplin, die fruchtbare Vormittagsarbeit; auf das Beziehungsgeflecht zwischen den einzelnen Werken, die Verschachtelung der schöpferischen Konzeptionen und das gleichzeitige Nebeneinander von Frühem und Spätem; auf die Geduld als die wahre schöpferische Tapferkeit, auf die Beziehung zwischen Kunst und Krankheit, den tiefinnersten Unernst aller echten künstlerischen Bemühung und seine Sublimation in der Parodie; auf den Verlust der Nuance und die »heruntergekommene Geistigkeit« seiner eigenen Zeit, von dem spätere Tagebuch-Aufzeichnungen mit direktem Hinweis auf den Wagner-Essay sprechen – dies alles ist herauszuhören.

Anlaß war der fünfzigste Todestag Wagners am 13. Februar 1933. Die Amsterdamer Wagner-Gesellschaft plante eine Gedenkfeier, bei der Thomas Mann, umrahmt von der Trauermusik aus der ›Götterdämmerung‹ und dem von ihm über alles geliebten ›Lohengrin‹-Vorspiel unter Willem Mengelberg den Festvortrag zu halten versprochen hatte. Die Première des Vortrages sollte auf Einladung der Münchner Goethe-Gesellschaft am 10. Februar in München stattfinden, im Anschluß an Amsterdam sollte Thomas Mann den Vortrag auf französisch in Brüssel und Paris wiederholen. »Da heißt es sich zusammennehmen«, schrieb er an Reisiger. Félix Bertaux, der schon den *Tod in Venedig* übersetzt hatte, übernahm es, die französische Fassung herzustellen. Thomas Mann unterbrach die Arbeit am dritten Joseph-Roman und wandte sich Ende Dezember 1932 dem Wagner-Essay zu. Die Zeit war knapp, es standen nur etwa sechs Wochen zur Verfügung, und es gab viel zu lesen und wiederzulesen, ehe die Niederschrift begonnen werden konnte. Als er am Neujahrstag 1933 sich an Bertaux wandte, war er noch dabei, das Material »zusammenzuschreiben« und hatte mit der Komposition noch kaum angefangen. Das Manuskript für den einstündigen Vortrag werde etwa zwanzig Maschinenseiten umfassen und, so meinte er, in der zweiten Januarhälfte fertig sein.

Der Vortrag *Leiden und Größe Richard Wagners* war die letzte Arbeit, die Thomas Mann in seinem Münchner Haus in Angriff nahm und vollendete. Er nahm den ganzen Januar 1933 in Anspruch. Die Arbeit, so schrieb er an Hermann

Hesse, gehe »etwas über meine Kräfte«, die Nerven seien »in ziemlich strapaziertem Zustande«. Die Klage findet sich in fast allen Briefen dieser angestrengten Arbeitswochen. »Ich habe ein bißchen viel zu tragen, auch zu vielerlei«, heißt es in einem Brief an Adele Gerhard vom 2. Januar; der Wagner-Vortrag sei »eine heikel-reizvolle Aufgabe mit großen Kompositionsschwierigkeiten bei starkem Gedankenzudrang«. Daß ihm zu Wagner nicht genug einfallen könne, hatte er keinen Augenblick lang zu befürchten; vielmehr war schon sehr bald klar, daß der Vortrag, wieder einmal, zu einer größeren Arbeit anwuchs und mit den vorgeschriebenen zwanzig Seiten unmöglich auszukommen war. »Mich auf das Thema Wagner einzulassen«, schrieb er an den Jugendfreund Walter Opitz, »war gefährlich von vorneherein, denn da gibt es gerade für mich nicht wenig zu sagen, und es ist ein Kunststück, kein Buch zu schreiben.« Am 20. Januar übersandte er Bertaux die ersten sechsundzwanzig Seiten des Manuskriptes – »Leider nur eine vorläufige Sendung, denn die Arbeit zieht sich in die Länge und ich bin noch nicht fertig damit, – das gesamte Manuskript wird wohl auf vierzig oder gar fünfzig Seiten kommen.« Der »gewaltige Rest« des Wagner-Manuskriptes ging am 31. Januar an Bertaux ab, das Ganze an S. Fischer nach Berlin für den Vorabdruck in der ›Neuen Rundschau‹. Für das Märzheft der Zeitschrift war es freilich schon zu spät; also wurde er für das Aprilheft vorgesehen, und eine Buchausgabe sollte sofort anschließend, noch im selben Monat erscheinen.

Der Essay war fertig – die letzten Zeilen wurden am 30. Januar, dem Tag des nationalsozialistischen Umsturzes in Berlin, geschrieben , nicht aber der Vortrag. Der mußte noch »eingerichtet« und mit seinen zwanzig Seiten aus dem Essay herausgeschält werden. »Daran bin ich gewöhnt«, schrieb Thomas Mann am 9. Februar an Bertaux. »Ich habe in den letzten Tagen überhaupt nichts getan, als mir ins eigene Fleisch zu schneiden. Denn Sie wissen ja, wie umfangreich die Studie geworden ist und was darin alles fürs Mündliche über Bord geworfen werden muß.« Tags darauf, am

10. Februar, hielt er im Auditorium maximum der Münchner Universität den Wagner-Vortrag zum ersten Mal. Der Saal war bis auf den letzten Platz gefüllt, wenngleich man, bei genauerem Hinsehen, manche Repräsentanten des Münchner Kulturlebens, Musiker insbesondere, vermißte; immerhin, die Professoren Brecht und Vossler hatten, wie Thomas Mann sich erinnerte, es sich nicht nehmen lassen, und »Vossler sagte, es sei der beste Vortrag, den er je an dieser Stelle gehört habe«. Die fünfhundertköpfige Zuhörerschaft folgte gespannt und respektvoll und dankte mit stürmischem Beifall. Man befand sich, wie es schien, durchaus noch im zivilisierten München, es gab keine Unruhe und keine Störung. Da das für den Festvortrag auf ein knappes Drittel gekürzte Manuskript nicht erhalten ist, wissen wir nicht, welche Teile Thomas Mann für den Vortrag ausschied. Er sagte später lediglich: »Während es sich bei dem Aufsatz um ein der literarischen Aufnahme zugedachtes, an Brechungen und Abtönungen des Gedankens reiches Bekenntnis handelte, war der Vortrag für einen festlichen Zweck bestimmt und verzichtete selbstverständlich auf manche psychologische Schärfe, die einem solchen Zweck hätte zuwiderlaufen können.« Die Zeitungen berichteten denn auch sachlich und achtungsvoll und fanden nichts zu bemängeln. Einzig der nationalsozialistische ›Völkische Beobachter‹ war ausgesprochen unfreundlich.

Die Vortragsreise verlief programmgemäß. Im Anschluß an sie fuhren Thomas Mann und Frau Katia auf einen geplanten Erholungsurlaub nach Arosa. Von ihm kehrten sie nicht nach Deutschland zurück. Denn inzwischen hatte in München die Hetze gegen Thomas Mann begonnen. Man beschuldigte ihn, im Ausland den Ruhm Wagners besudelt und das Ansehen Deutschlands verunglimpft zu haben. Die Veröffentlichung des Aufsatzes im Aprilheft der ›Neuen Rundschau‹ rief den berüchtigten ›Protest der Richard-Wagner-Stadt München‹ vom 16. April hervor, der eine einzige Schmähung war. »Die Methode ist es, die zum Himmel schreit«, schrieb Thomas Mann an Bruno Walter, »denn das war keine Polemik, es war eine lebensgefährliche Denunziation, und von ihr datieren alle die feindseligen Handlungen von Amtes wegen gegen meine Person –« Er antwortete mit seiner *Erwiderung* aus Lugano vom 19. April, die auch von mehreren bedeutenden deutschen Zeitungen veröffentlicht wurde, aber im übrigen keine Wirkung tat. Es war Thomas Mann klar, »daß ich unter Menschen, die in diesem Ton von mir und meiner Arbeit redeten, nicht zurückkehren konnte«. Was den Wagner-Aufsatz selbst betraf, so schrieb er ein wenig später einem Bewunderer: »Ich gestehe, daß ich selbst ein faible für ihn habe und ihn für meine beste essayistische Arbeit halte – vielleicht um der brutalen Behandlung willen, die er erfahren hat und die für mein Außenbleiben entscheidend geworden ist.«

Im Zürcher Exil, vier Jahre später, unterbrach er die Arbeit an *Lotte in Weimar*, um seinen zweiten großen Wagner-Vortrag einzuschieben, den der Zürcher Theaterverein anläßlich einer Gesamtaufführung des ›Ring des Nibelungen‹ erbat und der in der Aula der Universität Zürich stattfinden sollte. Das erinnerte Thomas Mann sehr an sein letztes Auftreten in der Münchner Universität, und er mochte nicht nein sagen. »Es mag diese Erinnerung gewesen sein, die mich bestimmte, die Einladung trotz ihrer Ungelegenheit anzunehmen ... und dann wegen des Gegenstandes, den ich keinem andern gönne, einfach weil ich am meisten davon verstehe.« Die Veranstalter hatten ihm kaum vierzehn Tage Zeit gelassen. Er begann sogleich, am 26. Oktober 1937, mit den Vorarbeiten, las in Wagners Schriften über den Ring – »Das Persönliche abstoßend. Verlangt als Mensch ›geliebt‹ zu werden«, notierte er –, spielte aus seiner großen Sammlung von Wagner-Platten vor allem ›Siegfried‹ und ›Götterdämmerung‹ »mit Text und Bleistift« durch und begann am 31. Oktober mit der Niederschrift von *Richard Wagner und der ›Ring des Nibelungen‹*. Während der Arbeit las er an mehreren Abenden Nietzsches ›Richard Wagner in Bayreuth‹ wieder und notierte dazu im Tagebuch: »– wundervoll geschrieben und schon sehr erkenntnisreich, vieles unterdrückend. Darüber schreibt niemand, ohne sich heimlich vor Leiden zu winden. Wie kommt es, daß auch ich noch Pietät halten muß? Auch wieder aus Zartheit und Dankbarkeit.« Am 13. November beendete er die Niederschrift, unzufrieden mit ihrer Komposition und »Unsprechbarkeit«, fand aber nach einer Probevorlesung im Freundeskreis, die »großen Eindruck« machte, daß er doch wohl »das Richtige getroffen« hatte. Einige Kürzungen, Milderungen zur Schonung der Feststimmung wurden vorgenommen, und die Veranstaltung am 16. November verlief zur Zufriedenheit. Thomas Mann veröffentlichte den Aufsatz im Januar/Februar-Heft 1938 seiner Zeitschrift ›Mass und Wert‹ und nahm ihn 1945 in seinen Essayband *Adel des Geistes* auf.

Der Zürcher Vortrag, »bei dem ich durchaus zum Positiven angehalten war«, sei ihm, schrieb er später, »vielleicht sogar lieber als der allzu ›psychologische‹ erste«. Natürlich fesselte ihn der persönliche Aspekt – »daß es sich mit dem Zusammenhang und der Selbständigkeit der einzelnen Romane [der Joseph-Tetralogie] ungefähr so verhält, wie mit derjenigen der vier Abende des Ringes«. Aber es war noch etwas anderes. Er habe, heißt es in einem Brief an Kuno Fiedler vom 21. Dezember 1937, bei der Niederschrift gewiß viel »hinunterzuschlucken« gehabt: »Ich weiß Bescheid. Nur ist es mit Wagner sehr ähnlich wie mit Schopenhauer: auch der birgt Schreckliches, besonders wenn man die politischen Konsequenzen seiner Lehre bedenkt, die er ja z. T. selbst gezogen hat. Aber welches Niveau, welche Kunst, welche Humanität immer noch! Es ist eben doch noch das alte, große Deutschland, wenn auch schon auf der Kippe – und schließlich, was wollen Sie, das ist meine Heimat, ich werde gerührt, wenn ich darauf komme, am Ende bin ich der Verfasser der ›Betrachtungen eines Unpolitischen‹, war es nicht nur, sondern bin es.«

Er hatte gemeint, dies sei nun doch wohl das letzte Mal, daß er über Wagner schreibe. Aber es waren eben die »politischen Konsequenzen« Wagners, die ihn noch einmal zu dem Thema zurückriefen, über das er »Bescheid wußte«. Am 24. Oktober

1939 übersandte ihm, wie das Tagebuch vermerkt, die New Yorker Monatsschrift ›Common Sense‹ ihr Novemberheft mit einem Aufsatz ›Hitler and Richard Wagner‹ von Peter Viereck, dem Sohn des exzentrischen deutsch-amerikanischen Publizisten George Sylvester Viereck, der Thomas Mann aus der Zeit nach dem Ersten Weltkrieg bekannt war. Der Aufsatz spürte zahlreiche »nazistische Elemente« in Wagners Schriften auf und analysierte das Wagner-Erbe in der damals herrschenden nationalsozialistischen Ideologie. Das war für Thomas Mann kein neues Thema. Aber es hatte sich ihm noch nie so klipp und klar, so nackt und unvermummt gestellt – im Zürcher Vortrag war es aus guten Gründen ausgespart gewesen –, und so ergriff er die Gelegenheit zu einer ausführlichen ergänzenden Randbemerkung zu seinen beiden großen Wagner-Vorträgen, die er vom 5. bis 10. November 1939 in Princeton schrieb. Sie erschien in Form eines Briefes an den Herausgeber unter dem Titel *In Defense of Wagner – Zu Wagners Verteidigung* – im Januarheft 1940 von ›Common Sense‹.

Wagner und kein Ende ist der Text des zu Beginn dieses Abschnittes bereits angeführten Briefes Thomas Manns an Emil Preetorius vom 6. Dezember 1949 über dessen Schrift ›Wagner, Bild und Vision‹. Er erschien erstmals in der ›Süddeutschen Zeitung‹ vom 6. April 1950, und Thomas Mann nahm ihn, da er weit mehr als ein Brief, vielmehr ein runder kleiner Aufsatz ist, in den Band *Altes und Neues* auf. »Es ist viel ›Hitler‹ in Wagner« – dieser Satz im Brief an Preetorius taucht in Thomas Manns späten Schriften über Wagner in verschiedenen Varianten immer wieder auf, von der Antwort an Viereck bis zur Rezension der Wagner-Briefe der Sammlung Burrell. »Das ist zuviel Abstoßendes, zuviel ›Hitler‹, wirklich zuviel latentes und alsbald auch manifestes Nazitum, als daß rechtes Vertrauen, Verehrung mit gutem Gewissen, eine Liebe möglich erschiene, die sich ihrer nicht zu schämen braucht. Und doch!« Es ist dieses »Und doch!«, das sich zu guter Letzt auch hier gegen alle Bedenken durchsetzt. Der Aufsatz *Briefe Richard Wagners*, geschrieben vom 5. bis 13.

Dezember 1950, ist eine von der New Yorker Zeitschrift ›Saturday Review of Literature‹ erbetene Besprechung der amerikanischen Ausgabe von ›Letters of Richard Wagner. The Burrell Collection‹, herausgegeben von John N. Burk, im Verlag Macmillan, New York, 1950, die 1953 auch deutsch im S. Fischer Verlag, Frankfurt, erschien. Nichts charakteristischer für den Wagner-Essayisten Thomas Mann, als der Brief, mit dem er am 15. Dezember 1950 das Manuskript an die Redaktion sandte: »Sie sehen, was ich angerichtet habe. Ich wußte, daß ich ein unpraktischer und unmöglicher Mitarbeiter bin, habe aber in dieser Eigenschaft diesmal mich selbst übertroffen. Verführt von dem mir immer noch auf den Nägeln brennenden Gegenstand, habe ich sehenden Auges statt einer brauchbaren Buchbesprechung einen Aufsatz von 14 Maschinenseiten geschrieben –« Was sei nun mit »dem Ding« anzufangen? Etwa ein Drittel könne man kürzen, mehr aber nicht, und wenn damit nicht geholfen sei, »müssen wir der Tatsache ins Auge sehen, daß Sie sich an den Falschen gewandt haben, und es bleibt Ihnen nichts übrig, als mir das unverwendbare Manuskript mit höflichem Bedauern zurückzuschicken«. Die Redaktion tat nichts dergleichen, der Aufsatz erschien unter dem Titel ›Wagner without blue pencil‹ in der Nummer vom 20. Januar 1951 und deutsch im Januarheft 1951 der ›Neuen Schweizer Rundschau‹. Er war Thomas Manns letztes Wort in dieser wahrhaft lebenslänglichen Auseinandersetzung.

Psychologie und Mythos, so heißt es in *Leiden und Größe Richard Wagners*, sind die beiden Mächte, die Wagners Werk geistig hoch über das Niveau des älteren musikalischen Schauspiels erheben, und sie sind auch die beiden Elemente, die Thomas Mann mit Freud verbinden. Über den Psychologen Wagner allein, so meint er, wäre ein Buch zu schreiben; er mache die Musik in einem Maß wie nie zuvor zum Werkzeug psychologischer Anspielungen, Vertiefungen und Bezugnahmen; seine Zurückführung aller »Liebe« aufs Sexuelle habe unverkennbar psychoanalytischen Charakter: der »erotische

Mutterkomplex« im ›Siegfried‹ und ›Parsifal‹, diese »seelische Radikalforschung und Tiefenkunde ... das ist Freud, das ist Analyse«. Und darin ist auch Freuds Interesse für das Vor-Kulturelle inbegriffen: Kundry, die Höllenrose, ist »geradezu ein Stück mythischer Pathologie«.

Daß in Wagner viel vorweggenommener Freud steckte, spürte Thomas Mann bereits geraume Zeit, ehe er mit Freud so recht vertraut war, und daß in sein eigenes Werk bereits viel Freud eingesickert war, noch ehe er Freud wirklich kannte, das ahnte er, ehe er es wußte, und man brauchte es ihm, wie es anläßlich des *Zauberberg* geschah, nicht eigens nachzuweisen. Die amerikanische Psychoanalytikerin Caroline Newton, eine langjährige Verehrerin und Gönnerin Thomas Manns, hat berichtet, als sie ihn 1929 kennenlernte, habe sich herausgestellt, daß er zur Zeit des Erscheinens des *Zauberberg*, also 1924, nicht nur noch keine Zeile von Freud gelesen habe, sondern daß ihm »nicht einmal sein Name bekannt« gewesen sei. Das ist gewißlich stark übertrieben. Hinweise auf Freud und seine Schriften finden sich bereits in den Tagebüchern von 1919; der Begriff »freudianisch« war ihm geläufig, und er verwendete ihn mit Selbstverständlichkeit. Sollte »›Demian‹, den ich sehr liebe, wirklich von Hesse sein?« schrieb er 1920. »Daß er dem Freudianismus so zugänglich war, sollte mich wundern.« Doch hatte er, das ist richtig, bis zum *Zauberberg* mehr über Freud gelesen als von ihm selbst. Wirklich kennengelernt, so schrieb er 1950 einem amerikanischen Anfrager, habe er Freud »erst *nach* dem ›Zauberberg‹, also zweite Hälfte der 20er Jahre. Damals und später habe ich seine Hauptschriften, die Traumdeutung etc. gelesen. Besonderen Eindruck hat mir ›Totem und Tabu‹ gemacht, das ich für seine beste Arbeit halte.« Er scheint sich um diese Zeit die zwölfbändige Ausgabe von Freuds ›Gesammelten Schriften‹ angeschafft zu haben, die 1925–1934 erschien und die sich neben weiteren Einzelschriften, die er als Quellen für den *Joseph* benutzte, in seiner Nachlaßbibliothek befindet. Spät, aber immerhin, und dann gründlich. Dem amerikanischen Germanisten Frederick J. Hoffmann erläu-

terte er in einem Brief vom 27. Januar 1944 (der nur in englischer Sprache existiert und deshalb hier wortgetreu rückübersetzt ist) sein Verhältnis zu Freud und seiner Forschung genau:
»Es ist richtig, daß ich mit seinen Schriften erst verhältnismäßig spät bekannt wurde. Man konnte jedoch in dieser Sphäre auch ohne direkten Kontakt mit seinem Werk von ihm beeinflußt werden, denn die Luft war schon seit langem voll von den Gedanken und den Ergebnissen der psychoanalytischen Schule. Ich kann mich nicht genau des Jahres erinnern, in dem ich Freuds wichtigste Bücher las, aber ich glaube, es war nach der Vollendung des ›Zauberberg‹, das heißt, wie Sie richtig sagen, etwa 1925. Natürlich hatte ich bereits andere Veröffentlichungen auf diesem Gebiet gelesen, wie ich in meinem Vortrag ›Freud und die Zukunft‹ angegeben habe. Es ist auch völlig richtig, daß ich mich stets mehr für die wissenschaftlichen Implikationen von Freuds Lehre als für ihre medizinischen und therapeutischen Aspekte interessiert habe. Freud selbst hat sich sehr für Archäologie und Mythologie interessiert, und der Einfluß seiner Entdeckungen läßt sich viel klarer in meiner Joseph-Tetralogie als im ›Zauberberg‹ erkennen. Ich war auf Freuds Lehre hauptsächlich durch Schopenhauers Philosophie vorbereitet, mit der sie tief wesensverwandt ist. Bei Schopenhauer habe ich vor allem die Mischung aus Pessimismus und Humanismus bewundert, die mir so äußerst sympathisch ist, und die man in veränderter Form bei Freud wiederfindet. In meiner ersten Arbeit über Freud, die sich mit seiner Stellung in der modernen Geistesgeschichte befaßt, habe ich zu erklären versucht, wie bedeutend und weitblickend diese Mischung mir auch bei Freud zu sein scheint. Er ist zugleich ein Wissenschaftler und ein Gläubiger. Er kennt den Abgrund des Unbewußten und die Triebe und Instinkte, die über die Macht und den Einfluß des Intellekts und der Vernunft weit hinausreichen. Aber zugleich kämpft er für das, was wir Fortschritt nennen, nämlich die Erweiterung des Herrschaftsbereiches der Vernunft und des freien Willens.«

Er habe, so schreibt er an anderer Stelle, Freud wiederholt persönlich getroffen und sei ihm »menschlich nähergetreten«, aber einen Briefwechsel mit ihm gebe es nicht. Es waren indessen nur drei persönliche Begegnungen, und von einem Briefwechsel zwischen ihnen konnte in der Tat nicht die Rede sein. Es sind sieben Briefe und Telegramme Thomas Manns an Freud aus der Zeit 1930–1939 erhalten und fünf Briefe Freuds an Thomas Mann aus der Zeit 1929–1937.
Als Thomas Mann im Frühjahr 1929 vom Club demokratischer Studenten in München zu einem Vortrag über Freud eingeladen wurde, hatte er *Die Geschichten Jaakobs*, den ersten Joseph-Roman, nahezu vollendet, war mit Freuds Schriften, vor allem denen, die der Vorgeschichte und der Mythologie gewidmet sind, gut vertraut und hatte viel Persönliches dazu zu sagen. Er schrieb den Vortrag *Die Stellung Freuds in der modernen Geistesgeschichte* in den Monaten April und Mai 1929 – es läßt sich über die Niederschrift nichts Genaueres berichten, weil aus dieser Zeit keine Tagebuch-Aufzeichnungen erhalten sind – und bezeichnete ihn in einem Brief an den französischen Essayisten Charles du Bos vom 3. Mai 1929 als eine »ausladende Abhandlung über das Problem der Revolution, voller pädagogischer Absichten, und namentlich derjenigen dienend, die psychoanalytische Bewegung als die einzige Erscheinungsform des modernen Anti-Rationalismus erkennen zu lassen, welche keinerlei Handhabe bietet zu reaktionärem Mißbrauch. Habe ich meine Zeit verschwendet?« Mit derlei erkaufe man sich auf jeden Fall in Deutschland das »Gewissensrecht, wieder mythische Allotria zu treiben«. Er hielt den Vortrag am 16. Mai 1929 bei »gewaltigem Zudrang der Jugend« im Auditorium maximum der Universität München, wiederholte ihn am 18. November 1929 im Verein für medizinische Psychologie in München und nahm ihn in seinen neuen Essayband *Die Forderung des Tages* auf, der im Herbst 1929 erschien. Er schickte das Buch an Freud, der ihm am 23. November 1929 mit einem langen Brief antwortete, welcher Thomas Mann tief erschütterte, wie er

später in der kleinen Huldigung *Ritter zwischen Tod und Teufel* bekannte.
Er habe immer, schrieb Freud, Dichter bewundert und beneidet, besonders »wenn sie wie das Ideal meiner Jugend, Lessing, ihre Kunst dem Denken unterwarfen und sie in dessen Dienst stellten. Ich danke Ihnen also besonders dafür, daß Sie mich so entschieden gegen den Vorwurf des reaktionären Mystizismus verteidigen, daß Sie mich in den Zusammenhang des deutschen Geisteslebens einreihen, der ich für diese Nation ein Fremdkörper zu sein vermeinte, und daß Sie meine Unwissenheit als eine zweckmäßig bedingte entschuldigen. Ich wollte wirklich der Intuition nichts zu danken haben, – auch nicht der des Größten – und meine Behauptungen ausschließlich auf die Beobachtung stützen, alles der Sicherheit opfern. Von Nietzsche nichts wissen, war natürlich unmöglich; ich vermied es wenigstens, ihn zu studieren.«
In einem Punkt allerdings möchte er Thomas Manns Darstellung bestreiten: »Ich glaube, es ist nicht richtig, daß mir die übermedizinische Tragweite der analytischen Feststellungen lange verborgen blieb.« Schon nach Vollendung der ›Traumdeutung‹ sei er überzeugt gewesen, daß mit diesem Buch »eine neue Psychologie beginnen werde, und daß keine der sogenannten Geisteswissenschaften die Psychologie entbehren kann, wußte ich ja . . . Nein, ich war nur für meine Person bescheiden, nicht für mein Werk. Die Bedeutung desselben ermaß ich an dem Widerstand, den es wach rief, und ohne festen Glauben an die durchschnittliche Richtigkeit meiner Funde hätte ich die lange Zeit einer doch ungewöhnlich intensiven Vereinsamung und Befeindung nicht überstanden. Wenn ich damals hätte voraussehen können, daß der anerkannte Wortführer des besten Teils des deutschen Volkes einmal eine so freundliche Würdigung meiner Arbeit in die Öffentlichkeit schicken würde!«
Mit Ausnahme von Gerhart Hauptmann war Freud der einzige der »Meister«, dem Thomas Mann zu seinen Lebzeiten mit großen Essays huldigte und dem er noch selbst begegnete. Er antwortete Freud am 3. Januar 1930 und

dankte ihm zugleich für die neue Schrift ›Das Unbehagen in der Kultur‹, die Freud ihm übersandt hatte. Freuds Korrektur, schrieb er, sei ihm von größtem Interesse: »Sie zeigt mir, daß ich besser getan hätte, vor Abfassung der Arbeit Verbindung mit Ihnen zu suchen. Andererseits schreibt man, glaube ich, freier und besser, solange die Persönlichkeit, um die es sich handelt, noch nicht bürgerliche Realität gewonnen hat, sondern im Mythischen verharrt.« Nicht ohne Erschütterung habe er gelesen, was Freud von den Jahren seiner Vereinsamung und Verfemung sage. Was Freud erfahren habe, könne er ein wenig ermessen »an dem, was ich, jetzt, heute, nach diesem Siegeszug Ihrer Lehre, wegen meines Aufsatzes von allerlei deutscher Frömmigkeit und Komplex-Konservativismus zu hören bekommen habe. Es war nicht wohllautend, aber ach, ich habe wenig Grund, stolz darauf zu sein. Ich bin beschämend spät gekommen – *langsame* Natur, die ich durchaus und in allen Stücken bin. Alles muß sehr reif in mir werden, bevor ich es mitteilen kann.«
Er meinte, er werde demnächst in Wien sein, und wollte Freud dann seine Aufwartung machen, aber aus dieser Reise wurde nichts, und er machte ihm seinen ersten Besuch erst am 16. März 1932, als er zu seinem Goethe-Vortrag nach Wien kam. Über diese Begegnung sind keine Aufzeichnungen erhalten. Freud befand sich unter den Gratulanten, die zu einer Glückwunsch-Kassette zu Thomas Manns 60. Geburtstag beitrugen, und bei der Feier von Freuds 80. Geburtstag am 8. Mai 1936 kam Thomas Mann nach Wien, um den Festvortrag zu halten. Die Einladung des Wiener Akademischen Vereins für medizinische Psychologie war schon im Januar an ihn ergangen, und er notierte: »Wichtig, interessant«, aber auch: »Der Band muß fertig sein.« Der »Band« war *Joseph in Ägypten*, der dritte Roman der Tetralogie, an dessen Schlußkapiteln er arbeitete und der in diesem Herbst erscheinen sollte. Er zauderte, den Roman noch einmal zu unterbrechen, sagte erst am 11. März zu und begann erst am 15. April mit den Vorarbeiten. »Notizen und Exzerpte zum Freud-Vortrag«, heißt es im Tagebuch. »Noch sehr ungern.

Es gilt jedesmal, sich zu begeistern, Liebe und Lust zu fassen.« Die Trennung von dem Roman schmerzte ihn, die »Widerstände gegen die Einschaltung« waren heftig, aber »sie müssen überwunden werden«. Er hatte Hausbesuch von einem alten Bekannten, Pastor Kuno Fiedler, und besprach mit ihm auf ihren Spaziergängen die Schwierigkeiten der Arbeit. »Mit Fiedler spazieren; Gespräch über das Individuelle und Mythische«, heißt es im Tagebuch. Sodann: »Der Vortrag entwickelt sich nach der Seite des mythischen Interesses. Zu verbinden ist das Zukünftige.« Schließlich: »Eifrig skizziert. Sehe dem Unternehmen mit einem gewissen leichtsinnigen Vertrauen, ja mit Freude entgegen. Auf dem Spaziergang mit Fiedler entwickelte ich ihm die Hauptgedanken, u. er gab Anregungen.« An Hermann Hesse schrieb er am 19. April: »Ein Trost ist, daß ich mich dabei garnicht weit von dem Roman entferne.« Er las Freuds ›Unbehagen in der Kultur‹, seine ›Vorlesungen‹ und sonst ganz allgemein »Psychoanalytisches« nach, aber auch »Schopenhauers ›Anscheinende Absichtlichkeit‹«, nämlich das Kapitel ›Transcendente Spekulation über die anscheinende Absichtlichkeit im Schicksale des Einzelnen‹ in den ›Parerga und Paralipomena‹ und begann nach einer Woche Vorbereitungsarbeit am 22. April mit der Niederschrift von *Freud und die Zukunft*. »Starke Scheu war zu überwinden«, heißt es im Tagebuch, »aber der Anfang ist gemacht... Nach dem Abendessen mit Fiedler die frappanten psychoanalytischen Einschläge in Schopenhauers ›Über die ansch. Absichtl.‹ besprochen an Hand des Textes. Faust-Gedanken für den Vortrag. ›Ein Sumpf zieht am Gebirge hin‹ – ›Mit freiem Volk auf freiem Grund zu stehen‹.« Am 3. Mai schloß er die Niederschrift ab. »Dieser Essay, mit dem ich gerade fertig bin«, schrieb er an seine französische Übersetzerin Louise Servicen, »scheint mir eine ziemlich interessante kleine Arbeit geworden zu sein, die übrigens auch etwas autobiographische Einschläge hat; es ist im Zusammenhang mit der psychoanalytischen Ideen-Welt auch vom Josephs-Roman darin die Rede.« In einem anderen Brief

nennt er den Freud-Vortrag kurzweg einen »essayistischen Ableger des Romans«.
Er war mit knapper Not rechtzeitig fertig geworden. Am 6. Mai 1936 reiste er nach Wien, besuchte am 8. Mai vormittags Freud in seiner Wohnung, um ihm eine vom Basler Psychoanalytiker Heinrich Meng organisierte Glückwunschadresse mit zweihundert Unterschriften zu überreichen – »bewegende Eindrücke«, sagt das Tagebuch – und hielt am Abend im überfüllten Wiener Konzerthaussaal den Vortrag – »brausender Erfolg«. Freud war schon zu leidend und konnte nicht anwesend sein, und seine Angehörigen baten, »ob ich ihm denn nicht den Vortrag noch einmal als Privatissimum halten könnte?« Das geschah, nicht wie Thomas Mann später in Briefen irrig angab, »am nächsten Tage«, sondern bei seinem nächsten Aufenthalt in Wien, einen Monat später. Er besuchte Freud am 14. Juni 1936 in seinem Sommerhaus in Grinzing und notierte: »Wiederbegrüßung mit dem Alten. Thee und Eis auf der Terrasse. Dann im Zimmer die versprochene Vorlesung des Vortrags vor einem kleinen Kreise von Freunden.« Freud war tief gerührt, heißt es in einem späteren Brief, »umarmte mich und sandte mir nachher ins Hotel die beste Flasche Tokayer, die ich in meinem Leben getrunken habe.« Es scheint, daß sie einander danach nicht wiedersahen. Ein vierter Besuch, der am 14. Januar 1937 stattgefunden haben soll, ist durch keine Eintragung im Tagebuch belegt. Als Freud am 23. September 1939 im Londoner Exil starb, war Thomas Mann in Amerika. *Freud und die Zukunft* erschien 1936 in der psychoanalytischen Zeitschrift ›Imago‹ und gleichzeitig als Broschüre in der Schriftenreihe ›Ausblicke‹ des Bermann-Fischer Verlags. Thomas Mann meinte später, trotz ausgesprochener Längen sei *Die Stellung Freuds in der modernen Geistesgeschichte* als kritischer Essay doch wohl bedeutender als der Festvortrag *Freud und die Zukunft*. Der heutige Leser wird finden, daß sie, ein jeder in seiner Art, Musterbeispiele Thomas Mann'scher Essayistik sind, der eine als gemessene Dissertation, der andere als lockere Erzählung, die in ihrer Summe erst ihr volles Gewicht finden.

Familienähnlichkeit: Die großen Russen

Von Schopenhauer bis Freud – das ist, wie es im großen Wagner-Essay heißt, »kein schlechtes Zeitalter, im Rückblick ist das ein Wald von großen Männern. Und der Rückblick, die Distanz auch erst erlaubt uns, die Familienähnlichkeit zwischen ihnen allen zu erkennen...« War es schon wunderbar zu sehen, wie für Thomas Mann in dieser deutschen Geisteswelt des 19. Jahrhunderts alles zusammenhing, so ist es fast noch fesselnder, die außerordentliche Verflechtung der großen russischen Meister desselben Jahrhunderts zu gewahren, wie er sie mit wenigen festen Strichen zu Beginn des Vorworts zu *Anna Karenina* skizziert. Dieser Aufriß geht, zum Teil fast wörtlich, auf die Sternenkarte des russischen Literatur-Firmaments zurück, die er 1921 in seinem Aufsatz *Russische Anthologie* entfaltet. Dort zitiert er sich selbst in dem Satz: »›Die *heilige* russische Literatur‹ – geneigt zum Bekenntnis und zur Lobpreisung nannten wir sie als Jüngling so in einer Novelle –« Die Novelle ist *Tonio Kröger*, und ihr Autor zitiert sie nicht ganz richtig. Dort nämlich, im Jahr 1902, sagt Tonio zu seiner russischen Malerfreundin: »Sie haben ein Recht, so zu sprechen, Lisaweta Iwanowna, und zwar im Hinblick auf das Werk Ihrer Dichter, auf die anbetungswürdige russische Literatur, die so recht eigentlich die heilige Literatur darstellt, von der Sie reden.« Sie war ihm in der Tat »heilig«, diese russische Literatur, er liebte und verehrte sie wie keine andere seit seinen Jünglingsjahren, und sie übte seither eine nie nachlassende Faszination auf ihn aus. 1898 in Rom und Palestrina geriet er zum ersten Mal in ihren Bann und »verschlang sie alle« – Tolstoi und Dostojewski, Turgenjew und Gogol, Gontscharow und Leskow, sie waren, wie er stets bekannte, sein »größtes Bildungserlebnis«. Seine eigenen frühen Erzählungen sind deutlich von ihnen geprägt, Gogols makabrer Humor durchzieht sie alle, so wie *Tonio Kröger* seine »lyrische Genauigkeit« Turgenjew verdankt, und Tolstoi bei der Niederschrift von *Buddenbrooks* allzeit im Hintergrund stand. Er erinnerte sich, damals besonders ›Anna

Karenina‹ und ›Krieg und Frieden‹ gelesen zu haben, um »Kräfte zu schöpfen für eine Aufgabe, der ich mich nur in beständiger Anlehnung an die Größten gewachsen zeigen konnte«. Die Anlehnung an Tolstoi spiegelt sich in Thomas Manns Notizbuch 2 aus dieser Zeit besonders deutlich wider; dort hat er ganze Absätze aus ›Anna Karenina‹, die seinem Verlangen nach »epischem Geist« entsprachen, kopiert, so die Beschreibung der erntereifen Roggenfelder im zweiten Kapitel des Dritten Teils.

Thomas Mann hätte, viel leichter als der Weimarer Lehrer Stötzer, Tolstoi gut noch persönlich kennen können; er war fünfunddreißig, als Tolstoi 1910 starb. Einmal, lange vor dem Ersten Weltkrieg, war er drauf und dran, nach Christiania, dem heutigen Oslo, zu fahren, um Tolstoi dort auf einem Friedenskongreß sprechen zu hören, aber Tolstoi wurde krank und sagte ab. »So hatte ich es mir gedacht und war im Grunde wohl einverstanden damit. Tolstoi blieb Mythos.« Auch wäre er vor dem Ersten Weltkrieg um ein Haar zu einer Vorlesungstournee nach Rußland gefahren – Moskau, Petersburg, Riga und Helsingfors: »Das war fabelhaft. Ich würde die Nachfahren Gogols besuchen, Andrejew, Sologub und Kusmin. Ich würde mit ihnen Piroggen essen und Tee trinken, wahrscheinlich auch eingemachte Pilze, Schnaps und Zigaretten würde es geben, und vielleicht würden sie mündlich zu mir sagen: ›Erbarmen Sie sich, Väterchen!‹ oder: ›Urteilen Sie doch selbst, Foma Genrichowitsch!‹ Aber dann kam der Krieg ... und die Reise ins Gogol'sche war unterbunden.«

Er konnte kein Russisch, obwohl er seinen eigenen Vornamen sehr lustig russifizierte, und die damals vorhandenen Übersetzungen aus dem Russischen waren zumeist, wie er selbst sagte, »sehr schwach«. Das wurde besser, als sein alter Schulfreund im Langen-Verlag, Korfiz Holm, als Johannes von Guenther und Alexander Eliasberg nach dem Ersten Weltkrieg mit ihren übersetzerischen und herausgeberischen Bemühungen in München einsetzten. Sie alle kannte Thomas Mann gut, und er nahm an ihrer Arbeit Anteil. Sein wichtigster Wegweiser in die »heilige russische Literatur«, von dem in seinen Aufsätzen über die russischen Meister auf Schritt und Tritt die Rede ist, war Dimitri Mereschkowski – »Der genialste Kritiker und Weltpsycholog seit Nietzsche!« schrieb er. »Er, dessen Buch über Tolstoi und Dostojewski auf meine zwanzig Jahre einen so unauslöschlichen Eindruck machte und dessen ebenfalls völlig beispielloses Werk über Gogol ich überhaupt nicht wegstelle!« Gemeint waren Mereschkowskis ›Tolstoi und Dostojewski als Menschen und als Künstler‹, das 1903, und ›Gogol und der Teufel‹, das 1914 erstmals deutsch erschien, zwei Werke, die in allem, was Thomas Mann über russische Literatur schrieb, tiefe Spuren hinterließen. Mereschkowski wäre beinahe auch ein Mythos geblieben. Eliasberg hatte die Begegnung in München vermitteln wollen, aber »Mereschkowski ist nicht nach München gekommen und hat mich schon aus diesem Grunde also auch nicht besucht. Leben ist Verwirklichung, aber alles hat seine Grenzen.« Dann traf er ihn aber doch, am letzten Tag seines Pariser Aufenthaltes, im Januar 1926, und hat ihn in *Pariser Rechenschaft* sehr eindrucksvoll geschildert.

Der außerordentlich gedrängte, dicht gewebte kleine Aufsatz *Tolstoi*, verfaßt zu Tolstois hundertstem Geburtstag, erschien erstmals in der ›Vossischen Zeitung‹ vom 9. September 1928 und bald darauf in dem Essayband *Die Forderung des Tages*. Thomas Mann hat sich zu ihm nicht geäußert; es ist anzunehmen, daß er ihn auf Aufforderung der Zeitung schrieb. Er hängt eng mit dem Vorwort zu *Anna Karenina* zusammen, das Thomas Mann für eine illustrierte Ausgabe des Romans im New Yorker Verlag Random House lieferte. Das sei eine Aufgabe, die er sich gefallen lasse, schrieb er an Agnes E. Meyer. »Das wird mir Freude machen.« Thomas Mann lebte damals bereits ständig in Princeton, verbrachte aber den Sommer 1939 in Europa und schrieb den Aufsatz, der mit einer mächtigen Anrufung des Meeres beginnt, vom 2. bis 13. Juli in Holland, in Noordwijk aan Zee, kurz vor Ausbruch des Zweiten Weltkrieges, mit Bleistift auf den Knien im Strandkorb, und fand ihn »ganz wohl gelungen«. Die deutsche Originalfassung von *Anna Karenina* erschien im Mai-Juni-Juli-Heft 1940 seiner Zürcher Zeitschrift ›Mass und Wert‹.

Sie seien »ja eigentlich alle auf einmal da, diese Meister und Genien«, sagte er schon in dem Aufsatz *Russische Anthologie*, »sie reichen einander die Hände« – das tun die russischen Meister auch in seinen großen Essays. Er hatte es lange als eine große Unterlassungssünde betrachtet, daß er Dostojewski nie einen großen Aufsatz gewidmet hatte; dann ergab sich an seinem Lebensabend doch noch eine Gelegenheit, und er ergriff sie. So wie die Freud-Essays Ableger des Joseph-Romans waren, so war der Aufsatz *Dostojewski – mit Maßen* ein essayistischer Ableger des Romans *Doktor Faustus*, und er macht diese Abkunft in vielen Passagen, die sich mit dem »Phänomen der Krankheit«, mit Nietzsche und der Paralyse beschäftigen, sehr deutlich. Er hatte Dostojewski sein ganzes Leben lang immer wieder gelesen; in den *Betrachtungen eines Unpolitischen* ist sogar die politische Argumentation der beiden Anfangskapitel *Der Protest* und *Das unliterarische Land* auf Dostojewskis ›Deutschland, das protestierende Reich‹ aufgebaut. Er besaß die von Dimitri Mereschkowski und Moeller van den Bruck in den Jahren 1906–1915 herausgegebene zweiundzwanzigbändige Ausgabe, die in seiner Nachlaßbibliothek erhalten ist und die er wieder und wieder durcharbeitete; die Tagebücher von 1918–1921 bezeugen, daß er vor allem ›Raskolnikow‹, ›Der Idiot‹ und ›Das Gut Stepantschikowo‹ nach dem Ersten Weltkrieg sehr genau wiederlas – aber zu einem Gedächtnis-Aufsatz zu Dostojewskis hundertstem Geburtstag am 11. November 1921, den die ›Frankfurter Zeitung‹ erbat, konnte er sich nicht verstehen, und einen Vortrag aus demselben Anlaß, den man in München von ihm haben wollte, lehnte er ab. Auch als der New Yorker Verlag Dial Press für eine amerikanische Ausgabe der kürzeren Dostojewski-Romane eine Einführung erbat, scheute er zurück, forderte, um auszuweichen, das für damalige Begriffe sehr hohe Honorar von tausend Dollar – »Aber siehe da, postwendend nahmen die Herren an, und ich war hineingefallen.«

Er hatte sich im Juni 1945 in der Arbeit am *Doktor Faustus* unterbrochen, um in Washington und New York Vorträge zu absolvieren, und in New York war die Dial Press an ihn herangetreten. Er hatte »zufällig« mehrere der kleinen Romane Dostojewskis als Reiselektüre bei sich – »Man kennt solche Zufälle«, schrieb er später – und begann sogleich, da der Termin knapp war, noch im Zug auf der Rückreise nach Kalifornien mit den Vorbereitungen, indem er die ›Erniedrigten und Beleidigten‹ wieder las. Er würde sich sofort nach der Heimkunft an die Arbeit machen müssen, notierte er, da die Dostojewski-Einleitung »vor Ende des Monats nicht nur fertig, sondern auch übersetzt sein muß«. Er vermerkte, noch im Zug, im Tagebuch: »Die ›Erniedrigten‹ viel besser als ›Onkelchens Traum‹, das reichlich albern. Der Fürst kaum eine Figur im Vergleich mit Myschkin. Besser Mutter und Tochter. Der Sterbende sinnlos sentimental. Das Emotionelle in den ›Erniedrigten‹, die Eltern, Natalja, das Medaillon, sehr stark, espressivo. Neigung zum psychologisch Grotesken und Extravaganten. Die Liebe Nataljas (die nicht so anziehend wie die Stolze in ›Onkelchen‹) zu dem jungen Fürsten, der ein exzentrisches Beispiel von Schwäche und Unschuld. Das Ganze frescohaft dekorativ und übersteigert, dabei psychologisch intim. Unvergeßlich immer die haarsträubenden Philistereien Hugo Wolfs über D. Dabei erkennt er selbst sich als wesentlich morbid, und sein Talent besteht in nervöser Sensitivität. Romantische Dummheit des spezialisierten Musikers. Nietzsches Bewunderung für D. Sein Einfluß sehr stark auf die deutsche Nachkriegs-Generation. Eindruck auf Gide, der zuweilen eine Miniatur-Ausgabe. Gehört zweifellos zu den Größten.«
Dies nur als Beispiel für Art und Richtung seiner Vorarbeit. Schon ist klar, wo alles hinzielt. Die *Faustus*-Thematik strahlt überall hinein. Heimgekehrt, las er noch in Dostojewskis Briefen, hatte nach drei Tagen die Vorstudien abgeschlossen und brachte den Aufsatz in zwölf Tagen, vom 8. bis 20. Juli 1945 zu Papier. »Das war mir eine interessante Aufgabe«, schrieb er an seine amerikanische Übersetzerin Helen Lowe-

Porter. Aus den verlangten zehn Seiten waren vierundzwanzig geworden, aber das kümmerte ihn nicht; die Arbeit war ihm leichtgefallen, und er setzte sich heiter über die kleinen Hindernisse hinweg: ein Aphorismus, den er nicht auffinden kann und den er fröhlich aus dem Gedächtnis anführt; ein »chronologischer Irrtum«, den die Literarhistoriker nachprüfen mögen; und sogar die »Beichte Stawrogins«, die er nur vom Hörensagen kennt, macht ihm keine Sorgen. Es handelte sich um den Abschnitt ›Bei Tichon‹ im achten Kapitel des zweiten Teils der ›Dämonen‹, den der Herausgeber der Zeitschrift ›Russkij Wjestnik‹ beim Vorabdruck des Romans weggelassen hatte und der erst 1922 in die Buchausgaben eingefügt wurde. Thomas Mann kannte ihn folglich nicht und wußte davon nur aus Mereschkowskis Buch, wo er sich die Stelle über das weggelassene Kapitel angestrichen und mit Ausrufungszeichen versehen hatte. Agnes E. Meyer machte ihn aufmerksam, daß der Abschnitt aus der Ausgabe der ›Modern Library‹ inzwischen längst bekannt sei. Er antwortete ihr: »Es ist wirklich ein tolles und packendes Stück Schrifttum, wenn auch seine Kühnheit nur der Sache nach, stofflich, über das bei Dostojewsky Gewohnte hinaus geht. Von der ›Modern Library‹ finde ich es sehr tapfer und liberal, daß sie es mit eingeschlossen hat. Ich hätte das wohl wissen müssen, und etwas komisch muß es wirken, daß ich in meinem Vorwort von etwas längst Bekanntem so geheimnisvoll und aus persönlicher Unkenntnis spreche. Nun, es macht nichts. Die Herren von der Dial Press haben es nicht beachtet, und die Kritiker ihrer Ausgabe haben eine Gelegenheit, ihre Bildung zu zeigen.« An Karl Kerényi schrieb er am 23. September 1945: »Die Sache ging mir von der Hand. Es ist eine Improvisation über Krankheit und *Leben* geworden und damit, wie gewöhnlich, ein Ableger des Büchleins, das eben auf dem Leisten ist –« Schon am Tag nach der Fertigstellung kehrte er zum *Doktor Faustus* zurück. Die deutsche Originalfassung *Dostojewski – mit Maßen* erschien im Juliheft 1946 der Stockholmer ›Neuen Rundschau‹.

Tschechow war, wie gleich die ersten Sätze seines Aufsatzes

bekennen, eine späte Entdeckung Thomas Manns; der *Versuch über Tschechow*, in seinem letzten Lebensjahr geschrieben, ist das letzte Porträt in seiner Galerie russischer Meister, und nicht wenige werden finden, daß es sein wärmstes und ergreifendstes und zugleich sein ernstestes und am tiefsten blickendes ist. Gewiß würde niemand hinter dem heiter-wehmütigen Bildnis des bescheidensten aller Meister die unsäglich niedergedrückte und elende seelische Verfassung vermuten, in der Thomas Mann diese von hundert autobiographischen Lichtern funkelnde, von hundert zu ihm selbst führenden Fäden durchschossene Schilderung zu Papier brachte. Das Tagebuch des Juli 1954 ist voller Klagen der Hinfälligkeit und Verzweiflung über seine »elende Existenz« und den Unwert seines Schaffens: »Nicht einmal zu dem Tschechow-Artikel kann ich mich aufraffen.« Es sollte eine Huldigung zu Tschechows fünfzigstem Todestag sein, die das Dritte Programm des Britischen Rundfunks und die Zeitschrift ›Sinn und Form‹ von ihm erbeten hatten, und er mußte sich in den Dichter, von dem er sehr wichtige Werke eingestandenermaßen noch gar nicht kannte, erst hineinlesen. Er besaß die von Johannes von Guenther übersetzten ›Kleinen Romane‹ Tschechows in einer Ostberliner Neuausgabe von 1952, mit dem Nachwort von Armin G. Kuckhoff, dem er viele Auskünfte entnahm, und die ›Neuen Meistererzählungen‹, übersetzt von Reinhold Trautmann, in der Ausgabe von Dieterich, Leipzig, von 1949, in welcher er in der ›Langweiligen Geschichte‹ die Antwort an die arme Katja anstrich, die das Leitmotiv seines Aufsatzes ist – beide Ausgaben aus vergleichsweise jüngster Zeit und noch nicht lange auf seinem Bücherbord; er hatte vor Zeiten das eine oder andere Stück von Tschechow auf der Bühne gesehen, aber vom Dramatiker Tschechow ist im Essay nur am Schluß ganz obenhin die Rede. Ihn fasziniert der Erzähler.

Beim Lesen, so heißt es in einem Brief, »ist meine Bewunderung für den Dichter sehr gestiegen«, und das Tagebuch bestätigt es. »Die tiefe Melancholie von Tschechows ›Langweiliger Geschichte‹, Werk eines ca 30jährigen«, notiert er am

21. Juni; »Tschechow ›Weiber‹, meisterlich«, am 22.; »In Tschechows Novellen. ›Die Bauern‹ um nichts schlechter als Tolstoi«, am 7. Juli. Dann nahm er, mitten in der Arbeit, Mereschkowskis ›Gogol‹ noch einmal vor und las ihn eine Woche lang wieder von Anfang bis Ende. Er hatte mit der Niederschrift des Essays am 22. Juni 1954 begonnen und schrieb die letzten Sätze am 27. Juli. »Neunundzwanzig Seiten. Vermutlich ebenso viele Tage daran geschrieben.« »Ich gebe mir Mühe damit«, sagte er in einem Brief während der Arbeit, und er wußte warum: er schrieb, wieder einmal, über sich selbst, diesmal aber über den Herbst seines schaffenden Lebens. In dem so lange unbekannten, so spät entdeckten Meister fand er dunkle Akkorde der Lebensnot und Ratlosigkeit, die jetzt seine eigenen Tage erfüllten. In einem anderen Brief sagte er: »Schon mancher gewissenhafte Schriftsteller hat sich gefragt: ›Betrüge ich nicht die Leser mit meinem Talent, da ich die letzten Fragen doch nicht zu beantworten weiß?‹ Ich citiere da Anton Tschechow, über den ich eben arbeite, weil er mir unendlich sympathisch ist und zwar gerade durch die ›Angst‹, die sein Ruhm ihm einflößte. Mit 29 Jahren konnte er sich in die Gefühle eines dem Tode nahen Greises versetzen...« Der Leser möge zurückblättern zum Schlußabsatz des *Versuchs über Tschechow*. Wenn überhaupt irgendwo, dann spricht der alte Thomas Mann hier von sich selbst.

Michelangelo und Cervantes

Zwei Einzelgänger, weit auseinander liegend und weder im Thema noch in der Form miteinander verbunden, beide jedoch großen, bewunderten Meistern gewidmet, bilden den Beschluß. Sie zeigen den Essayisten von neuer, ungewohnter Seite und wären beide, das wissen wir inzwischen, ohne Kenntnis von Thomas Manns Tagebüchern in ihrer Besonderheit nicht völlig begreifbar.
Thomas Mann befand sich im Sommer 1950, während er an

dem kleinen Roman *Der Erwählte* arbeitete, auf einer Europareise und hatte sich auf einige Wochen in St. Moritz niedergelassen. Dorthin übersandte ihm der Schweizer Schriftsteller, Übersetzer und Kunsthistoriker Hans Mühlestein (1886–1969), den er aus seinen ersten Zürcher Exiljahren persönlich kannte, seine eben erschienenen Übersetzungen der ›Ausgewählten Dichtungen des Michelangelo Buonarroti‹, die Thomas Mann, wie er im Tagebuch am 18. Juli 1950 notierte, »in ihrer tragischen Aufgewühltheit und ihrem Liebesleid tief bewegten«. Er schrieb sich sogleich einige italienische Verszeilen ab, fügte hinzu: »Und so vieles andere!«, und übertrug am nächsten Tag noch manches mehr, italienisch und deutsch, vor allem die Zeile »Nel vostro fiato son le mie parole« – »In Deinem Atem bildet sich mein Wort«, und dazu diesen Kommentar:

»Immer ist vom Antlitz die Rede und von der ›Forza d'un bel viso‹, der man unterliegt. Wie ganz entstand mein Gefühl aus dem Anblick seines Gesichts, – nach dem zu suchen die Natur sich wohl nicht gar viel Mühe gegeben. Seine Gestalt hat mich nicht sehr gekümmert ... ich stelle mir von seinen Gliedern nichts Besonderes vor und wäre zärtlich zu ihnen um seiner Augen – also beinahe um etwas ›Geistigen‹ willen. Beeinflussung durch Michelangelos Platonismus? Aber ich glaube, es ist wahr.«

Wovon ist die Rede? Von einer *Tod in Venedig*-Konstellation. Von wem? Von einem harmlosen, unbedeutenden Jüngling, Angestellten im Grand Hotel Dolder in Zürich, wo Thomas Mann sich mit seiner Familie vor der Übersiedlung nach St. Moritz aufgehalten hatte. Zu ihm, Franzl W., hatte der Fünfundsiebzigjährige eine heftige, vorübergehend sein ganzes Tun und Denken bestimmende Zuneigung gefaßt, die Trennung von seinem Anblick war ihm sehr schwer geworden, er trauerte ihm noch immer nach, und in dieses Hangen und Bangen hinein sprach jetzt der alte Michelangelo. »Was mich an jenen Gedichten anspricht von gleich zu gleich«, heißt es noch am selben Tag im Tagebuch, »ist die ›Ermächtigung‹ des Alters zur Liebe, die ich mit dem melancholischen

Bildhauer wie mit Goethe und Tolstoi teile. Mächtig aushaltende Naturen –« Michelangelo hatte ihn, der sonst auf bildende Kunst nicht viel gab und auch nicht viel von ihr verstand, stets gefesselt. In seinem Aufsatz *Russische Anthologie* nannte er Tolstoi den »Michelangelo des Ostens«, in der Novelle *Das Gesetz* bildete er Moses, den Former seines Volkes, ganz bewußt nicht dem Moses des Michelangelo, sondern der gewaltigen Gestalt des Michelangelo selbst nach. Mühlesteins Buch hob, mit einem Schlag, das Erlebnis mit dem jungen Franzl in eine neue Dimension. »Michelangelos Gedichte beschäftigen mich nachhaltig«, heißt es am 20. Juli im St. Moritz-Tagebuch. »Ich möchte darüber schreiben. Diese sinnlich-übersinnliche Liebeskrankheit, diese platonische Aufgewühltheit, die immer das Verfallensein an das Schöne als Liebe zu Gott und zum Geistigen deutet, diese Kraßheit in der Schilderung der eigenen Häßlichkeit, des eigenen Lebenselends halten mich gewaltig fest. Das erotisch aushaltende Alter, das unbezähmbare Verfallensein an schöne Augen.«

Er hatte sich nach einigem Zaudern entschlossen, dem Jungen im Dolder ein Briefchen zu schreiben, und grämte sich nun, daß der ihm nicht sogleich antwortete. »Sah Michelangelos Bekenntnisse weiter an im Gedanken an einen Aufsatz«, meldet das Tagebuch am selben Tag, und am 21. Juli: »Rezension der *Michelangelo-Gedichte* zu schreiben begonnen... Warum schreibt er mir nicht... Geliebter Dummkopf! Und ich? ›Nel vostro fiato son le mie parole.‹« Er arbeitete täglich »an dem mir lieben Aufsatz« – ein anderes Mal heißt es: »Schrieb am Aufsatz, den ich liebe« –, aber es fehlte ihm an Unterlagen über Michelangelo. »Es ist schlecht arbeiten ohne Bücher«, klagte er dem Freund Otto Basler, der sogleich das Nötige besorgte. Übersetzer Mühlestein kam zu Besuch, las das »von mir hervorgehobene Weltuntergangssonett von Michelangelo« vor und schenkte ihm »das Portrait der Vittoria mit dem schönen starken Mund und der Inschrift: ›Un uomo in una donna, anzi uno dio‹.« Am 30. Juli schloß er die Studie ab: »Nach dem Thee bei Erika Vorlesung des Aufsatzes, in den das Franzl-Erlebnis wohl recht deutlich eingegangen. Schlußwort: ›In deinem Atem bildet sich mein Wort‹.« – »Schönes Stück«, meinte die Tochter. »Wie untrennbar erwiesen sich von je Größe und Leiden«, schrieb er am selben Tage an Agnes E. Meyer, der er von seiner Erschütterung berichtete. Aber beim Korrigieren der Abschrift war er enttäuscht. »Und doch war ich mit soviel Eifer bei der Arbeit. Sie scheint mir nun matt und wenig gut geschrieben.« Mit der Broschüre *Meine Zeit*, die gerade vom Verlag gekommen, war er jetzt »zufriedener als mit dem erotischen Aufsatz, bei dem doch viel mehr mein Herz war. ›In tuo fiato son le mie parole.‹ Das wird mir bleiben.« Er hatte den Aufsatz in der ›Neuen Zürcher Zeitung‹ veröffentlichen wollen, deren Redakteur Korrodi aber abwinkte, ohne ihn gelesen zu haben, denn er war Mühlestein nicht wohlgesonnen. »Ich antwortete, diesmal hätte ich wirklich geglaubt, mit etwas ganz Unverfänglichem zu kommen. Enttäuschung.« Der Aufsatz erschien statt dessen in der Schweizer Kunstzeitschrift ›DU‹, in die er auch besser paßte. Niemand konnte wissen, welchem Erlebnis der Aufsatz seine Entstehung verdankte, und wenigen Zeitgenossen, so scheint es, fiel damals die zugleich rotglühende und eiskalte Sprachgewalt, die Siedehitze und das geradezu sich selbst verhöhnende frostige Gelächter dieser elf Seiten auf, derengleichen man nie zuvor von ihm gelesen hatte.

Auch bei *Meerfahrt mit Don Quijote*, diesem Cervantes-Porträt von unübertrefflichem Scharfsinn und blitzender Humoristik, setzt uns erst das echte Tagebuch Thomas Manns recht ins Bild. Denn das Tagebuch, als welches die Feuilleton-Plauderei – so nannte er sie selbst – sich gibt, ist ja weitgehend fiktiv, eine anmutige Erfindung. Die »Meerfahrt« war Thomas Manns erste Amerikareise, die vom 19. Mai bis 19. Juni 1934 dauerte. Davon nahm die Hinfahrt auf dem holländischen Dampfer ›Volendam‹ zehn Tage, vom 19. bis 28. Mai in Anspruch. Der Eindruck, daß Thomas Mann während dieser zehn Tage den ganzen ›Don Quijote‹ las, trügt; und ebenso trügerisch ist die unausgesprochene Unterstellung, er habe das ganze Feuilleton tatsächlich, wie die Daten zu verstehen geben, an Bord geschrieben. In Wahrheit verhielt es sich etwas anders.

Thomas Mann beschäftigte sich schon viele Monate, ehe er sich auf die Meerfahrt begab, mit ›Don Quijote‹. Er hatte sich, um die in Hitlerdeutschland verlorenen Teile seiner Münchner Bibliothek im Zürcher Exil wieder zu ergänzen, die Übersetzung von Ludwig Tieck in der 1926 im Reclam-Verlag in vier kleinen orangefarbenen Leinenbändchen erschienenen Ausgabe besorgt und notierte schon am 7. September 1933 im Tagebuch: »Habe den ›Don Quijote‹ wieder zu lesen begonnen und will ihn diesmal durchführen« – woraus man schließen darf, daß er bei früheren Versuchen stets irgendwo steckengeblieben war. Diesmal machte er seinen Vorsatz wahr, wenn auch langsam, mit kleinen Schritten. Er las den ganzen Herbst 1933 über jeden zweiten oder dritten Tag nachts vor dem Einschlafen ein paar Seiten, notierte freilich zwischenhin, am 2. November 1933: »Fahre auch abends noch mit dem Don Quixote fort, der mich aber redlich langweilt«, aber eine Woche darauf, am 9. November: »Las vorm Einschlafen noch etwas im Don Quixote und freute mich an einer sehr drolligen, volkstümlichen Replik Sancho Pansa's an den Barbier: ›Ich bin von niemand schwanger‹.« Es folgten längere Unterbrechungen, erst im Februar und März 1934 setzte er die Lektüre wieder einigermaßen regelmäßig fort, und jetzt erwähnt er zum ersten Mal, daß ein gewisser Zusammenhang zwischen der Rittergeschichte und dem dritten Joseph-Roman, *Joseph in Ägypten* bestand, an dem er damals arbeitete. »– las zur Cigarre Don Quijote, der mich für das Kommende im ›Joseph‹ anregte: das Verhältnis Josephs zu Potiphar und zu Mont-kaw. Die Verehrung Sancho Pansa's für die âme candide seines Herrn berührte mich dieser Art.« So am 3. Februar. Zehn Tage darauf las er »mit Bewunderung das Löwen-Kapitel«, und am 24. März 1934 schrieb er an den Religionswissenschaftler und Mythologen Karl Kerényi, der ihm sein neues Buch ›Die griechisch-orientalische Romanliteratur in religionsgeschichtlicher Bedeutung‹ geschickt hatte, es blitzten ihm da »weltliterarische Zusammenhänge« auf, auf welche der Leser »sonst nie verfallen wäre«. Nämlich:

»Welches war, beispielsweise, das Verhältnis des Cervantes zum griechischen Roman? Hat er ihn gekannt und benutzt? Der Zufall will, daß ich gerade den ›Don Quijote‹ wieder lese oder eigentlich zum erstenmal gründlich und ganz zu Ende lese. Es sind Episoden darin, die mit Motiven aus Heliodor und dem Eselsroman auffallend übereinstimmen.« Es folgen eben jene Beispiele, wie die ländliche Hochzeit mit dem »Selbstmord« des verschmähten Liebhabers und die Geschichte vom Eselsgeschrei, die der Leser aus der *Meerfahrt* kennt. »Wissen Sie eine Erklärung für diese Berührungen... Boccaccio könnte die Brücke zwischen Cervantes und dem griechischen Roman gewesen sein. Verzeihen Sie die dilettantische Konjektur!« Es war keine Konjektur. »Kerényi«, heißt es kurz darauf, »bestätigt meine Beobachtungen über Beziehungen des ›Don Quijote‹ zum griechischen Roman, namentlich zum Esel.« Der ›Goldene Esel‹ des Apulejus wurde denn auch dem Reisegepäck hinzugefügt.

»Der Don Quijote ist ein großes Beispiel für die vom Autor ungeahnte Steigerung, Erhöhung, Veredelung eines Werkes im Lauf der Entstehung.« Dies die letzte Cervantes-Eintragung, am 7. April 1934, vor der Reise: eine handwerklich-fachmännische Beobachtung aus der Schriftsteller-Werkstatt, die Thomas Mann einmal übers andere, bei *Buddenbrooks*, beim *Zauberberg*, vor allem aber beim *Joseph* an sich selbst gemacht hatte. Nun erst beginnt die Meerfahrt, die in dem Feuilleton geschildert ist. Thomas Mann muß mit der Don Quijote-Lektüre schon fast »durch« gewesen sein, als er an Bord der ›Volendam‹ ging. Er notierte am zweiten Reisetag, dem 20. Mai: »Ich stieß im Don Quijote auf die Episode von dem vertriebenen Maurisken und seiner Vaterlandsliebe, seiner Niederlassung in Deutschland, wo man in voller Gewissensfreiheit leben kann. Loyale Zugeständnisse des Autors, der die Befehle Sr. Majestät gegen Mauren u. Juden gut heißt.« Zwei Tage später, am 22. Mai hat er »die letzten Seiten abends vorm Einschlafen« gelesen. Es kann also nicht mehr viel übrig gewesen sein. Sogleich notierte er ein knappes, stichwortartiges Resumé seines Gesamteindrucks, das einzige im ganzen »echten« Tagebuch, das der Leser in der *Meerfahrt* unter dem Datum des 20. Mai (also nur zwei Tage vorverlegt) und über die folgenden Tage verteilt und ausgebreitet wiederfindet: »Welch ein eigentümliches Monument!...« Am nächsten Tag beginnt Thomas Mann mit der Lektüre des ›Agathon‹ von Wieland, aber »ohne Vergnügen«, und nimmt sich nun den Eselsroman vor, der bis zur Ankunft in New York vorhält. Auf der Rückfahrt, so notiert er noch rasch, hoffe er, »an einem Feuilleton für die N.Z.Z.« zu arbeiten.

So verhielt es sich in Wirklichkeit. Er schrieb auf der Rückfahrt keine Zeile und dachte auch nach der Heimkehr vorerst an eine größere politische Schrift, die er sein »Politikum«, auch sein »Buch des Unmuts« nannte, in der er sich seinen ganzen Gram und Zorn über Deutschland vom Herzen schreiben wollte. Aber er konnte sich noch nicht dazu entschließen, und wandte sich unter allerlei »Drückeberger- und Zweiflergedanken« schließlich Ende August dem ›Don Quijote‹ wieder zu. »Beschäftigung mit ›Meerfahrt‹: Verteilung des Stoffes«, heißt es im Tagebuch am 30. August 1934. »Der Gedanke ist mir jetzt angenehm, mir Bedenkzeit für das Politikum zu schaffen, indem ich erst das Feuilleton schreibe.« Das hatte den Vorteil, daß auf diese Weise der geplante Essayband *Leiden und Größe der Meister*, wie zu Beginn dieser Nachbemerkungen geschildert, komplettiert werden konnte. Am 31. August begann er mit der Niederschrift, schrieb »emsig«, wenngleich mehrmals unterbrochen, Tag um Tag, und vermerkte am 11. Oktober 1934: »Beendete heute Vormittag ›Meerfahrt mit Don Quixote‹ – nun, damit ist nicht viel getan, aber es ist wieder einmal etwas fertig, und vielleicht wurde das bunte Ding nur geschrieben, damit wieder einmal etwas fertig wurde.« Diesmal gab es mit der ›Neuen Zürcher Zeitung‹ keine Schwierigkeiten. Das »bunte Ding« erschien dort in Fortsetzungen vom 5. bis 15. November

1934 und, wie eingangs erläutert, im Frühjahr 1935 als Schlußstück von *Leiden und Größe der Meister.* Dort stand es, auch wenn der Dichter es zuweilen seinen »Allotria« zuzählen wollte, ebenbürtig neben seinesgleichen; nicht nur, weil es ein mit durchtriebener Meisterschaft gezeichnetes Cervantes-Porträt ist; nicht nur, weil es mit seiner Analyse des humoristischen Wesenselementes aller großen Epik uns wieder einmal die verschiedensten autobiographischen Schlüssel anbietet, sondern vor allem, weil das »bunte Ding«, wie alles in jenem Band und in diesem, der seinen Namen trägt, der Liebe und Bewunderung entsprang. »In my deepest heart«, so schrieb er am 18. April 1951 an Alvin Johnson, »I have always been a modest person whose best and most fruitful gift was the power of admiration which made it possible for me to learn.«

Das ist zu bescheiden gesagt. Es steckt noch mehr darin als nur die Fähigkeit zu lernen. Es ist die schöpferische Produktivität überhaupt, die sich aus Liebe und Bewunderung speist. »Seine Produktivität hängt in hohem Grade mit seiner Fähigkeit zu bewundern, seinem Genie des Bewunderns zusammen. Diese Bewunderung ist eine Hauptstütze seines Schöpfertums. Sie ist es, die die Lust in ihm entfacht, Ähnliches hervorzubringen. Er gesteht, daß er nicht habe lesen können, ohne diesen Antrieb zu fühlen, und er gibt allen Künstlern zu bedenken, daß der ständige Verkehr mit dem Vortrefflichen und Meisterlichen unumgänglich sei, um den Künstler auf seiner Höhe zu erhalten.« Das schrieb er 1932 in *Goethes Laufbahn als Schriftsteller.* Daß es genauso gut auch auf ihn selbst gemeint sein mochte, bezeugen seine »Meister«-Essays. Liebe und Bewunderung befähigten ihn in der Tat, »Ähnliches hervorzubringen« und zugleich mit den Bildnissen der Meister auch ein wahrhaftiges Bildnis seiner selbst zu entwerfen.

Bitte umblättern:

auf den nächsten Seiten informieren wir Sie über weitere interessante Fischer Taschenbücher.

THOMAS MANN
GESAMMELTE WERKE IN EINZELBÄNDEN
FRANKFURTER AUSGABE

Herausgegeben von Peter de Mendelssohn

Es sind erschienen

DOKTOR FAUSTUS
Das Leben des deutschen Tonsetzers Adrian Leverkühn erzählt von einem Freunde
Roman. 748 Seiten, davon 60 Seiten
Nachbemerkungen des Herausgebers zur Werkgeschichte

DER ERWÄHLTE
Roman. 304 Seiten, davon 35 Seiten
Nachbemerkungen des Herausgebers zur Werkgeschichte

BUDDENBROOKS
Verfall einer Familie
Roman. 816 Seiten, davon 38 Seiten
Nachbemerkungen des Herausgebers zur Werkgeschichte

FRÜHE ERZÄHLUNGEN
718 Seiten, davon 52 Seiten
Nachbemerkungen des Herausgebers zur Werkgeschichte

DER ZAUBERBERG
Roman. 1072 Seiten, davon 59 Seiten
Nachbemerkungen des Herausgebers zur Werkgeschichte

SPÄTE ERZÄHLUNGEN
540 Seiten, davon 53 Seiten
Nachbemerkungen der Herausgebers zur Werkgeschichte

LOTTE IN WEIMAR
Roman. 476 Seiten, davon 63 Seiten
Nachbemerkungen des Herausgebers zur Werkgeschichte

LEIDEN UND GRÖSSE DER MEISTER
1200 Seiten, davon 109 Seiten
Nachbemerkungen der Herausgebers zur Werkgeschichte

S. FISCHER

THOMAS MANN
GESAMMELTE WERKE IN EINZELBÄNDEN
FRANKFURTER AUSGABE

Herausgegeben von Peter de Mendelssohn

Es werden folgen

JOSEPH UND SEINE BRÜDER
DIE GESCHICHTEN JAAKOBS · Etwa 416 Seiten
DER JUNGE JOSEPH · Etwa 304 Seiten
JOSEPH IN ÄGYPTEN · Etwa 640 Seiten
JOSEPH, DER ERNÄHRER · Etwa 576 Seiten

BETRACHTUNGEN EINES UNPOLITISCHEN
Etwa 624 Seiten

ÜBER MICH SELBST
Etwa 496 Seiten

KÖNIGLICHE HOHEIT
Etwa 384 Seiten

REDE UND ANTWORT
Etwa 720 Seiten

APPELL AN DIE VERNUNFT
Politische Schriften und Reden in Deutschland
Etwa 400 Seiten

AN DIE GESITTETE WELT
Politische Reden und Schriften im Exil
Etwa 816 Seiten

BEKENNTNISSE DES HOCHSTAPLERS
FELIX KRULL
Etwa 432 Seiten

DIE FORDERUNG DES TAGES
Etwa 368 Seiten

S. FISCHER

2

THOMAS MANN
DIE TAGEBÜCHER

Herausgegeben und mit Nachbemerkungen versehen
von Peter de Mendelssohn

TAGEBÜCHER 1918–1921
908 Seiten
Die frühesten erhaltenen Tagebücher
›Gesang vom Kindchen‹, ›Herr und Hund‹
Arbeit am ›Zauberberg‹

TAGEBÜCHER 1933–1934
818 Seiten
Leiden und Größe im Exil
Fortführungen der ›Joseph‹-Tetralogie

TAGEBÜCHER 1935–1936
722 Seiten
Endgültige Trennung
vom nationalsozialistischen Deutschland
›Joseph in Ägypten‹

TAGEBÜCHER 1937–1939
992 Seiten
Die Zeitschrift ›Mass und Wert‹
Drohung und Ausbruch des Krieges
Abschied von Europa
›Lotte in Weimar‹

TAGEBÜCHER 1940–1943
XII und 1200 Seiten
Äußerungen zum Krieg
gegen das nationalsozialistische Deutschland
›Die vertauschten Köpfe‹
Abschluß der ›Joseph‹-Tetralogie mit ›Joseph, der Ernährer‹
›Das Gesetz‹, Beginn des ›Doktor Faustus‹

S. FISCHER

DIE BRIEFE THOMAS MANNS
REGESTEN UND REGISTER

Bearbeitet und herausgegeben
unter Mitwirkung des Thomas Mann-Archivs der
Eidgenössischen Technischen Hochschule Zürich
von
Hans Bürgin † und Hans-Otto Mayer

Band I
Die Briefe von 1889 bis 1933
Bearbeitet und herausgegeben unter
Mitarbeit von Yvonne Schmidlin, Hans Bürgin † und
Hans-Otto Mayer.
Mit einem Vorwort von Hans Wysling.
762 Seiten. Leinen, im Schuber.

Band II
Die Briefe von 1934 bis 1943
Bearbeitet und herausgegeben unter
Mitarbeit von Yvonne Schmidlin, Hans Bürgin † und
Hans-Otto Mayer.
816 Seiten. Leinen, im Schuber.

Band III
Die Briefe von 1944 bis 1950
Herausgegeben von Hans Bürgin † und
Hans-Otto Mayer.
846 Seiten. Leinen, im Schuber

Thomas Mann

Königliche Hoheit
Roman. Band 2

Der Tod in Venedig
und andere Erzählungen.
Band 54

Herr und Hund
Ein Idyll. Band 85

Lotte in Weimar
Roman. Band 300

Bekenntnisse des Hochstaplers Felix Krull
Der Memoiren erster Teil.
Band 639

Buddenbrooks
Verfall einer Familie.
Roman. Band 661

Der Zauberberg
Roman. Band 800

Joseph und seine Brüder
Romantetralogie. 3 Bände
Bd. 1183/Bd. 1184/Bd. 1185

Doktor Faustus
Das Leben des deutschen
Tonsetzers Adrian Leverkühn,
erzählt von einem Freunde.
Band 1230

Tonio Kröger/
Mario und der Zauberer
Zwei Erzählungen. Band 1381

Der Erwählte
Roman. Band 1532

Die Erzählungen
2 Bände: Bd. 1591/Bd. 1592

Goethes Laufbahn als Schriftsteller
Zwölf Essays und Reden zu Goethe.
Band 5715

Essays
Literatur. Band 1906
Herausgegeben von
Michael Mann
Politik. Band 1907
Herausgegeben von
Hermann Kurzke
Musik und Philosophie.
Band 1908
Herausgegeben von
Hermann Kurzke

Briefe
Herausgegeben von Erika Mann
Band 1/1889–1936/Bd. 2136
Band 2/1937–1947/Bd. 2137
Band 3/1948–1955 und
Nachlese. Bd. 2138

Thomas Mann/Heinrich Mann
Briefwechsel 1900–1949
Herausgegeben von
Hans Wysling
Band 1610

Eine Chronik seines Lebens
Herausgegeben von Hans
Bürgin/Hans-Otto Mayer.
Band 1470

Briefwechsel mit seinem Verleger Gottfried Bermann Fischer
Herausgegeben von
Peter de Mendelssohn
2 Bände/1566

Fischer Taschenbuch Verlag